루쉰, 낡은 것을 향해 창을 던지다

아Q정전

루쉰, 낡은 것을 향해 창을 던지다
아Q정전

초판 1쇄 발행 2006년 9월 15일
초판 2쇄 발행 2011년 10월 20일

지은이 루쉰
엮어옮긴이 장수철

펴낸이 이영선
펴낸곳 서해문집
이 사 강영선
주 간 김선정
편집장 김문정
편 집 허 승 임경훈 김종훈 김경란 정지원
디자인 오성희 당승근 안희정
마케팅 김일신 이호석 이주리
관 리 박정래 손미경

출판등록 1989년 3월 16일 (제406-2005-000047호)
주 소 경기도 파주시 교하읍 문발리 파주출판도시 498-7
전 화 (031)955-7470 | **팩스** (031)955-7469
홈페이지 www.booksea.co.kr | **이메일** shmj21@hanmail.net

ⓒ 2006, 서해문집

ISBN 978-89-7483-287-9 03820

Illustration ⓒ 程十髮, 2006.

이 도서의 국립중앙도서관 출판시도서목록(CIP)은 e-CIP 홈페이지
(http://www.nl.go.kr/cip.php)에서 이용하실 수 있습니다.(CIP제어번호: CIP2006001385)

루쉰, 낡은 것을 향해 창을 던지다

아Q정전

루쉰 지음 | 장수철 엮어옮김

서해문집

루쉰의 생애와 작품

루쉰魯迅은 청조가 점점 저물어 갈 무렵인 1881년 9월 25일 저장성 동부 지방의 옛 도시인 사오싱紹興에서 지식인의 자식으로 태어났다. 그의 아버지 저우펑이周鳳儀는 일찍이 과거 예비 시험에 합격한 생원으로, 부국강병을 주장한 양무파를 지지했다. 할아버지 저우졔푸周介孚는 당시 왕실의 공문서 담당 기관인 한림원의 관리로 있었다. 그의 집안은 만여 평의 논을 소유할 만큼 넉넉한 편이었다. 그의 생가를 보면 지금의 중국 서민들도 상상하기 어려울 만큼 꽤나 호화롭게 살았음을 알 수 있다. 이렇듯 그의 출신은 본디 민중과 거리가 있었다. 후에 루쉰은 이렇게 술회했다.

"도시의 대갓집에서 태어나고 자란 나는 어릴 때부터 고서와 글방 선생님의 가르침을 받아 왔기 때문에 근로 대중도 꽃이나 새와 같다고 여겼다. 때로 상층 사회의 허위성과 부패를 느꼈을 때도 나는 오히려 그들의 편안함을 부러워했다. 그러나 어머니의 집이 농촌에 있었으므로 나는 가끔씩 많은 농민들과 가까이할 수 있었다. 그때부터 나는 그들이 한평생 억압을 받아 왔고 수많은 고통을 겪으며 그래서 꽃과 새와는 전혀 다르다는 것을 점차 알게 되었다."

루쉰은 일곱 살 때부터 친척인 생원이 가르치는 서당에서 사서와 오경 같은 전통 학문을 익히는 한편으로, 기이한 공상을 바탕으로 한 《산해경》을 비롯해 《홍루몽》, 《수호전》 같은 잡서에 관심을 가졌다. 또한 연극 관람, 그림책 보기, 책 필사도 좋아했다. 전통 학문에서 벗어난 이러한 그의 관심은 상상력을 크게 자극했으며, 훗날 개성적인 세계관을 펼치는 데 밑거름이 되었다.

루쉰의 아버지 저우펑이周鳳儀와 어머니 루루이魯瑞

그러나 기억하고 싶지 않은 것도 있었는데, 가령 스물네 명의 효자를 소개한 《24효도》라는 그림책이 그러하다. 여기에는 어머니를 공양하기 위해 자식을 생매장한 사람의 이야기, 부모님을 즐겁게 하기 위해 일부러 땅에 넘어지는 사람의 이야기 따위가 실려 있는데, 어린 루쉰은 이를 읽고 아버지가 자기를 묻을지도 모른다는 공포에 휩싸였다고 한다. 이러한 체험은 훗날 그의 처녀작인 〈광인일기〉의 모티브가 되었는데, 이 작품에서 루쉰은 사람이 사람을 잡아먹는 유교 사회의 본질을 통렬하게 비판했다.

루쉰은 12세(1892)부터 17세(1897)까지 집 건너에 있는 삼미서옥에서 공부했다. 읍내에서 가장 비싸고 규정도 까다로운 이곳에서 루쉰은 과거를 준비했다. 그러나 이 무렵부터 유복하던 그의 집안은 잇달아 불

행이 닥치면서 급속하게 몰락해 갔다. 그의 할아버지는 아버지의 과거 합격을 위해 부정을 저지르다 수감되었고, 이어 아버지마저 몸져눕더니 루쉰의 나이 14세 때 죽고 말았다. 이런 몰락은 루쉰 집안만의 문제가 아니었다. 청조 말기로 오면서 사대부의 몰락은 일반적인 현상이었다. 집안 형편이 달라지면서 루쉰에 대한 사회의 대우도 달라졌다. 이제 고향은 그를 냉대하는 곳으로 변했다.

18세(1898) 되던 해 루쉰은 고향 부근에서 가장 큰 도시인 난징으로 가서 공부하기 시작했다. 그해 캉유웨이는 개혁 인사 등용, 신식 학교 설립, 유명무실한 관료 기구 폐지 등 일련의 개혁책을 강행했으나 서태후를 중심으로 한 수구파의 견제에 막혀 실패로 돌아갔다. 1900년에는 반기독교, 반제국주의 운동인 의화단 사건이 일어났으나 서양 연합군에게 무너지고 말았다. 제국주의와 봉건 체제는 당시 중국 민중을 짓누르는 두 개의 커다란 돌이었다. 이러한 때 루쉰은 신식 공부를 하기 시작한 것이었다. 당시만 해도 서양 글을 배운다는 것은 영혼을 양놈에게 팔아먹는 짓으로 간주되었다.

　루쉰은 강남수사학당에 입학하여 기관사가 되기 위한 공부를 시작했다. 그러나 이 학교의 체계는 봉건주의의 몸뚱이에 부르주아 개량주의의 옷을 입혀 놓은 것에 불과했다. 루쉰은 이듬해 탄광 기사를 양성하는 광무철도학당에 들어갔다. 이곳에서 그는 삼 년 동안 서구의 과학과 철학, 문학을 접했다. 특히 영국의 생물학자 헉슬리가 쓴 《천연론天演論》은 청년 루쉰의 마음을 흔들어 놓았다. 이 책은 다윈의 진화론에 기대어 유교의 도덕관념을 부정하고 사회진화론을 설명한 것으로서, 당시 중국 사상계의 비상한 관심을 불러일으켰다. 훗날 루쉰은 당시의 충격을 이렇게 회고했다.

> "오오! 세계에는 헉슬리라는 사람도 있어, 서재에서 이런 것을, 더구나 이다지도 신선하게 생각했단 말인가! 단숨에 읽어 나가니 생존경쟁이니 자연도태니 하는 것이 나왔고, 소크라테스, 플라톤, 스토아도 나왔다."

　1902년 광무철도학당을 졸업한 루쉰은 탄광 기사가 되는 것을 포기하고 일본으로 건너가 서양 의학을 공부하기로 결심했다. 그는 난징에서 자연과학을 좀 배운 뒤로 아버지의 병을 질질 끌게 만든 한방의를 사기꾼으로 여기게 되었다. 근대 국가로서의 뼈대를 구축해 가던 일본은 루쉰에게 새로운 세계를 보여 주는 동시에 멸시와 차별을 안겨 주었다. 그는 차별을 피해 중국인이 하나도 없는 센다이의학전문학교로 들어갔지만 그곳에서도 차별은 여전했다. 그러나 후지노 선생만은 그를 따뜻하게 대해 주었는데, 이때의 이야기는 〈후지노 선생〉 편에 잘

기모노를 입은 루쉰

나타난다. 이곳에서 루쉰은 처형당하는 중국인과 그 주위에서 구경만 하는 중국인이 나오는 환등 사진을 보고 사람의 몸을 고치는 의학보다 정신을 고치는 일이 더 시급함을 뼈저리게 느꼈다. 망국의 위기에 처한 조국의 현실과 중국인의 병폐에 대한 루쉰의 비통한 심정은, 유학 시절에 쓴 〈중국지질약론中國地質略論〉에서도 잘 나타난다.

"조국을 바라보니 황제가 신음 소리를 내고 백인들이 춤추며 날뛴다. 그들의 발자국이 미치는 곳마다 요구가 뒤따르고, 광산채굴권을 획득한 다음 드디어 세력을 몰래 침투시키니 어느 것도 우리 것이 아니다."

"도적이 안방을 차지하고 있어 그에게 재물을 바치면서도 주인 된 자가 그것을 전혀 헤아리지 못하고 도적이 남겨 주는 국물이나 차가운 고기 부스러기를 받아 들고는 감탄하며 '그대가 나를 먹여 살리는구나, 그대가 나를 먹여 살리는구나' 하고 말한다."

"중국은 중국인의 것이다. 이민족이 연구하는 것은 용납할 수 있지만 이민족이 탐사하여 캐내는 것은 용납할 수 없다. 이민족이 감탄하는 것은 용납할 수 있지만 그들이 넘겨다보는 것은 용납할 수 없다."

결국 루쉰은 일 년 반 만에 의학 공부를 그만두고 도쿄로 돌아와 문예 운동에 몸을 담았다. 그는 독일어전수학교에 적을 두고 문예 평론과 서구 문학을 폭넓게 섭렵했다. 그는 문학이 센티멘털리즘에서 벗어나 전투의 무기가 되어야 한다고 했다. 이는 영국 낭만파 시인 바이런을 평한 대목에서도 잘 나타나는데, 루쉰의 지향점을 엿볼 수 있다.

"그는 부딪히는 것마다 늘 저항했고 의도한 것은 반드시 이루려고 했다.

그가 좋아한 전쟁은 야수와 같은 것이 아니라 독립과 자유와 인도를 위한 것이었다. 그는 평생 미친 파도와 맹렬한 바람처럼 모든 허식과 비루한 습속을 모두 쓸어버리려고 했다. 앞뒤를 조심스레 살피는 것은 아예 모르는 일이었다. 정신은 왕성하고 활기차 제압할 수 없었고, 힘껏 싸우다 죽는 한이 있어도 정신만은 스스로 지키려 했다. 당시 영국에서는 허위가 만연하여 형식적이고 화려하게 꾸민 예의를 진정한 것이라 여겼고, 자유사상을 갖고 탐구하는 사람들을 악인이라 불렀다. 바이런은 저항을 잘하고 성격이 솔직하여 가만히 있을 수 없었다. 그리하여 카인을 빌려 이렇게 말했다. '악마란 진리를 말하는 자다.' 그는 사람들의 적이 되는 것을 두려워하지 않았다."

한편 그는 다윈의 생물진화론과 그 발전을 소개한 〈인간의 역사〉와 서양 과학 사상의 변천사를 설명한 〈과학사교편〉과 같은 글을 통해 중국에 진화론을 가장 먼저 소개하기도 했다. 그러나 제국주의자들이 악용하는 진화론에는 찬성하지 않았다. 또한 서양 문명을 맹목적으로 도입하려는 개화주의도, 그것을 배척하려는 국수주의도 모두 건강하지 않은 것으로 보았다. 그는 굳어 있는 모든 것에 대해 철저히 회의했다.

1909년 루쉰은 약 칠 년 동안의 유학 생활을 마치고 고향으로 돌아왔다. 그러나 고향은 변발을 하지 않고 나타난 그를 '외국의 첩자'로 간주하며 냉대했다. 이곳에서 그의 유일한 위안은 고서를 수집하여 복원하는 일뿐이었다. 루쉰은 이것을 〈아Q정전〉에서 첸 영감의 맏아들인 '가짜 양놈'을 통해 묘사했다.

1911년 10월 10일 청조가 무너지는 신호탄이 터졌다. 신해혁명이 일어난 것이었다. 1900년 반기독교, 반제국주의적 운동인 의화단 사건이 실패하면서 왕조 타도의 기운은 점점 고조되었고, 마침내 신해혁명에서 그 정점에 이르렀다. 그러나 혁명은 한순간이었다. 혁명파가 청조의 폐지와 공화제 수립을 조건으로 청조의 실력자 위안스카이와 타협한 것이었다. 1912년 1월 1일 비로소 아시아 최초의 공화국인 중화민국이 난징에서 탄생했다. 그러나 1913년 위안스카이는 국민당의 실질 당수를 암살하고, 서구 열강에게 자금을 빌려 국민당을 매수하여 붕괴시켰다. 이로써 위안스카이의 독재 체제는 더욱 강고해졌다. 혁명군은 철저하지 못했고, 모든 개혁 노력은 수포로 돌아갔다.

당시 루쉰은 난징 임시정부의 교육부 직원에 임명되었다. 이어 정부가 베이징으로 옮겨가자 그도 베이징으로 거처를 옮겼다. 이곳에서 그는 14년 동안 근무했다. 그의 나이 31세에서 44세까지다. 베이징의 생활은 적막했다. 혁명이 한참 후퇴하고 위안스카이의 반동 정책이 날로 더해 가면서 그는 고서 교정과 탁본 작업으로 적막을 달랬다. 혁명 정신을 이어가기 위해서는 새로운 출구가 필요했다.

1918년 제1차 세계대전이 끝나고, 1919년 전후 처리를 협의하는 파리강화회의에서 중국 산둥성에 대한 권익을 일본에 이양한다고 결정했다. 5월 4일 수천 명의 학생들이 이에 항의하기 위해 천안문에 모였다. 이는 곧 전국적으로 확산되었고, 마침내 군벌 정부는 이들의 요구를 수용했다. '5.4 운동'이라 불리는 이것은, 민중이 주권자로서의 권리를 요구해 국가의 중대사를 결정한 뜻 깊은 경험이었다.

이때를 전후하여 중국 사상계와 문화계에도 큰 변화가 일어났다. 문학 혁명이 일어나면서 구어체인 백화문 사용이 급속히 확대되었다. 1918년에 나온 루쉰의 〈광인일기〉나 계몽사상을 고취하는 데 앞장선 《신청년》이라는 잡지도 모두 백화문으로 쓰였다. 또한 반전통의 분위기 속에서 여성 해방 운동도 상당한 성과를 거두었다.

1920년 루쉰도 문학 혁명의 본거지인 베이징 대학에서 중국 소설사를 강의하기 시작했다. 또한 천두슈陳獨秀●가 이끈 《신청년》에도 글을 썼다. 군벌 정부의 반동적 움직임에 저항하기 위해 창간한 《신청년》은 "노예적, 퇴행적, 쇄국적, 허례적, 공상적인 것을 버리고, 자주적, 진취적, 세계적, 실리적, 과학적으로 하라"는 것을 기본 노선으로 했다. 그러나 1919년 마르크스주의 수용을 둘러싼 논쟁으로 내부 분열에 시달리더니 결국 천두슈가 공산주의로 기울면서 《신청년》도 공산당 기관지로 변질했다. 루쉰은 천두슈 같은 지식인이 변하는 모습을 항상 회의적인 눈으로 바라보았다.

1923년 마침내 루쉰은 《외침》이라는 첫 번째 창작집을 냈다. 원제인 '吶喊'은 '눌함'이라고 읽기도 하고 '납함'이라고 읽기도 한다. 이는 '고통스럽게 신음하듯 외친다'는 뜻으로, 오랫동안 적막감에 사로잡혀 옛날 비문이나 베끼며 산 루쉰의 심정이 투영되어 있다. 루쉰은 이 작품집의 서문에서 "내가 겪기에 고통스러운 적막감을 내 젊은 시절과 같은 꿈에 부풀어 있는 젊은이들에게 다시 전염시키고 싶지 않아서 글을 쓴다"라고 밝혔다. 열다섯 편의 단편을 모은 이 작품집에서 루쉰은 유교적 봉건 사회의 본질과 그 폐해를 날카롭게 폭로했다. 이 작품집은 곧 엄청난 반향을 일으켰고, 〈광인일기〉는 소학교 교과서에 실리기도 했다.

1918년부터 루쉰이 쓴 글 중 또 주목할 만한 것이 미술론이다. 그의 계몽주의적 태도는 여기에서도 그대로 나타난다.

"미술가는 본래 원숙한 기술을 가져야 하나 그보다도 진보적 사상과 고

● 천두슈(1879~1942)
20세기 초 중국의 사상가이자 혁명가. 청조가 멸망하면서 수천 년 이어 온 체제가 붕괴한 뒤에도 그 근간을 떠받치던 유교적 가치 체계의 관성은 여전했다. 그러한 관성에 일대 타격을 가한 것이 천두슈와 《신청년》이다. 《신청년》은 고전 문어체를 구어체로 바꾸는 문자 혁명, 유교에 대한 철저한 비판, 과학과 민주주의 옹호 등을 기치로 내세우며 중국 사상계에 막대한 영향을 미쳤다. 천두슈는 후스胡適(1891~1962)와 함께 문자 개혁의 선봉에 섰는데, 이는 이른바 '신문화 운동'의 핵심 과제 중 하나이기도 했다

루쉰의 목판화 강습회

상한 인격을 가져야 한다. 그의 제작이 표면적으로는 한 장의 그림이나 한 개의 조각으로 나타나지만, 실제로는 그의 사상과 인격의 표현이다."

1924년부터 1925년까지 루쉰은 두 번째 소설집 《방황》에 실릴 작품을 썼다. 전작에 비해 전반적으로 무거운 분위기를 띠는 이 작품집은, 혁명이 실패로 돌아가면서 사람들이 느꼈을 무력감과 무거운 심정이 반영되어 있는 듯하다. 이는 다음과 같은 시에서도 잘 나타난다.

"새 문단은 적막에 잠겨 있고

옛 싸움터 고요한데,

나 홀로 두 칸 방에 묻혀

창을 든 채 홀로 방황하네."

그리하여 이 작품집은 루쉰 자신의 말대로 "기교도 좋아지고 사상에서도 크게 구애되는 것이 없으나 전투적인 사기는 적잖이 식어 있다." 그러나 이렇게 의기소침하기만 한 것은 아니었다. 그는 속표지에 굴원의 《이소》 중의 한 구절을 인용함으로써 고독한 결의를 나타냈다.

"길 아득히 멀고 험할지라도 나는 오르락내리락 더듬으며 나아가리."

1925년부터 루쉰은 마르크스 문헌을 읽기 시작했다. 그런 가운데서도 그는 혁명과 문학에 대해 끊임없이 회의했다.

"혁명 이전에 나는 노예였지만 혁명 이후에도 얼마 안 되어 다시 노예에게 속아 그들의 노예로 바뀐 듯한 느낌이 든다. 민국의 국민이면서도 민국의 적인 인간이 많은 듯한 기분이 든다. (중략) 많은 열사의 피가 사람들의 발에 짓밟혀 뭉개지고, 더구나 그것이 고의인 듯한 기분이 든다. 이것도 저것도 다시 한번 고치지 않으면 안 될 듯한 기분이 든다."
"어떤 사람이 질문을 던졌다. '도대체 문학인이 무슨 쓸모가 있는가?' 이 자리에서 삼가 대답하노라. 문학인은 시나 글을 짓는 것 외에 아무런 쓸모가 없다고."

말년의 루쉰

이 무렵 루쉰은 산문시집 《들풀》을 썼다. 루쉰의 생각은 소설보다 산문에서 더 생생하게 빛나는 듯하다. 이 작품집의 머리말은 1927년 장제스와 국민당 우파가 노동자와 공산당원 오천 명을 학살하고 난징 정부를 수립한 무렵에 쓴 것으로 매우 어둡다.

"침묵하고 있을 때 나는 충일을 느낀다. 입을 열려고 하자마자 공허를 느낀다. (중략) 생명의 진흙은 땅에 버려지고 교목은 자라지 않고 다만 들풀만 생겨났다. 이것은 내 죄다. 들풀은 그 뿌리가 깊지 아니 하고 꽃과 잎이 아름답지 않고, 더구나 이슬과 물을 마시고 죽은 지 오래인 사람의 피와 살을 마시며 제각기 자기 생명을 얻어낸다. 그 생존마저도 짓밟히고 꺾여 마침내 사멸하여 썩을 뿐이지만. 나는 나의 들풀을 사랑한다. 그러나 들풀을 장식으로 여기는 땅은 미워한다."

루쉰은 1927년 4.12 사건 이후 1936년 10월에 죽을 때까지 구 년을 상하이에서 살았다. 이곳에서 그는 열 권의 잡문집과 한 권의 역사 소설집을 냈다. 이때의 잡문은 논쟁이 대부분을 차지한다. 이는 당시 상하이 문단의 치열한 논쟁 분위기를 반영한다. 그의 마지막 소설집인 《새로 엮은 옛이야기》는 중국 고대 신화에 현재의 사실을 결부시켜 지배와 억압의 문제, 지식인과 민중의 관계를 돌아본 것이다. 말년의 루쉰은 잡문과 역사 소설이라는 두 가지 무기로 혁명 정신을 이어 갔다.

1939년 10월 19일 루쉰은 죽었다. 그는 죽기 한 달 전쯤 〈죽음〉이라는 글을 통해 유언을 남겼는데, 죽음조차 삼키지 못할 특유의 견결한 정신이 느껴진다.

"장례식을 위해 누구한테든 한 푼도 받아서는 안 된다."

"타인의 이나 눈을 해치면서 보복에 반대하고 관용을 주장하는 그런 인간은 절대 가까이 하지 말 것."

"나의 적은 상당히 많다. 멋대로 원망하도록 하라. 나 역시 한 사람도 용서하지 않겠다."

차 례

•• 일러두기

1. 이 책은 옌볜대학에서 출간한 《중국현대문학작품선집 1》을 우리말 어법에 맞게 고친 것이다.

2. 지명, 인명 등 고유명사는 원칙적으로 외래어 표기법에 따라 표기하되, 1911년 신해혁명 이전의 것은
   한자 독음으로 표기했다.

외침

《외침》은 루쉰의 첫 창작집으로, 1918년부터 1922년까지 쓴 열다섯 편의 작품을 묶은 것이다. 원제인 '呐喊'은 '눌함'이라고도 하고 '납함'이라고 하는데(이에 대해서는 의견이 분분하다), 이는 '고통스럽게 신음하듯 외친다' 는 뜻이다. 루쉰은 이 작품집의 자서自序에서 "희망은 미래에 속하는 것이므로 내게 없다는 이유만으로 그들에게는 있을 수 있는 가능성을 꺾을 수 없고, 내가 겪기에 고통스러운 적막감을 내 젊은 시절과 같은 꿈에 부풀어 있는 젊은이들에게 다시 전염시키고 싶지 않아서" 글을 쓴다고 밝혔다.

아Q정전

제1장 서문

내가 아Q를 위해 정전正傳을 쓰려고 한 것은 벌써 한두 해째가 아니다. 그러나 막상 쓰려고 하면 자꾸 망설여지는데, 이는 두말할 나위 없이 내가 '영원히 전해질 글'을 쓸 만한 사람이 못 된다는 증거다. 원래 불후의 글은 불후의 인물이 전해야 한다. 그래야 인물은 글에 의해 전해지고, 글은 인물에 의해 전해진다. 결국 누가 누구에 의해 전해지는지 점점 어렴풋해지게 되어 마침내는 아Q를 전하려고 하는 것에 그 무슨 떳떳하지 못한 것이 있는 듯한 생각이 든다.

그런데 얼마 안 가서 사라져 버릴 이 글을 쓰려고 정작 붓을 들고 보니 이루 말할 수 없는 곤란을 느낀다. 첫째는 글의 제목이다. 공자는

"이름이 바르지 못하면 말이 순조롭지 않다"라고 했다. 이는 각별히 주의해야 할 일이다. 전기의 이름은 아주 많다. 열전, 자전, 내전, 외전, 별전, 가전, 소전……. 그런데 유감스럽게도 이 모든 것이 내가 쓰려는 글과는 하나도 맞지 않다. '열전'이라고 하자니 이 글은 여러 잘난 사람들의 전기와 함께 '정사'에 들 것이 못 되고, '자전'이라고 하

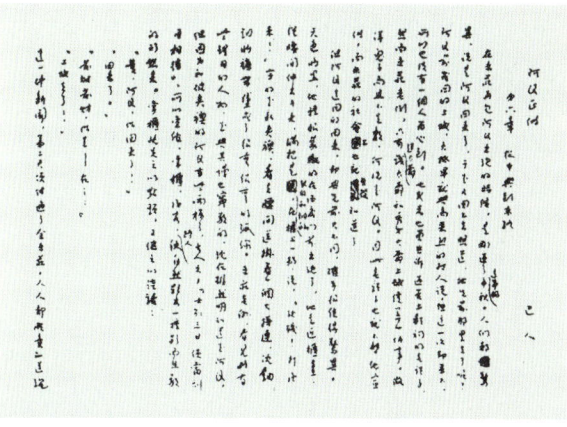

자니 나는 아Q가 아니다. '외전'이라 하자면 그럼 '내전'은 어디 있는가? 또 '내전'이라고 할 때도 아Q는 결코 무슨 신선이 아니다. '별전'이라 하자니 대총통께옵서 국사관國史館에 지시하여 아Q의 '본전'을 편찬하라고 하신 적이 없다. 비록 영국 정사에 '로드니 스톤Rodney Stone 열전'이 없지만 문호 디킨스가 그것을 쓴 일이 있다. 그러나 그것은 문호니까 할 수 있는 일이지 나 같은 사람은 바랄 수 없는 일이다. 다음으로는 '가전'을 들 수 있는데, 아Q와 종씨인지 아닌지를 모를 뿐더러 그의 자손에게서 가전을 써달라고 청탁받은 일도 없다. 혹 '소전'이라 하자니 아Q에게는 달리 '대전'이라는 게 따로 없다. 결국 이 글은 '본전'이 되고 만다. 그러나 내 글은 문체가 속되고 천하여 이른바 '봇짐 장사치들'이나 쓰는 말이므로 언감생심 본전이라 할 수 없다. 그래서 삼교구류三敎九流(삼교란 유교·불교·도교를 가리키고, 구류란 유가·도가·음양가·법가·명가·묵가·종횡가·잡가·농가를 가리킨다) 축에는 들지 못하는 소설가들의 이른바 "여담은 그만두고 정전으로 돌아가 이야기하면[閑話休題 言歸正傳]"이라는 상투적인 말 가운데서 '정전'이라는 두 글자를 따

〈아Q정전〉 자필 원고
"무엇 때문에 소설을 쓰는가"라는 질문에 대해 루쉰은 "나는 '계몽주의'를 마음에 품고 반드시 인생을 위해, 나아가 인생을 개량하기 위해 소설을 쓴다"라고 했다. 이어 "나는 되도록이면 병든 사회의 불행한 사람들에게서 소재를 찾으려 한다. 병고를 폭로함으로써 치료의 필요성을 깨닫게 하고 싶기 때문이다"라고 함으로써 현실주의적 지향성을 분명히 드러냈다.

서 이름을 삼기로 했다. 이 역시 옛사람이 쓴 《서법정전書法正傳》의 '정전'이라는 글자와 혼동할 염려가 있기는 하나 그런 것까지 돌볼 수는 없다.

둘째로 전기는 보통 첫머리를 "아무개는 자가 무엇이고 어디 사람이다"라고 쓰는데, 나는 아Q의 성이 무엇인지 모른다. 한번은 그의 성이 자오_趙인가 싶더니 다음날이면 어느새 모호해지고 만다. 그것은 자오 영감의 아들이 수재秀才(과거에 응시할 자격이 있는 인사를 가리키는데, 청조에서는 이들을 생원生員이라 했다)가 되었을 때의 일이다. 꽹과리 소리가 요란한 가운데 자오 영감의 아들 소식이 동네에 전해졌다. 때마침 황주를 두어 잔 마신 아Q가 신바람이 나서 날뛰며 이는 자기에게도 아주 영광스러운 일이라고 떠들었다. 자기와 자오 영감은 본시 한 집안인데, 항렬을 자세히 따져 보면 자기는 수재의 증조부뻘이 된다는 것이었다. 그러자 곁에서 듣고 있던 사람들이 모두 엄숙해져서 말없이 경의를 표하기까지 했다. 그런데 이튿날 지보地保(청나라 말기 지방자치제 경찰)가 아Q를 자오 영감네 집으로 데리고 갔다. 자오 영감이 아Q를 보자 얼굴을 잔뜩 붉히며 불호령을 내렸다.

"아Q, 이 쌍놈의 새끼! 네놈과 내가 한 집안이라고 지껄였다지?"

아Q는 아무 말도 하지 않았다. 자오 영감은 더욱 노기등등하여 앞으로 몇 걸음 나서며 을러댔다.

"네 이놈, 어디라고 함부로 주둥아리를 놀리느냐! 글쎄 내게 어떻게 너 같은 일가가 있단 말이냐? 네놈 성이 자오라고?"

아Q는 아무 대꾸도 하지 못하고 뒷걸음질을 치려고 했다. 이때 자오 영감이 와락 달려들어 아Q의 뺨을 후려갈겼다.

"네놈 성이 뭐 자오라고! 너 따위가 어떻게 자오 씨가 될 수 있느냐!"

아Q는 자신의 성이 틀림없이 자오라고 한마디 항변도 하지 않았다. 그저 손으로 왼쪽 뺨을 감싸 쥐고 지보와 함께 물러 나왔다. 밖에 나와서는 또 지보에게 한바탕 훈계를 들었으며, 잘못했노라고 그에게 술값 이백 냥을 바치기까지 했다. 이 사실을 안 사람들은 모두 아Q가 너무 터무니없어 매를 벌었다고 했다. 또 그의 성이 자오 씨가 아닐 거라고 했고, 설사 정말 자오 씨라 하더라도 자오 영감이 이 고장에 있는 한 그런 허튼소리를 해서는 안 된다고 했다. 이런 일이 있은 뒤로 어느 누구도 그의 성이며 조상에 대해 말한 일이 없으므로 나는 끝내 아Q의 성이 무엇인지 알지 못했다.

셋째로 나는 또 아Q의 이름을 어떻게 쓰는지 모른다. 그가 살았을 때 사람들은 그를 아Quei라고 불렀지만 죽은 뒤에는 누구 하나 아Quei라고 입에 올리는 자가 없었다. 그러므로 '그의 사적을 기록에 남길' 리 만무하다. '그의 사적을 기록에 남긴다면' 아마 이 글이 최초가 될 것이다. 이로써 첫 난관에 부딪히게 된 것이다.

나는 아Quei를 아구이阿桂로 써야 할지 아구이阿貴로 써야 할지 곰곰이 생각해 본 일이 있다. 만일 그의 별호가 웨팅月亭이라거나 생일이 8월이라면 분명 아구이阿桂일 것이다. 그러나 그에게는 별호가 없을 뿐

대로한 자오 영감
"이른바 중국의 문명이란 사실 부자들이 누리도록 마련된 인육의 연회에 지나지 않는다." 루쉰의 비판은 비단 반혁명적이고 몽매한 민중에게만 향해 있지 않았다. 이 말에서도 짐작할 수 있듯이 그는 자오 영감으로 상징되는, 민중 위에 탄압적으로 군림하는 지배층과 그것을 합리화하는 전통적 가치 역시 병폐로 꼽았다. 후에 아Q가 생계의 위험에 부닥치는 것도, 중흥에서 나락으로 떨어지는 것도, 강도로 몰려 결국 죽음에 이르는 것도 모두 지주인 자오 영감 때문이다.

만 아니라—별호가 있었는지 모르지만 그것을 아는 이는 없다—생일 날 축사를 받기 위해 청첩장을 돌린 일도 없으니, 아구이阿桂로 쓰는 것은 독단이다. 만약 그에게 형님이나 동생이라도 있어서 아푸阿富라고 불렀다면 그의 이름은 틀림없이 아구이阿貴이겠지만 외톨이었으니 그렇게 쓸 아무런 근거가 없다(별호가 웨팅이라거나 생일이 팔월이라는 것은 계수나무 계桂 자와 연관이 있는 것이고, 형제의 이름 자가 푸富라는 것은 부귀富貴와 연관이 있는 것으로, 이런 방법으로 아Q의 본명을 판단하려고 한 것이다) 그 밖에 Quei라고 읽는 어려운 자가 있기는 하나 더더욱 어울리지 않는다.

전에 나는 자오 영감의 아들인 수재 선생에게 물어본 적이 있는데, 그렇게 박식한 분까지도 막연해할 줄은 몰랐다. 그의 결론은 천두슈陳獨秀가 잡지 《신청년》을 출판하여 서양 문자를 쓰자는 주장을 내세운 바람에 우리의 고유한 정신적·물질적 장점이 사라져 고증할 길이 없다는 것이었다.

내게 남은 마지막 방법은 고향 사람에게 아Q의 범죄 조서를 한번 알아봐 달라고 부탁하는 것이었다. 여덟 달 만에야 겨우 답장이 오기는 했지만 조서에는 아구이라는 이름과 비슷한 사람이 전혀 없었다. 정말 없는지 아니면 조사를 하지 않았는지 알 수 없지만 하여튼 더는 알아볼 길이 없었다. 주음자모注音字母(중국어 발음을 표기하는 부호)는 아직 일반적으로 쓰이지 않으므로 나는 부득불 '서양 문자'를 쓸 수밖에 없었다. 그리하여 영국식 알파벳으로 그를 아Quei라고 쓰고 이것을 줄여서 아Q라고 했다. 이는 《신청년》을 맹종하는 것 같아서 스스로 썩 내키지 않지만 수재 선생조차 모르는 것을 난들 무슨 좋은 수가 있겠는가.

넷째로는 아Q의 본이다. 만일 그의 성이 자오라면 요즘 어느 군 어

느 명망가 출신이라고 말하기 좋아하는 축이 하는 식으로 《군명백가성
群名百家姓》이라는 책의 주해대로 '룽시隴西 톈수이天水 사람'이라고 할
수 있을 것이다. 그러나 유감스럽게도 이 성은 그다지 믿을 만한 것이
못 되므로 본도 좀처럼 결정하기가 힘들다. 그는 웨이주앙未莊에서 오
래 살기는 했으나 때때로 다른 곳에 가서 살기도 했으므로 웨이주앙
사람이라고 할 수도 없다. 만일 그를 '웨이주앙 사람'이라고 쓴다면
역시 공정한 필법에서 어긋나는 것이다.

내가 다소 위안으로 삼을 수 있는 것은 '아阿' 자만은 매우 정확하
여 억지로 갖다 붙인 것 같은 그런 약점이 전혀 없다는 것이다. 이는
고금 만사에 통달한 학자들에게 보여도 아무 거리낄 것이 없을 것이
다. 그 밖의 점에 대해서는 배운 것이 적은 나로서는 더 파고들 수가
없다. 다만 '역사벽과 고증벽'이 있는 후스즈胡適之 선생(루쉰과 함께 신문화운동의
견인차 구실을 한 후스胡適를 가리킨다. 훗날 그는 친국민당 노선을 택함으로써 루쉰과 전혀 다른 길을 걷는다)의 제자
들이 새로운 단서를 많이 찾아낼지도 모른다는 기대를 하고 있으나,
그때가 되면 나의 이 〈아Q정전〉은 이미 사라지고 없을지도 모른다.

이상으로 서문을 대신한다.

제2장 승리의 기록

아Q는 그 이름과 본이 좀 분명하지 않을 뿐만 아니라, 그의 행적 또한
모호하다. 왜냐하면 웨이주앙 사람들과 아Q와의 관계는 다만 그의 손
을 빌리거나 그를 웃음거리로 삼는 데만 그쳤고, 그의 '행장'에 대해

서는 아무도 관심을 갖지 않았기 때문이다. 그런데다 아Q 자신도 말하지 않았으며, 간혹 다른 사람과 말다툼을 할 때 눈을 부릅뜨고 "우린 그전에 네깐 놈보다는 훨씬 잘살 았어! 네깐 놈이 다 뭐야!" 하고 말할 뿐이었다.

아Q는 집이 없다. 그는 웨이주앙의 토지묘 안에서 살면서 일정한 직업이 없이 그저 남의 집 품팔이를 했 다. 보리를 거두게 되면 보리를 거두었고, 쌀을 찧게 되 면 쌀을 찧었고, 배를 젓게 되면 배를 저었다. 일이 좀 오래 걸리면 임시로 주인집에서 묵기도 했지만 일이 끝 나면 곧 떠났다. 사람들은 바쁠 때면 아Q를 생각했는데, 이 는 일을 시키기 위한 것이지 결코 그의 '행적'을 생각해서가 아니었 다. 일이 한가해지면 어느새 아Q를 잊어버리고 말았으니 그의 '행적' 에 대한 것은 더 말할 나위가 없다.

한번은 한 늙은이가 "아Q는 일을 참 잘해!" 하고 그를 치켜세우자 웃통을 벗은 그가 여윈 몸을 드러낸 채 멋쩍게 그 노인 앞에 우두커니 서 있었다. 다른 사람들은 이 말이 과연 진심에서 나온 것인지 놀려 대 는 것인지 분간하지 못했으나 아Q는 무척 좋아했다.

아Q는 또 자존심이 아주 세어서 웨이주앙 사람쯤은 누구도 안중에 없었다. 심지어는 두 문동文童(수재 급제를 준비하는 자)에 대해서도 코웃음을 쳤다. 문동은 앞으로 수재가 될지도 모르는 일이다. 자오 영감과 첸錢 영감이 마을 사람들에게 그토록 존경을 받는 것은 단지 돈이 많아서가 아니라 그들이 문동의 아버지이기 때문이다. 그런데 유독 아Q만은 정 신적으로 그들에게 존경심을 나타내지 않았으며, 자기 아들이라면 더

아Q

봉건적 질서의 해악은 민중의 우매와 마비를 초래한다. 아Q의 형상 속에는 이런 점이 복합적으로 녹아 있다. 그 는 민중의 온갖 비루하고 야비한 근성 을 두루 지닌 인물로서, 특히 기만적 패배주의와 다름없는 그의 '정신 승리 법'은 이를 여실히 보여 준다. 정신 승 리법이란 사람들이 아무리 자신을 능 멸해도 마음속으로는 이겼다고 자위 하는 것으로서, 결국 자신의 병폐를 자각하지 못하고 노예적 삶을 재생산 하는 동력이 된다.

훌륭했을 것이라고 생각했다!

　게다가 성안에 몇 번 다녀온 뒤로는 어느새 자부심이 더 강해졌다. 그러면서도 그는 성안 사람들을 몹시 경멸했다. 예를 들면 석 자 길이 세 치 너비의 널로 만든 걸상을 웨이주앙에서는 '긴 걸상'이라고 하고 자신도 그렇게 부르건만 성안 사람들은 '쪽걸상'이라 부르는 것에 대해 아Q는 잘못된 것이며 우습기 짝이 없는 일이라 여겼다. 또 웨이주앙에서는 기름에 지진 도미에 반 치 길이의 파를 얹건만 성안에서는 가늘게 썬 파를 얹는 것에 대해서도 잘못된 것이라며 우습게 생각했다. 그러면서도 그는 웨이주앙 사람들은 정말 세상 물정을 모르는 가소로운 시골뜨기들로 성안에서 생선 지지는 것조차 보지 못했다며 우쭐해했다.

　아Q가 '예전에는 잘살았고' 견식이 높고 '일을 참 잘한다'고 하는 것으로 미루어 보면 본시 그는 거의 '나무랄 데가 없는 사람'이었다. 하지만 유감스럽게도 그의 몸에는 약간의 결점이 있었다. 제일 괴로운 것은 그의 머리에 언제 생겼는지도 모르는 부스럼 자국이 여러 군데 있다는 점이다. 이것은 물론 그의 몸에 생긴 것이지만 아Q 자신도 그리 자랑으로 여기지 않는 듯했다. 왜냐하면 그는 '라이癩(나병을 뜻한다)라는 말과 가까운 모든 음을 꺼렸으며, 나중에는 그 범위가 넓어져서 '빛나는[光]' 것이나 '환한[亮]' 것도 꺼렸다. 더 나중에는 '등잔[燈]'이나 '양초[燭]'까지도 싫어했다.

　일부러 그랬건 무심코 그랬건 아Q가 꺼리는 바를 누가 건들기만 하면 그는 부스럼이 난 번대머리까지 붉혀 가며 성을 냈다. 상대가 말이 서투르다 싶으면 욕을 퍼부었고, 힘이 약하다 싶으면 달려들어 때렸다. 그러나 어찌된 일인지 아Q가 손해를 볼 때가 더 많았다. 차츰 그는 성난 눈으로 쏘아보는 것으로 방법을 바꾸었다.

그런데 뜻밖에도 아Q가 '쏘아보기'를 시작한 뒤로 웨이주앙의 건달들은 그를 더욱 놀려 댔다. 그들은 아Q를 보면 짐짓 놀란 체하며 이렇게 말했다.

"허, 환해지는구나."

그러면 아Q는 영락없이 화를 내면서 성난 눈으로 상대방을 쏘아봤다.

"옳아, 여기 남포등이 있었구먼!"

건달들은 조금도 두려워하지 않았다. 하는 수 없이 아Q는 다른 보복의 말을 생각해 내는 수밖에 없었다.

"네깐 놈에겐 이런 것도……."

아Q는 자기 머리의 흠집이 고귀하고 영광스러운 것이지 결코 흔히 있는 것이 아닌 것처럼 말했다. 그러나 이미 앞에서도 말한 바와 같이 아Q는 견식이 있는 자인지라 자기가 '꺼리는' 것과 좀 저촉된다는 것을 이내 깨닫고 말을 멈추었다.

건달들은 그래도 모자라서 그저 그를 놀려 대며 마침내는 손찌검까지 했다. 아Q는 형식상으로는 졌다. 건달들은 그의 노란 변발을 휘어잡고 담벼락에 소리가 나도록 네댓 번 머리를 짓찧었다. 놈들은 그제야 이겼노라고 흡족해하며 가버렸다. 아Q는 잠시 멍하니 서서 이렇게 말했다.

"아들놈에게 얻어맞은 셈이야. 요즘 세상은 정말 말이 아니야."

그러고는 흡족해하며 의기양양하게 돌아갔다.

건달들에게 능멸당하다

아Q는 건달들에게 능멸을 당하면서도 "아들놈에게 얻어맞은 셈이야. 요즘 세상은 정말 말이 아니야" 하며 자기가 다른 사람을 때린 것처럼 의기양양했다. 그는 현실에서는 늘 패배하면서도 저항할 줄 모르고 오히려 정신적 승리로 소화해 버렸다. 마치 당시 중국이 외세에 늘 시달리면서도 외세를 멸시한 것처럼.

아Q는 속으로 생각하는 것을 뒤에 가서 다 말했기 때문에 그를 놀려 대는 사람들은 그에게 이러한 정신적 승리법이 있다는 것을 알고 그 뒤로는 그의 노란 변발을 잡아채며 먼저 이렇게 말했다.

"아Q, 이건 아들이 제 아비를 치는 게 아니고 사람이 짐승을 때리는 거야. 자, 네 입으로 '사람이 짐승을 때린다'고 말해!"

아Q는 두 손으로 자기의 변발을 잡고 고개를 옆으로 돌리며 소리를 질렀다.

"버러지를 친다고 하면 어떠우? 난 버러지요. 그래도 놓지 않겠수?"

그러나 버러지라고 하건 뭐라고 하건 건달들은 좀처럼 그를 놓아주지 않고 여전히 아무 데나 가까운 곳으로 끌고 가서 대여섯 번 소리가 나게 그의 머리를 짓찧어 주고는 여봐란듯이 흡족해하며 가버렸다. 그러고는 이번에야 아Q가 된욕을 봤다고 생각했다. 그러나 십 초도 안 되어 아Q도 흡족해하며 승리한 듯 가버렸다. 그는 자신이야말로 스스로 업신여기고 낮추는 데 첫째간다고 생각했다. '스스로 자신을 업신여기고 낮춘다'는 것만 빼면 그야말로 '첫째'인 것이다. 장원 급제한 사람도 '첫째'가 아닌가? "네깐 놈들이 다 뭐란 말이냐?!"

이런 묘법으로 원수를 해치우고 기분이 좋아진 아Q는, 선술집으로 달려가 몇 잔 술을 들이키고는 사람들과 실없는 소리를 하거나 말다툼을 했다. 그러고는 다시 승리하고 유쾌한 기분으로 토지묘로 돌아와 고꾸라졌다. 만일 돈이 있으면 야바위 노름판으로 갔다. 땅바닥에 쭈그리고 몰려 있는 사람들 틈에 끼어 아Q는 땀을 뻘뻘 흘리며 곧잘 소리를 질렀는데, 그의 목소리가 제일 컸다.

"청룡에 사백 걸었다!"

"자, 연다!"

물주가 뚜껑을 열고서 얼굴에 땀을 뻘뻘 흘리며 노래를 뽑았다.

"천문天門이라, 각회角回로다! 인人과 천당穿堂은 비었구나! 아Q, 자네는 그 동전을 이리 가져오고!"

"천당에 백, 백오십이다!"

아Q의 돈은 이런 노랫소리 속에서 얼굴이 땀투성이가 된 다른 사람의 주머니 속으로 점점 흘러들어 갔다. 마침내 사람들 틈에서 밀려나온 그는 뒤에 서서 판이 다 끝날 때까지 남의 승부에 속을 태웠다. 그러고는 아쉽고 서운한 마음으로 토지묘로 돌아갔다. 이튿날에는 눈이 퉁퉁 부어 일하러 갔다.

그런데 '인간사 새옹지마'라는 옛말이 있듯이 아Q는 투전에 한번 이긴 것 말고는 거의 낭패를 보았다. 그것은 웨이주앙에서 치성제를 지내는 날 밤이었다. 그날 밤도 여느 때처럼 극놀이를 했고, 무대 곁에서는 역시 여러 패의 노름판이 벌어졌다. 아Q의 귀에는 극놀이의 꽹과리와 북소리가 마치 멀리 십 리 밖에서 나는 것 같았고, 다만 노름판 물주가 부르는 노랫소리만 들릴 뿐이었다. 아Q는 따고 또 땄다. 동전은 작은 은전이 되고, 작은 은전은 일 원짜리 은화가 되고, 일 원짜리 은화는 쌓이고 또 쌓였다. 그는 아주 신바람이 났다.

"천문에 은화 이 원이다!"

그는 누가 무엇 때문에 싸우는지 알지 못했다. 욕하는 소리, 두들겨

노름판에 끼어들다
패배를 곧 승리로 바꾼 아Q는 원수를 해치운 것처럼 기분이 좋아져 선술집으로 달려가 몇 잔 술을 들이키거나, 돈이 있을 때는 노름판에 끼어 소리를 질렀는데, 그의 목소리가 가장 컸다.

패는 소리, 어지러운 발걸음 소리에 그는 머리가 어질어질하고 눈앞이 캄캄해졌다. 한참 만에 겨우 일어나자 노름판은 보이지 않았고 사람들도 보이지 않았다. 몸이 군데군데 몹시 쑤시고 아픈 것 같았다. 아무래도 주먹으로 얻어맞고 발길로 걷어챈 것만 같았다. 몇몇 사람들이 괴이하다는 듯이 그를 쳐다보았다. 어리벙벙한 것이 무엇을 잃은 것만 같은 그는, 토지묘로 돌아와 정신을 차리고서야 자기의 은화 무더기가 보이지 않는 것을 알았다. 하지만 치성제에 모여든 노름꾼들 태반이 본바닥 사람이 아닌데 어디 가서 찾는단 말인가?

끔찍이도 희고 번쩍번쩍한 은화 무더기! 그것은 다름 아닌 바로 자기 것이었건만 지금은 보이지 않는다! 아들놈이 가져간 셈 치자고 해도 여전히 언짢고 서운하다. 자기를 버려지라 생각해 봐도 역시 언짢고 서운하다. 이번에는 그도 실패의 쓴맛을 좀 보았다.

그러나 그는 패배를 곧 승리로 바꾸었다. 그는 오른손으로 힘껏 자기 뺨을 쳤다. 좀 얼얼하게 아팠다. 제 뺨을 때리고 나니 마음이 편해지고 기분이 누그러지는 것 같았다. 때린 사람도 자기이고 맞은 사람도 자기라 느꼈는데, 좀 지나자 자기가 다른 사람을 때린 것 같아서— 아직 좀 얼얼했지만—흡족한 마음으로 승리에 취해 자리에 누웠다.

그는 잠이 들었다.

제3장 승리의 기록(속편)

아Q는 늘 승리했지만 자오 영감에게 따귀를 얻어맞은 뒤로 비로소 이름이 났다. 그는 지보에게 술값으로 이백 닢을 주고는 분이 사그라지지 않아 툴툴거리며 누워 생각했다.

'요즘 세상은 정말 말이 아니야. 아들놈이 아비를 치다니.'

문득 자오 영감의 위풍이 떠올랐는데, 그가 곧 자기 아들이라고 생각하니 점점 신명이 나서 우쭐해졌다. 아Q는 일어나 〈젊은 과부 성묘하러 가네〉라는 노래를 흥얼거리며 술집으로 갔다. 이때 그는 또 자오 영감이 다른 사람들보다 한층 높게 보였다.

기묘하게도 그 뒤로 과연 사람들이 자기를 각별히 존경하는 것만 같았다. 아Q의 생각에는 자기가 자오 영감의 아비이기 때문에 그럴 것이라 여겼지만 사실은 그렇지가 않았다. 웨이주앙의 관례로 보면 아치阿七가 아바阿八를 때리건 이 아무개가 장 아무개를 때리건 그런 것은 본래 별 문젯거리가 되지 않는다. 반드시 자오 영감처럼 이름이 있는 사람과 관련이 있어야만 사람들의 입에 오른다. 때린 사람이 워낙 유명하니 얻어맞은 사람도 덕분에 유명해진다. 잘못이 아Q에게 있다면 더 말할 여지가 없다. 왜 그럴까? 자오 영감에게는 잘못이 있을 수 없기 때문이다.

그렇다면 아Q에게 잘못이 있는데도 어째서 모두 그를 각별히 존경하는 것만 같을까? 이는 잘 알 수 없는 노릇이나 따지고 보면 아Q가 자오 영감과 한집안이라고 했으므로 비록 그가 얻어맞기는 했으나 사람들은 그게 정말이 아닐까 하고 두려워하여 차라리 좀 존경해 주는 것이 상책이라고 여기는 듯하다. 그렇지 않으면 공자 묘에 제물로 바친 소처럼 비록 돼지나 양 같은 짐승이지만 성인께서 젓가락을 대었으니 선비들이 함부로 하지 못하는 것과 같은 이치일 것이다. 이때부터 아Q는 여러 해 동안 득의양양했다.

어느 해 봄, 그는 술이 얼근하여 거리를 걸어가다가 왕王 텁석부리가 양지바른 담장 밑에서 웃통을 벗고 이를 잡는 것을 보았다. 별안간 그는 자기 몸도 근질근질해지는 것을 느꼈다. 이 왕 텁석부리는 부스럼 자국이 있는데다 수염도 터부룩하여 사람들은 그를 라이후癩鬍(부스럼과 수염이라는 뜻이다) 텁석부리라고도 불렀다. 아Q는 여기서 라이 자를 빼고 부르면서 그를 아주 깔보았다. 아Q의 생각에는 그의 부스럼 자국은 별로 신기한 게 아니나 뺨의 수염만은 정말 괴상하기 짝이 없어 차마 볼 수가 없다는 것이었다. 아Q는 라이후 텁석부리 곁에 가 나란히 앉았다. 만일 다른 건달들이라면 감히 그렇게 함부로 가 앉지 못했을 것이다. 하지만 이 왕 텁석부리 곁이라면 뭐가 무서울 게 있겠는가? 솔직히 말해 아Q가 그의 곁에 앉았다는 사실은 왕 텁석부리의 위신을 올려 주는 거나 다름없었다.

아Q도 해진 겹저고리를 벗어 뒤집어서 살펴보았다. 갓 빨아서 그런지 아니면 대강 봐서 그런지 한참 만에야 겨우 서너 마리밖에 잡지 못했다. 그런데 왕 텁석부리를 보니 한 마리, 두 마리, 세 마리씩 잡아서 입 안에 넣고 씹는데, 툭툭 하는 소리가 막 났다.

아Q는 처음에는 실망했다가 급기야 화가 치밀었다. 자기가 깔보는 왕 텁석부리도 저렇게 많은데 자기는 이렇게 적으니, 얼마나 창피한 노릇인가! 그는 한두 마리 큰 놈을 찾아내려고 애썼으나 끝내 찾지 못했다. 어쩌다가 겨우 중간 가는 놈 한 마리를 잡자 성이 나서 두툼한 입술 안으로 밀어 넣어 죽어라고 깨물었다. 그러나 그저 픽 소리가 날 뿐 왕 텁석부리가 내는 소리와는 비교가 안 되었다.

아Q는 부스럼 자국까지 온통 붉혀 가며 옷을 땅바닥에 내동댕이치고는 침을 탁 뱉고 욕을 퍼부었다.

"이 버러지 같은 새끼야!"

"이 비루먹은 개새끼, 너 누굴 욕하는 거야?"

왕 텁석부리가 깔보듯 쳐다보며 말했다. 아Q는 근래 사람들에게 비교적 존경받고 또 자기도 한껏 거드럭거리기는 했지만 사람 패는 걸 일삼는 건달들을 만나면 그냥 겁이 났다. 하지만 이번에는 아주 용감해졌다. 이따위 털보 새끼가 함부로 주둥아리를 놀려?

"누구긴 누구야, 네놈 새끼를 욕하는 거지!"

아Q는 일어서서 두 손을 허리에 척 짚고 말했다.

"너 이 새끼, 몸이 근질근질하냐?"

처음 겪는 수모

아Q의 정신 승리법은 강자에게는 비굴하면서도 약자에게는 강한 야비한 속성을 지녔다. 아Q는 기회만 오면 복수를 꿈꾸었다. 그는 털보라는 이유로 경멸해 마지않던 왕 텁석부리에게 다가가 자신의 우월함을 과시하려 했다. 왕 텁석부리 곁에 앉는 것만으로도 그의 위신을 세워 주는 것이라 생각한 아Q는, 그러나 도리어 난생 처음으로 굴욕을 당하고 말았다. 이로써 그의 정신 승리법은 파산에 부딪혔다.

왕 텁석부리도 일어나 옷을 걸치며 말했다. 아Q는 그가 도망치는 줄 알고 얼른 주먹을 한 방 날렸다. 그러나 주먹이 상대의 몸에 닿기도 전에 왕 텁석부리에게 잡히고 말았다. 왕 텁석부리가 와락 낚아채자 아Q는 비칠비칠하다가 나자빠졌다. 왕 텁석부리가 아Q의 변발을 휘어잡고 담벽으로 끌고 가 전례대로 머리를 짓찧으려 했다.

"군자는 말로 하지 손을 대지 않는다."

아Q가 고개를 비틀며 말했다. 왕 텁석부리는 군자가 아닌 듯 아Q의 말에 아랑곳하지 않고 그의 머리를 연이어 댓 번 짓찧었다. 그런 뒤 아Q를 힘껏 밀어 던져 예닐곱 자 가량 나가떨어지는 걸 보고서야 흡족해하며 가버렸다.

아Q의 기억으로 이것은 아마 난생 처음 겪는 굴욕일 것이다. 왕 텁석부리는 털보라는 결점이 있었기 때문에 여태 아Q에게 경멸당하면 경멸당했지 그가 아Q를 깔보지는 못했다. 더구나 손찌검까지 한다는 것은 정말 있을 수도 없는 일이었다. 항간에 떠도는 말처럼 황제가 과거제를 폐지하여 수재와 거인擧人(명청 시대 향시에 합격한 사람)이 필요 없게 되자 자오 씨네 집 위신도 땅에 떨어졌단 말인가? 그래서 저들이 나를 업신여기는 것이란 말인가? 아Q는 어찌할 바를 몰라 멍하니 서 있었다.

멀리서 누가 이리로 걸어왔다. 아Q의 적수가 또 나타났다. 이자도 역시 아Q가 가장 싫어하는 사람 중의 하나인 첸 영감의 맏아들이었다. 그는 전에 성안에 들어가 신식 학당에 다녔는데, 어찌 된 셈인지 일본에 건너갔다가 반 년 만에 집으로 돌아왔을 때는 다리가 꼿꼿해지고 변발도 보이지 않았다. 그의 어머니는 열 몇 번이나 대성통곡했고, 여편네는 세 번이나 우물에 뛰어들었다. 그 후 그의 어머니는 여기저기서 넋두리를 했다.

"그 애의 변발은 어느 몹쓸 놈이 그 애에게 술을 퍼 먹여 녹초를 만들어 놓고 자른 거라우. 본래 큰 벼슬을 할 수 있었는데 지금은 별 수 없으니 머리카락이 길게 자랄 때까지 기다리는 수밖에."

그러나 아Q는 그 말을 믿지 않고 그를 '가짜 양놈'이라 했고, 또 '외국과 내통하는 놈'이라고도 했다. 아Q는 그를 보기만 하면 속으로 욕했다.

아Q가 더욱이 '골수에 사무치게 증오하는' 것은 고놈의 가짜 머리 꼬랑지였다. 머리 꼬랑이가 가짜라는 것은 바로 사람 노릇을 할 자격이 없다는 것을 뜻하기 때문이다. 그놈의 여편네가 네 번째로 우물에 뛰어들지 않은 것을 보면 좋은 여자라고는 볼 수 없다. 바로 그 '가짜 양놈'

이 가까이 왔다.

"이 번대머리. 나귀……."

여태껏 아Q는 속으로만 욕했지 소리 내어 욕한 적이 없었는데, 이번에는 잔뜩 분이 치밀고 한바탕 앙갚음을 하고 싶은 참이라 엉겁결에 말이 새어 나왔다. 뜻하지 않게 도 이 번대머리는 누런 칠을 한 개왓지팡이—바로 아Q가 말하는 상제 지팡이(장례 때 쓰는 지팡이)—를 들고 성큼성큼 다가왔다. 그 순간 아Q는 그놈이 자기를 때릴 거라고 생각하고 온몸을 움츠리고 어깨를 솟구친 채 기다렸다. 과연 딱 소리가 났는데, 분명 자기 머리를 내리친 것 같았다.

"난 저 앨 보고 그랬는데."

아Q는 가까이 있는 아이를 가리키며 변명했다.

"딱! 딱딱!"

아Q의 기억으로 이것은 아마 난생 두 번째 겪는 수모 일 것이다. 다행히 딱딱 소리가 난 뒤에는 한 사건이 완결된 것 같아서 기분이 오히려 가뿐해지는 것을 느꼈다. 또한 조상에게서 물려받은 '망각' 이라는 보배가 효력을 나타내어 천천히 걸어서 술집 앞에 이르 자 벌써 기분이 유쾌해졌다.

그런데 맞은편에서 정수암의 젊은 여승이 걸어오고 있었다. 평소에 도 아Q는 그녀를 보면 영락없이 침을 뱉고 욕을 퍼부었는데, 하물며 방금 전 수모를 당했으니. 그는 기억이 되살아나고 적개심이 치밀어 올랐다.

'오늘 왜 이렇게 재수가 없나 했더니 네년을 만나려고 그랬구나!'

두 번째 겪는 수모
당시 중국인들은 양학을 배우거나 서 양 풍속을 따라하는 것을 갈 곳 없는 사람이 오랑캐에게 영혼을 팔아넘기 는 것으로 간주했다. 실제 루쉰도 일 본 유학 시절에 변발을 노예의 표식이 라 생각하여 잘라 버렸는데, 고향으로 돌아온 뒤 사람들에게 경멸을 당했다. 이는 이 작품에서 첸 영감의 맏아들을 통해 묘사되었다. 아Q는 팔자걸음 대 신 똑바로 걷고 가짜 변발을 한 그를 '외국과 내통한 놈', '가짜 양놈' 이라 부르며 증오했다. 변발이 가짜라는 것 은 사람 구실을 할 자격이 없기 때문 이다. 그런 그에게마저 보기 좋게 수 모를 당한 아Q. 그러나 아Q에게는 '망각' 이라는 좋은 보약이 있었다.

아Q는 이런 생각이 들었다. 그는 앞을 가로막고 큰소리를 지르며 침을 뱉었다.

"에잇, 퉤!"

젊은 여승은 아랑곳하지 않고 머리를 숙인 채 걸어갔다. 아Q는 여승 곁으로 가서 불쑥 손을 내밀어 갓 깎은 그녀의 머리를 쓰다듬고 헤벌쭉 웃으며 말했다.

"요 알머리야! 어서 돌아가라. 중놈이 널 기다려."

"웬 지분거림이냐."

여승은 얼굴이 온통 새빨개져서 종알거리며 잽싸게 걸어갔다. 술집에 있던 사람들이 와그르르 웃음을 터트렸다. 아Q는 자신의 위업에 고무되어 더욱 신이 났다.

"아니 요것아, 중놈도 집적거리는데 나는 왜 안 되나?"

그러고는 그녀의 뺨을 꼬집어 뜯었다. 술집에 있던 사람들은 또 크게 웃었다. 더욱 우쭐해진 아Q는 구경꾼들을 만족시켜 줄 요량으로 다시 힘껏 꼬집어 뜯은 뒤에야 손을 떼었다.

이번 싸움으로 아Q는 왕 텁석부리와 가짜 양놈을 깡그리 잊었다. 마치 오늘 하루의 모든 '액운'에 대해 보복한 것 같았다. 이상하게도 딱딱 소리가 나게 얻어맞은 때보다 몸이 더 가뿐하여 둥둥 떠다닐 것만 같았다.

"이 씨알머리가 끊어질 아Q 놈아!"

멀리서 젊은 여승의 울음 섞인 목소리가 들려왔다.

"하하하!"

아Q는 아주 득의양양하게 웃었다.

"으하하."

술집에 있던 사람들도 적이 만족한 듯이 웃음을 터뜨렸다.

제4장 연애의 비극

어떤 사람은 이렇게 말한다. 어떤 승리자는 그 적수가 호랑이나 매 같기를 원한다. 그래야만 승리의 환희를 느낄 수 있다! 만일 적수가 양이나 병아리 같다면 이겨도 오히려 싱거운 생각이 든다. 또 어떤 승리자는 모든 것을 이겨 낸 뒤 죽는 놈은 죽고 항복할 놈은 항복하며 "신이 황공하게도 죽을 죄를 지었나이다" 하는 꼴을 보게 되면 그에게는 적수도 없어지고 상대할 자도 없어지고 벗도 없어져 저 홀로 꼭대기에 앉아 처량하고 쓸쓸하게 되므로 오히려 승리의 슬픔을 느끼게 된다는 것이다. 그러나 우리의 아Q는 그렇게 못나지 않아서 영원히 득의양양하다. 이것은 아마 중국의 정신 문명이 온 세계에서 으뜸가는 하나의 증거일지도 모른다. 보라, 그는 둥둥 떠서 마치 날아갈 것 같지 않은가!

그런데 이번 승리는 그로 하여금 좀 이상한 느낌을 갖게 했다. 반나절이나 둥둥 떠다니다가 토지묘로 들어왔으니 그전 같으면 곤드라져서 코를 골아야 할 터였다. 그런데 어찌된 영문인지 그날 밤 그는 좀처럼 눈을 붙일 수가 없었다. 그는 엄지손가락과 둘째손가락이 다른 때보다 좀 매끈한 것 같은 이상한 느낌이 들었다. 젊은 여승의 볼에서 무슨 매끈한 것이 자신의 손가락에 묻었는지, 아니면 자신의 손가락을 젊은 여승의 볼에 문대어서 그런 건지?

"이 씨알머리가 끊어질 아Q 놈아!"

아Q의 귀에 그녀의 말이 들려왔다. 하긴 계집이 하나 있어야 해. 자손이 끊어지면 제삿밥 한 그릇 떠놓을 놈이 없게 되니, 아무래도 계집이 꼭 하나 있어야 해. "세 가지 불효가 있으니, 그중 후손이 없는 것이 가장 큰 불효다"라고 했다. 이는 "약오若敖 씨의 귀신이 굶주린다"는 말과 같이 인생의 가장 큰 슬픔이다. 그러므로 그의 이런 생각은 모두 성현의 가르침에 들어맞는 것이다. 하지만 유감스럽게도 나중에 그는 '그 싱숭생숭한 마음을 걷잡을 수가 없게' 되었다.

"계집, 계집!"

그는 생각했다.

"…… 중놈도 집적거리는데…… 계집, 계집! 계집!"

그는 또 생각했다. 그날 밤 아Q가 언제부터 코를 골기 시작했는지 알지 못한다. 하지만 그때부터 아Q는 손가락 끝이 좀 매끈거리는 것을 느꼈고, 그 뒤로 마음이 좀 들떠서 '계집……' 하고 생각했다.

이 한 가지 사실만 보더라도 우리는 여자란 사람을 해치는 존재임을 알 수 있다. 중국의 사나이들은 본래 거의가 성현이 될 수 있었는데, 유감스럽게도 모두 여자 때문에 신세를 망쳤다. 상나라는 달기妲己 때문에 망했고, 주나라는 포사褒姒 때문에 망했으며, 진秦나라는 비록 역사에는 기록되지 않았지만 역시 계집 때문이라 해도 별반 틀리지 않을 것이며, 동탁董卓은 분명 초선貂蟬이 해친 것이다.●

아Q는 본래 바른 사람이었다. 우리는 그가 어느 고명한 스승에게 가르침을 받았는지 모르지만 그는 '남녀유별'에 대해 아주 엄격했고,

● 달기 · 포사 · 초선
달기는 상나라의 마지막 왕인 주왕의 비다. 주왕은 그의 학정을 간하는 신하의 말을 멀리했고, 오직 달기의 말만 들었다. 결국 주나라 무왕이 주왕을 응징할 때 달기도 함께 죽임을 당했다.
포사는 서주西周의 마지막 왕인 유왕이 총애한 여자다. 그녀는 결코 웃는 법이 없었다. 왕은 그녀를 웃게 하기 위해 온갖 꾀를 생각한 끝에 위급을 알리는 봉화를 올려 모든 제후들을 모이게 했다. 결국 아무 일이 없다는 것을 안 제후들이 멍하니 서 있자 결코 웃지 않던 포사도 이를 보고 웃었다고 한다.
초선을 사랑한 동탁은 후한 말의 인물로, 소제少帝를 폐위시키고 헌제獻帝를 옹립하여 전횡을 일삼았다. 왕윤은 그런 동탁을 제거하기 위해 초선을 그에게 보이는 한편으로, 동탁의 양자인 여포에게도 결혼을 약속했다. 결국 동탁과 여포가 대결하는 형국이 되었다. 동탁은 초선의 간계에 의해 끝내 여포에게 죽임을 당했다.

이단자 — 말하자면 젊은 여승이나 가짜 양놈 따위 — 를 배척하는 정기도 대단했다. 그의 학설에 의하면 무릇 여승은 반드시 중놈과 사통하고, 여자가 바깥을 싸다니는 것은 반드시 난봉꾼을 꾀려는 것이며, 사내와 계집이 수군덕거리는 것은 반드시 무슨 수작이 있는 것이었다. 아Q는 그런 연놈들을 엄히 다스리기 위해 왕왕 눈을 부릅뜨고 흘겨보거나, 혹은 큰소리로 몇 마디 욕설을 퍼부어 아픈 곳을 찌르거나, 혹은 외진 곳이라면 뒤에서 돌을 집어던지기도 했다.

그런 그가 나이 삼십이 다 되어 젊은 여승 때문에 애태우며 정신이 붕 뜰 줄이야 누가 알았으랴. 이렇게 들뜬 정신 상태는 예교禮教상으로 볼 때 있을 수 없는 일이다. 그러므로 여자는 참으로 가증스러운 것이다. 만약 여승의 볼이 매끄럽지 않거나 그녀의 얼굴에 한 겹 천을 걸치기만 했어도 아Q는 홀리지 않았을 것이다. 오륙 년 전 그는 무대 아래 사람들 틈 사이에서 한 여인의 넓적다리를 꼬집은 적이 있었는데, 그때는 바지 위로 꼬집어 그렇게 들뜨지 않았다. 젊은 여승에 대해서는 그렇지 않았으니, 이것만으로도 이단의 가증스러움을 알 수 있다.

'계집……'

아Q는 생각에 잠겼다. 그는 '난봉꾼을 꾀러 다니는' 것으로 보이는 계집을 늘 유심히 보았으나 그들은 자기를 보고 한 번도 웃지 않았다. 그는 자기에게 말을 건네는 여자들에 대해서는 유심히 귀를 기울였으나 그들은 무슨 수작을 피울 이야기는 절대 하지 않았다. 아, 이역시 계집년들의 가증스러운 면이다. 그들은 모두 '품행이 방정한 척' 꾸며 댄다.

그날 아Q는 자오 영감네 집에서 진종일 쌀을 찧었고, 저녁을 먹은 뒤 부엌에 앉아 잎담배를 피웠다. 다른 집 같으면 저녁을 먹은 뒤 돌아 갈 수 있었다. 자오 영감네는 저녁밥이 일렀다. 평소 등불을 못 켜게 하는 까닭에 밥상을 물린 뒤에는 이내 자지만 때로는 예외도 있었다. 그 첫째가 자오 영감의 맏아들이 아직 과거에 붙지 못했을 때 불을 켜고 글을 읽을 수 있게 한 것이고, 둘째가 아Q가 와서 삯일을 할 때 불을 켜고 쌀을 찧게 한 것이다. 이 예외 때문에 아Q는 다시 방아를 찧기 전에 부엌에 앉아 잎담배를 한 대 피워 문 것이다.

우吳 어멈은 자오 영감네 집의 유일한 여종이다. 그녀는 설거지를 하고 나서 걸상에 걸터앉아 아Q와 한가하게 이야기를 나누었다.

"마님은 이틀이나 진지를 안 드셨다우. 영감님이 작은댁을 사겠다는 바람에……"

'계집…… 우 어멈…… 청상과부…….'

아Q는 생각했다.

"그리고 우리 아씨는 팔월에 아기를 낳는다오."

'계집…….'

아Q는 또 생각했다. 그는 담뱃대를 놓고 성큼 일어섰다.

"우리 아씨는……."

우 어멈은 연신 지껄였다.

"나와 같이 잡시다. 나와 같이 자요!"

아Q가 별안간 달려들어 어멈 앞에 무릎을 꿇었다. 한순간 조용해졌다.

"아이고머니나!"

어멈은 소스라치게 놀라며 입을 딱 벌렸다. 갑자기 그녀는 바들바들

떨더니 고함을 지르며 밖으로 뛰어나갔다. 뛰면서도 소리를 질렀는데, 마침내는 울음이 섞인 것 같았다.

아Q는 바람벽을 향해 무릎을 꿇고 얼빠진 채 있다가 두 손으로 빈 걸상을 짚고 천천히 일어났다. 아닌 게 아니라 뭔가 일이 잘못된 것 같았다. 그는 분명 가슴이 두근거려 허둥지둥 담뱃대를 허리춤에 꽂고 쌀을 찧으러 가려 했다. 그때 난데없이 그의 머리에 굵직한 것이 떨어졌다. 얼핏 뒤돌아보니 수재가 굵직한 대나무 몽둥이를 쥐고 그의 앞에 서 있었다.

"괘씸한 놈…… 네 이놈……."

굵직한 몽둥이가 다시 아Q에게 떨어졌다. 아Q는 두 손으로 머리를 감싸 쥐었는데, "딱" 하고 손가락을 얻어맞아 지독하게 아팠다. 그는 부엌문을 뛰쳐나왔다. 그런데 또 등줄기를 한 대 얻어맞은 것 같았다.

"이 개 같은 놈!"

수재가 뒤에서 관청 말투로 욕을 퍼부었다. 아Q는 방앗간으로 뛰어들어 멍하니 서 있었다. 손가락이 쑤셨고 "이 개 같은 놈!"이라는 말이 귀에 쟁쟁했다. 이것은 웨이주앙의 시골뜨기들은 지금껏 쓰지 않는 말이었다. 오로지 관청에 드나드는 부자들만 쓰는 말로, 유난히 무섭고 인상이 깊었다.

이때 그의 그 "계집……"은 깡그리 사라졌다. 그는 매를 맞고 욕을 먹은 뒤 마치 한 가지 일이 끝나고 거칫거리는 것이 하나 없어진 것처럼 가뿐해져서 다시 쌀을 찧기 시작했다. 한참 쌀을 찧고 나니 몸이 달아올라 일손을 멈추고는 웃통을 벗어 던졌다. 그때 밖에서 떠들썩한 소리가 들려왔다. 구경하는 것을 아주 좋아하는 아Q는 떠들썩한 곳으로 향했다. 소리가 나는 쪽으로 가노라니 어느새 자오 영감네 집 뜰에 이르렀다. 날이 저물어 어둑어둑했지만 그래도 많은 사람들을 알아볼 수 있었다. 자오 씨네 식구들 속에는 연 이틀이나 밥을 입에도 대지 않았다는 마님도 있었고, 이웃집의 쩌우치鄒七 아주머니, 진짜 한집안인 자오바이옌趙白眼과 자오쓰천趙司晨도 있었다. 때마침 아씨가 우 어멈을 방에서 끌고 나오며 종알거렸다.

"밖으로 좀 나와. 방구석에 틀어박혀 엉뚱한 생각 하지 말고."

"누가 모르나, 임자 행실이 곧은 줄. 그러니 철없는 짓을 해선 절대 안 되네."

어멈은 그저 울며 간간히 무어라고 중얼거렸지만 똑똑히 알아들을 수가 없었다.

'흥, 재미있는걸. 저 청상과부 년이 무슨 짓을 저질렀나?'

이렇게 생각한 아Q는 사정을 알아보려고 자오쓰천 곁으로 가까이 갔다. 그때 갑자기 자오 영감의 맏아들이 달려드는 것이 보였다. 그는 굵직한 대나무 몽둥이를 쥐고 있었다. 그 대나무 몽둥이를 보자 자기가 얻어맞은 것이 이 난장판과 무슨 관련이 있는 거라는 느낌이 들었다. 그는 몸을 돌려 방앗간으로 달아나려고 했다. 그러나 어느새 그 몽둥이가 앞을 가로막았다. 그는 다시 몸을 돌려 도망쳐 자연스럽게 뒷문으로 빠져나갔다. 조금 뒤에는 토지묘에 들어섰다.

잠시 앉아 있노라니 소름이 끼쳐 오고 몸이 오싹오싹해지는 것을 느꼈다. 봄철이라고는 하나 밤에는 여전히 쌀쌀하여 웃통을 벗고 있기가 어려웠다. 그는 저고리를 자오 씨네 집에 놓고 온 것이 생각났으나 가지러 가자니 수재의 그 대나무 몽둥이가 너무 무서웠다.
그때 지보가 들어왔다.

"아Q 이 망할 놈의 자식! 네 이놈, 자오 씨네 하인까지 희롱해. 일을 저질러도 분수가 있지. 나까지 잠 못 자게 하다니, 이 고약한 놈 같으니!"

한바탕 모진 꾸중을 들었으나 아Q는 한마디도 하지 않았다. 끝에 가서는 밤이기 때문에 지보에게 술값으로 평소보다 두 배인 사백 닢을 줘야 했는데, 마침 돈이 떨어져서 모자를 저당 잡혔다. 또 다음 다섯 개 사항을 다짐했다.

첫째, 내일 붉은 초—한 근짜리—한 쌍과 향 한 봉지를 가지고 자오 씨 댁에 가서 빌 것.

둘째, 자오 씨 댁에서 도사를 청해 목매 죽은 귀신을 쫓는 액풀이를 하는데, 그 비용은 아Q가 부담할 것.

셋째, 앞으로 아Q는 자오 씨네 문턱을 넘지 못함.

넷째, 만일 우 어멈에게 앞으로 무슨 사고가 있으면 아Q가 전적으로 책임질 것.

다섯째, 아Q는 품삯과 저고리를 다시 찾으러 가지 못함.

아Q는 물론 이 모든 사항을 수락했지만 애석하게도 돈이 없었다. 다행히 이미 봄이라 솜이불은 없어도 괜찮으므로 이천 닢에 저당 잡혀 조약을 이행했다. 그는 웃통을 벗은 채 머리를 땅에 대고 절을 한 뒤, 얼마 남은 돈으로 모자를 찾을 생각도 없이 몽땅 술을 마셔 버렸다. 자오 씨네 집에서는 마님이 부처님께 치성을 드릴 때 쓸 수 있다 하여 향

계집, 계집!
여승을 희롱한 뒤로 아Q는 점점 이상한 감정에 사로잡혔다. 그가 여자를 안 것이다. 마침내 자오 영감 집에 쌀을 찧으러 갔다가 일이 일어나고 말았으니, 하인인 우 어멈에게 같이 자자고 구애했다가 혼쭐이 난 것이다. 이는 처음으로 그의 인간적 절실성을 느낄 수 있는 대목이다. 그러나 그 후 마을 여자들은 아Q를 보기만 해도 도망갔고, 그나마 있던 삯일도 끊어졌으며, 외상술도 마실 수 없었고, 묘지기는 그를 내쫓으려 했다. 그 결과 그는 마을을 떠나야 했다.

도 피우지 않았고 초도 켜지 않았다. 그리고 아Q의 그 해진 저고리는 대부분 팔월에 낳을 아씨 아기의 기저귓감이 되었고, 나머지는 우 어멈의 신발 밑창이 되었다.

제5장 생계 문제

아Q는 사죄식이 끝난 뒤 다시 토지묘로 돌아왔다. 해가 저물었다. 어쩐지 세상이 차츰 이상야릇하게 느껴졌다. 곰곰이 생각해 보니 자신이 웃통을 벗은 데 원인이 있다는 것을 알았다. 그는 해진 겹저고리가 아직도 남아 있는 것이 생각나서 그것을 몸에 걸치고 누웠다. 얼마나 지났는지 눈을 떠보니 어느새 해가 서쪽 담장 위에서 비치고 있었다. 그는 벌떡 일어나 앉으며 웅얼거렸다.

"제기랄."

자리에서 일어난 그는 여느 때와 마찬가지로 거리를 어슬렁거렸다. 웃통을 벗었을 때처럼 살을 에는 아픔은 없었지만 어쩐지 또 세상이 이상야릇하게 느껴졌다. 왜 그런지 그날 이후로 웨이주앙의 여자들은 모두 수줍음을 타는 듯 아Q가 걸어오는 것을 보기만 해도 허둥지둥 문 안으로 숨어들었다. 심지어 근 오십이 된 쩌우치 아주머니까지 다른 사람들처럼 피하느라 허둥거렸고, 열한 살짜리 계집애까지 안으로 불러들이느라 야단이었다. 아Q는 몹시 이상하게 여기며 이렇게 생각했다.

'아 이것들이 갑자기 아가씨 흉내를 내는구나. 이 화냥년들 같으니.'

그러나 세상이 더욱 이상야릇하다고 느낀 것은 그로부터 여러 날이 지난 뒤였다. 첫째로 술집에서 외상을 주지 않았고, 둘째로 토지묘의 늙은 묘지기가 흐지부지 공연한 말을 늘어놓으며 그를 쫓아내려는 것 같았고, 셋째로는 며칠째인지는 분명하지 않지만 여러 날 누구 하나 삯일을 부탁하지 않았다. 술집에서 외상을 주지 않는 것은 참아 넘기면 그만이고, 늙은이가 자기를 쫓아내려는 것도 몇 번 잔소리하다 말겠지만, 누구 하나 그에게 일을 시키지 않는다는 것은 배를 곯게 하는 일이다. 정말 이것이야말로 두말할 것 없이 '제기랄' 노릇이다.

아Q는 더는 참을 수가 없었다. 그는 전에 일해 준 집을 찾아다니며 알아보는 수밖에 다른 도리가 없었다. 그러나 자오 씨네 집 문턱만은 넘어서는 안 되었다. 그런데 사정은 역시 이상했다. 어느 집에서든 남자가 나와서는 아주 귀찮아하면서 마치 거지를 몰아내듯이 손을 내저으며 말했다.

"없다. 할 일 없어! 썩 물러가!"

아Q는 더욱 이상하게 느꼈다. 원래 이 집에서는 남의 손 없이는 안 되는데 갑자기 일이 없어졌을 리가 만무하지 않은가? 여기에는 분명 무슨 곡절이 있을 것이다.

아Q는 사정을 알아보려고 두루 살펴보았다. 아닌 게 아니라 그들은 일이 있을 때면 샤오디小D를 불러다 일을 시켰다. 샤오디는 가난뱅이로서 말라깽이인 데다가 약골이었다. 아Q는 그를 왕 텁석부리보다도 못하다고 여겼다. 그런데 그놈의 자식이 자기 밥그릇을 가로챌 줄은 천만뜻밖이었다. 이번에는 아Q의 분노도 이만저만이 아니었다. 골이 잔뜩 올라서 걸어가던 그는 갑자기 손을 쳐들고 노래를 불렀다.

"내 쇠 채찍으로 네놈을 치리라!"

며칠 뒤 아Q는 첸 씨네 집 대문 담장 앞에서 뜻밖에도 샤오디를 만났다. '원수는 더 잘 보이는 법'이다. 아Q가 다가가자 샤오디도 멈춰 섰다.

"이 개새끼!"

아Q는 눈을 부릅뜨며 욕을 퍼부었다. 입에서 침방울이 튀었다.

"난 버러지다. 됐지?"

샤오디가 말했다. 그의 겸손은 도리어 아Q의 분을 돋우었다. 아Q는 손에 쇠 채찍이 없어 그저 와락 달려들어 샤오디의 머리채를 휘어잡았다. 샤오디는 한 손으로는 자신의 머리채를 움켜 누르고, 다른 한 손으로는 아Q의 머리채를 휘어잡았다. 아Q 역시 놀고 있는 손으로 자신의 머리채를 움켜쥐었다. 그전 같으면 샤오디 따위는 아Q에게 상대도 되지 않았건만, 며칠 굶은 터라 바싹 마르고 힘없는 정도가 샤오디 못지않았다. 둘은 서로 엇비슷했다. 네 손이 두 머리채를 잡고 서로 허리를 구부리고 버티는 모양이 첸 씨네 집 흰 담장 위에 그림자로 비쳤는데, 마치 무지개 모양 같았다. 그렇게 반 시간이나 계속되었다.

"됐다, 됐어!

구경꾼들이 말했다. 아마 말리는 것 같았다.

"잘한다, 잘해!"

구경꾼들의 말은 싸움을 말리는 건지 칭찬하는 건지 더욱 불붙이는 건지 도무지 분간할 수가 없었다.

두 적수
삶의 가능성이 모두 차단된 아Q는 마침내 가난뱅이에 말라깽이인 샤오디가 자신의 밥그릇을 가로챈 것을 알고 잔뜩 독이 올라 그의 머리채를 휘어잡았다. 이 용과 호랑이의 싸움은 반 시간이 넘도록 일진일퇴하며 승부가 나지 않았다. 루쉰은 봉건적 억압과 착취에 시달리는 같은 민중이면서 현실을 직시하지 못하고 서로 이전투구하는 행태를 둘의 싸움을 통해 풍자했다.

두 적수는 구경꾼들의 말에 아랑곳하지 않았다. 아Q가 세 걸음 밀고 나가면 샤오디가 세 걸음 후퇴한 뒤 멈춰 섰고, 샤오디가 세 걸음 밀고 나가면 아Q가 세 걸음 후퇴한 뒤 다시 멈췄다. 아마 반 시간은 더 흘렀을 것이다. 웨이주앙에는 자명종이 흔하지 않아 딱 그렇다고는 말하기 어렵다. 이십 분쯤 지났는지도 모른다. 그들의 머리에서는 김이 무럭무럭 났고, 이마에는 땀이 뻘뻘 흘렀다. 아Q가 손을 늦추자 순간 샤오디도 손을 늦추었다. 그들은 동시에 허리를 펴고 물러선 뒤 구경꾼들을 헤치고 빠져나갔다.

"두고 보자, 우라질 놈의 새끼."

아Q가 고개를 돌려 말했다.

"우라질 놈의 새끼, 두고 보자."

샤오디도 고개를 돌려 말했다. 이 '용과 호랑이의 싸움'은 승부가 나지 않았고, 구경꾼들도 만족했는지 모두 말이 없었다. 그러나 여전히 아Q에게 삯일을 부탁하는 사람은 없었다.

아주 따뜻한 어느 날이었다. 산들바람이 솔솔 불어 제법 여름 기운이 도는데도 아Q는 으슬으슬 추위를 느꼈다. 그러나 이것은 그런대로 견딜 수 있지만 배고픈 것은 견딜 수가 없었다. 솜이불, 모자, 홑저고리는 벌써 없어진 지 오래고 솜저고리도 팔았다. 이제 남은 것은 절대 벗을 수 없는 바지뿐이었다. 너덜너덜한 겹저고리가 하나 있기는 하나 남에게 거저 주어 신창이나 누비게 하면 모를까 돈이 되지는 않았다. 길바닥에서 돈뭉치를 주웠으면 하는 요행을 바라기도 했지만 지금껏 한 번도 눈에 띄지 않았다. 자신의 허물어져 가는 집에서라도 갑자기 돈뭉치가 나타났으면 하고 허겁지겁 두루 살폈으나 눈에 띄는 것은 아무엇도 없었다. 마침내 그는 밖으로 나가 얻어먹기로 했다.

그는 길을 가면서 무엇을 좀 얻어먹으려고 했다. 단골 술집도 낯익은 만두집도 그냥 다 지나갔다. 그 앞에 잠깐 멈춰 서지도 않았고 아예 달라고 할 생각도 하지 않았다. 그가 얻으려고 한 것은 그런 것이 아니었다. 그는 무엇을 얻으려고 했을까? 그것은 그 자신도 몰랐다.

웨이주앙은 본래 그리 큰 마을이 아니어서 길거리를 다 지나가는 데 오래 걸리지 않았다. 마을 밖은 대부분 논으로, 이제 막 파릇파릇 돋은 어린 모가 한눈에 들어왔다. 군데군데 움직이는 둥그런 검은 점은 논일을 하고 있는 농부들이었다. 아Q는 전원 풍경도 감상하지 않고 그냥 걷기만 했다. 이런 것은 그가 얻어먹으려는 것과는 너무나 거리가 멀다는 것을 직감적으로 알았기 때문이다. 마침내 그는 정수암의 담장 모퉁이에 이르렀다.

암자 주변이 모두 논이어서 신록 속에 회칠한 흰 담장이 두드러지게 눈에 띄었다. 암자 뒤쪽 낮은 토담 안에는 채마밭이 있었다. 아Q는 좀 주춤거리다가 사방을 살펴보았다. 아무도 없었다. 그는 낮은 담장에 기어올라 하수오 넝쿨을 붙잡았다. 그러나 담장에서 흙이 우수수 떨어지면서 그의 다리는 후들후들 떨렸다. 마침내 그는 뽕나무가지를 휘어잡고 안으로 뛰어내렸다. 담장 안은 참으로 울창했다. 그러나 술과 만두 따위는 없는 것 같고, 다른 먹을 만한 것도 있어 보이지 않았다. 서쪽 담장 밑은 대밭으로, 죽순이 숱하게 돋았지만 서운하게도 익히지 않은 날것이었고, 유채는 이미 씨가 여물었고, 겨자는 꽃이 피었고, 배추도 너무 자라 억세었다.

아Q는 과거에서 낙제한 문동처럼 몹시 억울했다. 어슬렁어슬렁 문이 있는 곳까지 이른 그는, 갑자기 눈이 휘둥그레지며 기뻐서 어쩔 줄 몰랐다. 그것은 분명 무밭이었다. 그는 몸을 쭈그리고 무를 마구 뽑았다. 그때 문 앞에 동그란 머리가 불쑥 나타나더니 금세 쏙 들어갔다. 젊은 여승임이 분명했다. 아Q는 젊은 여승쯤은 초개같이 여겼으나 세상일이란 '한걸음 물러서서 생각해야' 하는 법인지라 얼른 무 네 개를 뽑아 무청을 뜯어 버리고 저고리 섶에 품었다. 그런데 늙은 여승이 어느새 나타났다.

"나무아미타불. 아Q 자네 어째서 남의 밭에 뛰어들어 무를 훔치는가! 아, 죄악이로다. 아, 나무아미타불!"

"내가 언제 당신 밭에 뛰어들어 무를 훔쳤단 말이냐?"

아Q는 힐끔힐끔 돌아보며 내빼면서 말했다.

"방금. 그건 뭐지?"

늙은 여승은 아Q의 저고리 섶을 가리키며 말했다.

정수암에 이르다
배고픔을 이기지 못한 아Q는 마침내 마을을 벗어나 정수암에 이르렀다. 그러나 별 소득도 없이 검정개에게 내쫓기는 신세가 되고 만다. 결국 그는 성 안으로 들어가기로 결심했다.

"이게 당신 거란 말이야? 그럼 이 무더러 네 거라고 대답하게 할 수 있어? 당신은……."

아Q는 말을 채 맺지 못하고 내뺐다. 살진 큰 검정개 한 마리가 쫓아왔다. 이 개는 본래 문 앞에 있었는데 어찌 된 셈인지 후원에 나타났다. 검정개가 컹컹 짖으며 따라와 아Q의 정강이를 물 뻔했다. 다행히 아Q의 저고리 속에서 무가 하나 떨어지는 바람에 개가 움칠 놀라 멈춰 섰다. 그 사이에 뽕나무로 기어오른 아Q는 토담을 타고 무와 함께 담장 밖으로 굴러 떨어졌다. 검정개는 아직도 뽕나무를 쳐다보고 컹컹 짖어 댔고, 늙은 여승은 염불을 외었다.

아Q는 늙은 여승이 또 검정개를 내몰까 봐 겁이 나서 무를 얼른 주어 달음질쳤다. 길에서 돌멩이를 몇 개 주웠지만 검정개는 다시 나타나지 않았다. 아Q는 돌멩이를 내던지고 걸으면서 무를 먹었다.

'여기서는 별로 얻을 게 없으니 차라리 성안으로 들어가는 것이 낫겠다.'

무를 세 개째 다 먹었을 때 그는 성안으로 들어가기로 결심했다.

제6장 중흥에서 말로까지

아Q가 웨이주앙에 다시 나타난 것은 그해 추석이 갓 지난 뒤였다. 아Q가 돌아왔다고 하자 사람들은 모두 놀라는 한편으로 지난 일을 돌이켜 보았다. 지금껏 그는 어디에 가 있었을까? 아Q가 전에 몇 번 성안에 들어갔을 때는 대체로 신바람이 나서 사람들에게 자랑했는데, 이번에는 그렇지 않아 누구 하나 그에게 관심을 갖지 않았다. 혹 토지묘 묘지기 영감에게는 말했는지 모르지만, 웨이주앙의 관례로 본다면 자오 영감, 첸 영감, 수재 나리가 성안에 들어가야만 화젯거리가 되었다. 가짜 양놈이 성안에 들어간다 해도 화젯거리가 되지 않았다. 하물며 아Q쯤이야. 토지묘 묘지기 영감도 아Q를 위해 선전하지 않았다. 따라서 웨이주앙에서는 알 도리가 없었다.

그러나 아Q의 이번 귀환은 전과 너무나 달라서 실로 놀랄 만했다. 날이 어스름이 저물 무렵 아Q가 거슴츠레한 눈으로 술집 앞에 나타났다. 계산대 앞으로 다가간 그는 허리춤에서 손을 꺼냈는데, 은화와 동전을 듬뿍 쥐고 있었다. 그는 그것을 계산대 위로 내던지면서 한껏 기세를 보이며 말했다.

"맞돈이오! 술을 주시오!"

새 겹저고리를 입은 그의 허리에는 큼직한 주머니가 달려 있었는데, 어찌나 묵직한지 허리띠가 활등처럼 축 처져 있었다. 웨이주앙의 관례로 보면 관심을 끄는 인물에 대해서는 결코 업신여기지 않으며 공손하게 대한다. 지금 나타난 자가 분명 아Q인 것은 사실이지만 누더기를 걸친 아Q와는 판이하게 달라 보였다. 옛사람도 "선비는 헤어진 지 사흘이면 마땅히 새로운 눈으로 대할지니라"라고 했다. 그리하여 술집 심부름꾼도, 주인도, 술꾼들도, 행인들도 모두 아Q를 보고 의아해하면서도 존경하는 태도를 보였다. 술집 주인이 먼저 고개를 끄덕이고 인사를 차리며 말을 건넸다.

"어, 아Q 돌아왔구면!"

"음, 돌아왔수다."

"행운을 축하하네. 자넨 어딜……?"

"성안에 갔다 왔수다!"

이 소식은 다음날 웨이주앙 전체에 좍 퍼졌다. 사람들은 아Q가 그렇게 돈을 만지고 새 겹저고리를 입게 된 중흥사中興史를 알고 싶어 했다. 그리하여 술집과 찻집, 토지묘 처마 밑에서 조금씩 수소문하여 알

중흥

성안으로 간 아Q는 그해 추석이 갓 지난 무렵 몰라보게 달라진 행색에 진기한 물건과 옷을 잔뜩 가지고 득의만만하게 돌아왔다. 마을 사람들은 몰라보게 달라진 아Q를 보고 의아해하면서도 존경하는 태도를 보였다. 마침내 아Q의 지위는 자오 영감과 맞먹을 정도가 되었으니, 가히 그의 중흥기라 이를 만했다.

루쉰은 다른 글에서 "중국인들은 자기를 불안하게 할 조짐이 보이는 자를 만나면 자고로 두 가지 수법을 쓴다. 하나는 내리누르는 것이고, 다른 하나는 받들어 올리는 것이다. 내리누르는 데는 낡은 습관이나 도덕을 이용하거나 관의 힘을 빌린다. 내리누를 수 없을 때는 받들어 올린다. 그리하여 그가 흡족해하면 자기를 해치지 않을 것이라 여기며 안심한다"라며 민중의 노예 근성을 지적했다.

게 되었다. 그 결과 아Q는 새로운 존대를 받게 되었고, 사람들은 그를 좀 어려워했다.

아Q의 말에 의하면 그는 거인 영감 댁에서 일손을 도왔다. 이 말에 사람들은 모두 숙연해졌다. 그 나리의 성은 바이白 씨이지만 성안에 거인이라고는 그 사람밖에 없으므로 따로 무슨 성을 붙이지 않아도 거인이라면 곧 그를 가리키는 것이었다. 그것은 웨이주앙에서만 그런 것이 아니라 사방 백 리 안에서 다 그랬다. 사람들은 대부분 그의 이름이 거인 영감인 줄 알았다. 그런 집에서 일손을 돕는다는 것은 당연히 존경을 받을 만한 일이었다.

그런데 또 아Q의 말에 의하면 그는 그 집에 다시 가서 일하기가 싫었다. 왜냐하면 그 거인 영감이 너무나 '제기랄 놈' 이기 때문이다. 그 말에 사람들은 모두 한숨을 내쉬며 탄식하면서도 시원해했다. 아Q 따위는 본래 거인 영감 댁에서 일을 도울 만한 주제가 못 되므로 시원해한 것이었고, 그런 댁에서 일을 하지 않겠다는 것은 일면 아쉬운 일이었다.

아Q는 마치 성안 사람들이 자기 마음에 들지 않아서 돌아온 것처럼 말했다. 즉 그들이 긴 걸상을 쪽걸상이라고 하고, 생선을 지질 때는 파를 가늘게 썰어서 쓰고, 또 최근에 관찰하여 알게 된 결점으로 여자들이 좌우로 삐뚤거리며 걷는다는 것이었다. 그러나 실로 탄복할 만한 것도 있었다. 이를테면 웨이주앙의 시골뜨기들은 서른두 개의 대쪽으로 만든 패를 칠 줄 알 뿐이고 기껏 가짜 양놈이 마작을 할 수 있는 정도인데, 성안에서는 선머슴들까지 모두 마작을 제법 멋지게 한다는 것이었다. 가짜 양놈 따위는 성안의 여남은 살짜리 선머슴들 손에 걸리기만 하면 당장 '염라대왕 앞에 앉은 나졸' 꼴이 된다는 것이었다. 이 말에 사람들은 모두 자기도 모르게 얼굴을 붉혔다.

"임자들은 그래 목 자르는 걸 본 일이 있나?"

아Q가 말했다.

"허, 볼만하지. 혁명당을 자른단 말이야. 볼만하지, 볼만해."

그가 고개를 흔들며 떠들어 대는 바람에 마주 앉은 자오쓰천의 얼굴에 침이 튀었다. 그 말에 사람들은 모두 오싹해졌다. 아Q는 옆을 둘러보고는 갑자기 오른손을 쳐들더니 한창 목을 길게 뽑고 넋 놓고 이야기를 듣고 있던 왕 텁석부리의 목덜미를 내리치며 소리를 질렀다.

"썩둑!"

왕 텁석부리는 그만 기겁하여 목을 움츠렸다. 듣고 있던 사람들은 모두 무서워하면서도 재밌어했다. 그때부터 왕 텁석부리는 여러 날 동안 어리벙벙했으며, 다시는 아Q의 곁에 가까이 가지 않았다.

그 무렵 웨이주앙 사람들의 안중에는 아Q의 지위가 비록 자오 영감을 능가했다고는 할 수 없지만 거의 비슷했다고 해도 어폐가 없을 것이다. 얼마 안 가 아Q의 명성은 웨이주앙의 안방 아낙네들 사이에도 좍 퍼졌다. 웨이주앙에서는 쳰 씨네와 자오 씨네만 큰 집이었고, 그 밖에는 열의 아홉이 모두 오막살이였다. 그래도 규중은 규중인지라 아낙네들은 아Q의 소문을 듣고 신기해했다. 아낙네들은 서로 만나기만 하면 쑥덕거렸다. 쩌우치 아주머니는 아Q에게서 좀 낡기는 했지만 남색 비단 치마를 구십 전에 샀다. 그리고 자오바이옌의 어머니—일설에는 자오쓰천의 어머니라고 하는데 고증이 필요하다—도 어린아이의 빨간 옥양목 저고리를 샀는데, 칠 할이나 하는 새것을 겨우 삼백 문

밖에 주지 않았다. 그리하여 아낙네들은 간절하게 아Q를 만나려고 했다. 비단 치마가 없는 사람은 비단 치마를 살 수 있는지 물어보려 했고, 옥양목 저고리가 부러운 사람은 옥양목 저고리를 살 수 있는지 물어보려 했다. 이제 그들은 아Q를 보면 피하는 것이 아니라 때로는 그가 지나갔는데도 쫓아가서 불러 세우고 물었다.

"아Q, 비단 치마가 아직 있나? 옥양목 저고리는?"

나중에는 이런 소문이 아낙네들에게서 나리 댁 마님들 귀에까지 들어갔다. 쩌우치 아주머니가 너무나 기뻐한 나머지 자기가 산 비단 치마를 자오 씨네 마님에게 가져가 보였기 때문이다. 마님은 자오 영감에게 이야기하면서 한껏 추어올리기까지 했다.

자오 영감은 저녁상 머리에서 수재 나리와 의논한 끝에 아Q 녀석이 아무래도 좀 수상하니 문단속을 잘 해야겠다고 했다. 그러면서도 그 녀석 물건 가운데 아직 살 만한 것이 있는지도, 혹시 정말 좋은 것이 있는지도 모른다고 했다. 마님도 값이 싸고 물건이 좋은 털배자를 하나 사려고 했다. 그리하여 가족회의의 결정에 따라 쩌우치 아주머니에게 곧 아Q를 데려오라고 부탁했다. 덕분에 그날 밤만은 특별히 등잔 켜는 것을 허락했다.

등잔 기름이 적지 않게 닳았는데도 아Q는 아직 나타나지 않았다. 자오 씨네 식구들은 모두 속을 태우며 연신 하품을 했다. 그들은 아Q가 너무 게으르다고 욕하는가 하면, 쩌우치 아주머니가 너무 손을 늦게 쓴다며 탓하기도 했다. 자오 씨네 마님은 아Q가 봄철에 약속한 조

마을의 인기인이 되다
아Q에 대한 소문은 마을 여인들 사이에도 널리 퍼졌다. 여인들은 그가 들고 온 물건에 관심을 보이며 그와 만나고 싶어 했다. 그들은 더는 아Q를 봐도 도망가지 않았으며, 심지어 뒤쫓아 가서 부르기까지 했다. 자오 영감마저도 특별히 등잔 켜는 것을 허락하면서 아Q를 불러들였다.

건 때문에 오지 못하는 거라 걱정했지만, 자오 영감은 '내가' 부른 것이니 염려 없다고 했다. 과연 자오 영감의 견식은 높았다. 마침내 아Q가 쩌우치 아주머니를 따라 들어왔다.

"글쎄 아Q가 자꾸 없다고만 해서 직접 뵙고 여쭈라고 했죠. 그래도 자꾸 뭐라고 하기에 제가……."

쩌우치 아주머니는 숨 가쁘게 들어오면서 너스레를 떨었다.

"나으리!"

아Q는 웃는 둥 마는 둥 한마디 불쑥 하고는 추녀 밑에 엉거주춤 섰다.

"아Q, 들리는 말에 자네 외지에서 돈을 많이 벌었다더군."

자오 영감은 슬렁슬렁 아Q 앞으로 다가가서 그의 아래위를 한 번 훑어보고는 말을 이었다. "참 잘됐네, 잘됐어. 그런데 들리는 말에 자네 무슨 헌 물건을 가지고 있다지? 그걸 한번 보여 주게나. 다름이 아니라 내게도 소용되어 그러네."

"쩌우치 아주머니에게도 말했지만 이젠 없는데요."

"다 팔렸다고?"

자오 영감은 자기도 모르게 말이 나왔다.

"아니, 어떻게 그렇게 빨리 다 팔렸나?"

"제 친구들 물건인데, 원래 많지 않은 데다가 저마다 사 가서……."

"그래도 뭐 좀 있겠지."

"이젠 문에 치는 발이 하나 있을 뿐인데요."

"그거라도 가져와 보여 주게."

자오 씨네 마님이 다급히 말했다.

"그렇다면 내일 가져와도 되네."

자오 영감은 썩 내키지 않은 모양이다.

"아Q, 앞으로 무슨 물건이 있거든 우선 여기부터 가져와서 보여 주게나."

"값은 절대 다른 집보다 떨어지지 않을 테니!"

이번에는 수재가 말했다. 수재의 여편네는 아Q가 감동했는지 보려고 그의 얼굴을 힐끗 바라보았다.

"난 털배자가 하나 필요하네."

마님이 말했다. 아Q는 대답은 했지만 별로 신통치 않은 기색으로 나왔는데, 그걸 마음에 새겨 두었는지 어쩐지는 알 수 없었다. 이는 자오 영감을 매우 실망케 했고, 그의 분을 돋우었으며, 걱정거리가 되게 했다. 심지어 이는 그의 하품조차 멎게 했다. 수재도 아Q의 태도에 대해 매우 불만이었다. 그는 이 개 같은 놈을 단단히 경계해야 하며, 차라리 지보에게 말해서 이놈을 웨이주앙에 살지 못하게 하는 것이 나을 거라고 했다.

그러나 자오 영감은 그렇게 생각하지 않았다. 그리하면 원한을 살지도 모르고, 또 그런 업을 일삼는 자는 "매도 제 둥지 밑에서는 먹이를 후려치지 않는다"는 말이 있듯이 대개 이 마을에는 손을 대지 않을 것이니 별로 걱정할 게 없으며, 밤에 좀 조심하기만 하면 된다고 했다. 수재는 '아버지의 가르침'을 옳다고 여기고는 아Q를 마을에서 쫓아내자고 한 제안을 철회했다. 또 쩌우치 아주머니에게도 아무에게도 이 말을 하지 말라고 신신당부했다.

그러나 이튿날 쩌우치 아주머니는 그 남색 치마에 검정 물을 들이려고 나갔다가 아Q의 의심스러운 점을 퍼뜨렸다. 그러나 수재가 아Q를 마을에서 내쫓겠다고 한 말은 분명 하지 않았다. 아무튼 이는 아Q에게 대단히 불리한 것이었다. 제일 먼저 지보가 와서 닦달하고는 문에 치는 발을 빼앗아 갔다. 아Q는 영감 댁 마님이 보시겠다고 한 것이라며 사정했다. 그러나 지보는 돌려주기는커녕 아Q더러 삼가 예를 표하고 매달 돈을 바치라며 그 액수까지 다짐받으려 했다.

그 뒤로 아Q에 대해 어려워하고 존대하던 마을 사람들의 태도가 갑자기 달라졌다. 아직 감히 제멋대로 못되게 굴지는 않았지만 슬슬 피하는 기색이 보였다. 이러한 기색은 그가 지난번에 목을 자르는 시늉을 할 때 피한 것과도 달라서 경이원지敬而遠之(공경하되 가까이 하지 않음)하는 요소가 다분히 섞여 있었다.

경이원지
아Q가 일개 좀도둑에 불과하다는 것을 알게 된 마을 사람들은 원한을 살까 두려워 그에게 무례하게 굴지는 못했지만 멀리 피하려 했다. 이로써 기고만장하던 아Q의 기세도 꺾이고 말았다.

그런데 일부 건달들이 아Q의 진상을 미주알고주알 캐내려고 했다. 아Q 역시 별로 숨기지 않고 대범하게 자기의 경험을 뽐냈다. 그리하여 그들은 아Q가 좀도둑 가운데서도 보잘것없는 역을 맡은 치라는 걸 알았다. 그는 담장에 뛰어오르지도 못하고 안으로 살금살금 들어가지도 못하는 위인이라 그저 밖에서 훔쳐 낸 물건을 받는 일을 했을 뿐이었다.

어느 날 밤 두목이 보따리를 하나 내다가 밖에 있는 아Q에게 주고는 다시 안으로 들어갔는데, 얼마 뒤 안에서 왁자지껄 고함 소리가 들려왔다. 엉겁결에 줄행랑을 친 아Q는 밤중에 성을 빠져나와 웨이주앙으로 도망쳐 왔고, 다시는 감히 그런 짓을 하러 가지 못했다.

그러나 이런 이야기는 도리어 아Q에게 불리했다. 사실 마을 사람들이 아Q에 대해 '경이원지' 한 것은 그와 원수를 질까 봐 두려워서인데, 더는 도적질도 하지 못하게 된 놈인 줄 누가 알았으랴. 이야말로 '아무 두려울 게 없는 것' 이다.

제7장 혁명

선통宣統(청나라 마지막 황제의 연호)3년 9월 14일—바로 아Q가 전대를 자오바이옌에게 판 날이다. 자정이 훨씬 지난 깊은 밤 검정 뜸을 친 큰 배 한 척이 자오 씨네 선창에 도착했다. 캄캄한 밤중이었으므로 잠든 마을 사람들은 아무도 알지 못했다. 그러나 돌아갈 때는 날이 밝아 올 무렵이었으므로 몇몇 사람들이 그 배를 보았다. 이리저리 염탐해 본 결과 성안의 거인 영감네 배라는 것을 알았다.

그 배는 웨이주앙에 큰 불안을 가져왔다. 한낮도 되기 전에 온 마을의 인심이 술렁거렸다. 배가 왜 왔다 갔는지에 대해 자오 씨네는 아예 비밀로 했으나, 찻집과 술집에서는 모두 혁명당이 성안으로 쳐들어올 것 같아 거인 영감네가 우리 마을로 피난을 왔다고 했다. 그런데 유독 쩌우치 아주머니만은 그렇게 생각하지 않았다. 즉 이번에 온 것은 거인 영감네가 헌 옷 궤 몇 짝을 맡기려던 것이었는데, 자오 영감이 거절하여 도로 가져갔다는 것이었다. 기실 거인 영감과 자오 수재는 본래 사이가 좋지 않은지라 따지고 보면 그들에게 '환난을 같이할 정' 이 있을 리 없었다. 쩌우치 아주머니와 자오 씨네는 이웃이어서 보고 듣는 것이 비교적 근사한바, 아마도 쩌우치 아주머니의 말이 옳을 것이다.

그러나 소문은 점점 더 무성해졌다. 거인 영감이 친히 왔다 가지는 않은 것 같지만 자오 씨네와 '먼 친척'이 된다는 사연을 쓴 긴 편지를 보내왔다는 것이었다. 자오 영감은 배알이 틀렸으나 자기에게 별로 나쁠 것은 없을 것 같아 궤짝을 맡아 두었는데, 지금은 마님의 침대 밑에 넣어 두었다는 것이었다. 또한 혁명당에 대해서는 그날 밤 혁명당이 성안에 쳐들어갔으며 모두 흰 투구에 흰 갑옷을 입었는데 이는 숭정 황제를 위해 상복으로 입은 것이라 했다.

아Q 역시 혁명당이라는 말을 진작부터 들었으며, 올해는 혁명당을 죽이는 것을 직접 보기도 했다. 그러나 그는 무엇에 근거한 것인지는 모르겠지만 혁명당이 하는 것은 반란인즉, 자기를 괴롭히는 것이라 생각했기 때문에 '한껏 미워하고 싫어했다.' 그런데 혁명당이 사방 백 리에 이름을 떨치는 거인 영감을 이처럼 혼쭐을 낼 줄은 정말 뜻밖이었다. 이렇게 되고 보니 아Q는 혁명당에 마음이 얼마간 '끌리지' 않을 수 없었다. 더군다나 웨이주앙의 사내놈들과 계집년들이 뒤숭숭해하는 꼴은 아Q의 속을 시원하게 했다.

'혁명도 괜찮은 것이구나.'

아Q는 이렇게 생각했다.

'이 제기랄 것은 혁명해서 치워야 해. 이가 갈린다! 원한이 사무친다! 나도 혁명당에 투항할 테다.'

아Q는 요즘 군색해져서 불만이 좀 있었다. 게다가 낮에 빈속에 술을 몇 잔 들이켠 까닭에 더 빨리 취해서 이런저런 생각을 하면서 걷노라니 둥둥 들뜨기 시작했다. 어찌된 영문인지 모르겠으나 어느새 갑자기 혁명당원이 된 것 같았고, 웨이주앙 사람들은 모두 자기의 포로가 된 것 같았다. 그는 흥에 겨운 나머지 큰소리로 외치지 않을 수 없었다.

"반란이다! 반란!"

웨이주앙 사람들은 모두 기겁한 눈으로 아Q를 쳐다보았다. 그런 가련한 눈은 아Q가 여태 본 적이 없었는데, 오뉴월 무더위에 얼음물을 마신 것처럼 속이 시원했다. 그는 더욱 신이 나서 걸어가면서 외쳤다.

"그렇지, 원하는 건 다 내 거고 마음에 드는 여자도 다 내 거다.

쿵작쿵작 쿵자쿵!

어이할꼬, 술김에 정鄭 씨를 잘못 베었구나.

어이할꼬, 아야야.

쿵작쿵작 쿵자쿵 쿵자쿵!

내 쇠 채찍으로 네놈을 치리라."

자오 씨 댁의 두 어른과 일가 두 사람이 대문 앞에서 혁명에 대해 이야기하고 있었다. 아Q는 그것을 보지 못한 채 고개를 뒤로 젖히고 노래를 부르며 지나갔다.

"쿵작쿵작."

"아Q 서방."

자오 영감이 겁을 먹고 문 앞에서 아Q를 향해 낮은 소리로 불렀다.

"쿵작."

아Q는 자기 이름에 '서방'이라는 말이 붙으리라고는 꿈에도 생각

혁명에 동참하다

아Q에게 혁명은 처음에는 그저 구경 거리에 지나지 않았다. "임자들은 그래 목 자르는 걸 본 일이 있나? 허, 볼 만하지, 혁명당원을 자른단 말이야. 볼만하지. 볼만해." 혁명 소식에 관료와 지주와 민중은 모두 허둥거리며 떨었다. 그들은 혁명이 무엇인지 묻지 않았다. 그저 혁명군이 온다는 사실을 두려워했다. 이를 본 아Q는 "혁명이란 것도 괜찮구나" 하며 간단하게 혁명에 동참했다. 여기에는 아무런 혁명 의식도 사명감도 찾아볼 수가 없다. 그에게 혁명은 오직 복수와 출세를 위한 것이었다. 아Q뿐만 아니라 민중에게 혁명이란 그런 것이었다. 루쉰은 "만약 중국이 혁명하지 않는다면 아Q도 하지 않지만, 혁명한다고 하면 아Q도 한다"라며 민중의 의식 결여를 애통해했다.

하지 못했으므로 자기와는 상관없는 소리라 여기고 그냥 노래를 계속했다.

"쿵작쿵작 쿵쿵작 쿵!"

"아Q 서방!"

"어이할꼬."

"아Q!"

수재가 할 수 없이 그의 이름을 불렀다. 아Q는 그제야 멈춰 서서 머리를 돌리며 물었다.

"왜 그러우?"

"아Q 서방, 요즘……."

자오 영감은 할 말이 없어서 우물쭈물했다.

"요즘…… 벌이가 좋은가?"

"벌이? 두말하면 잔소리지. 뭐든지 내 뜻대로니까."

"아…… Q형, 우리 같은 가난뱅이는 걱정 안 해도……."

자오바이옌이 혁명당의 속을 떠보려는 듯 머뭇머뭇 물었다.

"가난뱅이라고? 그래도 나보다는 돈이 있지 않소."

아Q는 이렇게 말하고는 가버렸다. 모두 풀이 죽어 잠자코 있었다. 그들은 자오 씨네 집으로 돌아와 등잔을 켤 때까지 의논했다. 자오바이옌은 집에 들어서자마자 허리춤의 주머니를 풀어 마누라에게 주며 농짝 밑에 감추게 했다.

아Q는 기분이 들떠 날아다니다시피 마을을 한 바퀴 돌고 토지묘로 돌아왔다. 술은 이미 말끔히 깨어 있었다. 그날 밤에는 묘지기까지도 뜻밖에 싹싹하게 대해 주며 차를 다 권했다. 아Q는 묘지기에게 떡을 두어 개 달라 하여 먹은 뒤, 쓰다 만 넉 냥짜리 초와 나무 촛대를 달라 하여 불을 켜고 좁은 자기 방으로 들어가 홀로 누웠다. 그는 무어라 말할 수 없이 속이 시원하고 기뻤다. 촛불은 마치 정월 대보름날 밤 촛불처럼 너울너울 춤을 추었고, 그의 생각도 춤을 추어 여러 장면이 머릿속에 떠올랐다.

"반란이라? 멋있구나. 흰 투구와 흰 갑옷의 혁명당 사람들이 몰려온다. 손에는 청룡도, 쇠 채찍, 폭탄, 총, 삼첨양인도三尖兩刃刀(날이 두 개이고 끝이 세 개로 나누어져 산 모양을 한 칼), 갈고리 창을 들고서 토지묘 앞을 지나며 '아Q! 함께 가세, 함께 가!' 하는 바람에 함께 따라 나선다.

그때가 되면 웨이주앙의 사내놈들과 계집년들 꼴 좋겠다. 무릎을 꿇고 '아Q, 목숨만 살려 주오!' 하겠지. 흥, 누가 들어준대! 제일 먼저 죽일 놈은 샤오디와 자오 영감이다. 그다음엔 수재, 또 그다음엔 가짜 양놈. 어느 놈을 살려 둔다? 왕 텁석부리는 남겨 둬도 되겠지만, 에잇 그까짓 놈도 소용없어.

물건은…… 곧장 들어가 궤짝을 열어젖힌다. 그러면 금 덩어리, 은화, 양사 저고리가…… 수재 여편네의 영파寧波 침대(세 사람이나 사용할 수 있는 큰 목재 침대로서, 그림을 새겨 넣은 고급품이다)는 우선 토지묘로 날라 오고, 그 밖에 첸 씨네 책상과 의자도 갖다 놓는다. 그렇지 않으면 자오 씨네 것을 갖다 쓰자. 난 가만 있고 샤오디를 시켜 나른다. 빨리빨리 날라야지 꾸물대면 따귀를 후려갈길 테다.

자오쓰천의 누이동생은 정말 못생겼어. 쩌우치 아주머니의 딸년은 몇 년 더 지나야 되고. 가짜 양놈의 여편네는 머리 꼬랑이 없는 사내놈하고 잤으니 몹쓸 쌍년이야! 수재 놈의 여편네는 눈두덩에 흠집이 있고, 우 어멈은 오래 만나지 못했는데 어데 있을까? 그런데 아쉽게도 발이 너무 커."

아Q는 생각을 다 끝맺지 못한 채 이내 곯아떨어졌다. 넉 냥짜리 초는 이제 겨우 반 치쯤 탔다. 너울너울 춤을 추는 불빛이 아Q의 헤벌린 입을 비추었다.

"으아악!"

아Q는 별안간 큰소리를 내며 벌떡 고개를 처들고는 기겁하여 주변을 둘러보다가 넉 냥짜리 초가 눈에 띄자 다시 곯아떨어졌다.

이튿날 그는 매우 늦게 일어났다. 거리에 나가 보니 무엇이나 전과 다름이 없었다. 그는 여전히 배가 고팠다. 곰곰이 생각해 보았으나 별로 신통한 것이 떠오르지 않았다. 갑자기 그는 무슨 궁리가 생긴 듯 뚜벅뚜벅 걸음을 옮겼고, 어느새 정수암에 이르렀다.

암자는 봄철에 왔을 때처럼 조용했다. 흰 담장과 검은 대문도 여전했다. 그는 잠깐 궁리하다가 문을 두드렸는데 개가 안에서 짖어 댔다. 그는 얼른 벽돌 조각을 몇 개 집어 들고는 좀더 힘을 주어 문을 두드렸다. 검정 대문에 곰보 자국이 적지 않게 생기고 나서야 안에서 인기척이 들렸다.

아Q는 재빨리 벽돌 조각을 고쳐 쥔 뒤 다리를 벌리고 검정개와 싸울 채비를 했다. 그러나 암자 문이 빠끔히 열렸을 뿐 안에서 검정개가 뛰쳐나오지는 않았다. 들여다보니 늙은 여승 하나가 서 있을 뿐이었다.

혁명 소식을 전하다
혁명을 한답시고 떠벌리고 다니던 아Q는 정수암에 이르러 자오 수재와 가짜 양놈 따위가 이미 혁명에 잽싸게 편승하여 청조의 유산을 없앤답시고 암자를 때려 부수고 간 것을 알았다. 약삭빠른 지주들은 자신들이 혁명당원이라 말하며 아Q를 끼워 주지 않았다.

"자넨 왜 또 왔나?"

늙은 여승이 깜짝 놀라며 물었다.

"혁명이야. 알고 있어?"

아Q는 좀 얼떨떨하게 말했다.

"혁명, 혁명. 혁명은 벌써 하지 않았나? 자네들이 도대체 우릴 어떻게 혁명한다는 건가?"

늙은 여승이 눈에 핏발을 세우며 쏘아붙였다.

"뭐라고?"

아Q는 영문을 몰랐다.

"자넨 모르나? 그 사람들이 벌써 혁명하러 왔었네!"

"누가?"

아Q는 더더욱 영문을 알 수 없었다.

"그 수재하고 가짜 양놈 말이야!"

아Q는 너무나 뜻밖이어서 입을 딱 벌렸다. 늙은 여승은 아Q의 맥 풀린 꼴을 보자 잽싸게 문을 닫아 버렸다. 아Q가 다시 밀어 보았지만 문은 꿈쩍도 하지 않았다. 마구 두드렸지만 안에서는 아무 대꾸도 없었다.

그것은 그날 아침 일이었다. 소식이 빠른 자오 수재는 밤에 혁명당이 벌써 성안에 쳐들어갔다는 것을 알고 머리 꼬랑지를 틀어서 얹었다. 그리고 지금까지 사이가 좋지 않던 가짜 양놈 첸을 이른 새벽에 찾아갔다. 이른바 '모두 유신에 참여하는' 때인지라 그들은 이야기를 주고받는 사이에 이내 동지가 되었고 혁명을 같이하기로 약속했다. 그들은 골똘히 궁리한 끝에 정수암에 있는, "황제 만세, 만만세"라고 새긴 용패(용을 새긴 목패)를 당장 없앨 것을 생각해 냈다. 그리하여 곧장 암자로 혁명하러 갔다. 늙은 여승이 나와 그들을 막아서며 몇 마디 하자 그들은 여승을 만청滿淸 정부 편으로 간주하고 개황지팡이로 머리를 마구 후려치고 주먹을 날렸다. 그들이 사라진 뒤 여승이 정신을 차리고 살펴보니, 용패는 땅바닥에 조각이 나서 널려 있었고 관음보살 앞에 놓았던 선덕宣德 향로도 보이지 않았다.

아Q는 이 일을 나중에야 알고서 늦잠을 잔 것을 몹시 후회했다. 또한 그들이 자기를 찾지 않은 것을 아주 괘씸하게 여겼다. 그는 또 한걸음 물러나며 이렇게 생각했다.

'흥, 자식들이 내가 혁명당에 투항한 걸 아직도 모른단 말인가?'

제8장 혁명을 허하지 않는다

웨이주앙의 민심은 날로 안정되어 갔다. 들리는 말에 의하면 혁명당이 성안에 들어가기는 했지만 별로 큰 변화가 없다고 한다. 현지사 나리는 그대로 있고 다만 명칭만 다르게 부를 뿐이라고 한다. 그리고 거인 영감도 무슨 벼슬을—그 명칭을 웨이주앙 사람들은 모두 모른다고 한다—하고, 병정을 거느리는 대장도 역시 예전 그대로라고 한다.

그런데 한 가지 무서운 일은 몇몇 나쁜 혁명당원이 섞여 들어 난장을 치는 것이었다. 즉 이튿날부터 벌써 남의 머리 꼬랑이를 자르기 시작했는데, 소문에 의하면 이웃 마을의 뱃사공 치진七斤이 걸려들어 사람 같지 않은 망측한 꼴이 되었다고 한다. 그러나 이런 것은 그리 겁낼 일이 아니었다. 왜냐하면 웨이주앙 사람들은 본래 성안에 들어가는 일이 드물었고, 설사 들어갈 일이 있다 해도 계획을 곧 변경하기만 하면 그런 위험에 부딪히지 않기 때문이다. 아Q도 성안에 들어가 옛 친구를 찾아보려고 했지만 이 소식을 듣고는 할 수 없이 계획을 취소했다.

그렇다고 웨이주앙에도 개혁이 없는 것은 아니었다. 며칠이 지나자 머리 꼬랑이를 정수리에 틀어 얹은 자가 점점 많아지기 시작했다. 이미 말했듯이 제일 먼저 수재가 그렇게 했고, 자오쓰천과 자오바이옌이 그 다음이며, 아Q가 그다음이었다. 만일 여름이라면 변발을 틀어 올리거나 칭칭 감아올려 쪽을 찌는 것쯤은 별로 신기할 것도 없다. 그러나 지금은 늦가을이므로 '가을철에 여름 차림'을 한 것은 변발을 틀어 올린 사람으로서는 그야말로 영명한 결단을 내린 것이 아닐 수 없었다. 웨이주앙에서도 이것이 개혁과 전혀 관계가 없다고 할 수는 없었다.

뒤통수가 훤한 자오쓰천이 걸어오는 것을 보고 사람들이 크게 지껄였다.

"허, 혁명당이 온다!"

이 말에 아Q는 매우 부러워했다. 그는 수재가 변발을 틀어 올렸다는 굉장한 소식을 벌써부터 들어 알고 있었지만 그것을 따라할 생각은 미처 하지 못했다. 그런데 이제 자오쓰천까지 그렇게 하자 자신도 따라할 생각이 들어 실행하기로 결심했다. 그는 변발을 틀어 올려 대젓가락을 하나 꽂았다. 한참 동안 망설이던 그는 마침내 마음을 단단히 먹고 거리로 나섰다. 사람들은 그를 보고 아무 말도 하지 않았다. 그는 처음에는 아주 불쾌했고, 나중에는 몹시 불만스러웠다. 그는 요즘 걸 핏하면 트집을 부리고 성을 냈다. 기실 그의 생활은 반란이 일어나기

변발을 틀어 올리다

청조가 지배할 때 억압적으로 민중 위에 군림하던 자들은 신해혁명이 터지자 변발을 올리거나 성안으로 '정중한 편지'를 써서 신정부의 자유당에 입당하게 해달라고 부탁하는 등 발빠르게 혁명가 쪽에 붙었다. 사람들은 변발을 올린 것만 보고도 "혁명군이 온다"라고 지껄였다. 이를 매우 부러워한 아Q는 그 자신도 대젓가락 하나로 변발을 틀어 올린 뒤 거리로 나섰다. 그러나 아Q는 여전히 허전함을 느꼈다.

전보다 더 괴롭지는 않았다. 사람들도 그를 상냥하게 대해 주었고, 가게에서도 맞돈을 요구하지는 않았다. 그렇지만 아Q는 자신이 어쩐지 너무나 불운하다고 느꼈다. 혁명을 했는데 그저 이 모양일 수는 없다고 생각했다. 더군다나 샤오디를 보고 나자 더욱 울화가 치밀어 견딜 수가 없었다.

샤오디도 변발을 틀어 올렸고 대젓가락까지 하나 꽂고 있었다. 아Q는 이놈이 이렇게까지 할 줄은 전혀 생각하지 못했다. 그는 이놈을 그냥 보고만 있을 수 없다고 생각했다. 샤오디, 제 놈이 뭔데. 아Q는 당장 샤오디를 움켜잡고 그놈의 대젓가락을 분질러 변발을 풀어 버린 뒤 그놈의 뺨을 보기 좋게 몇 번 후려쳐 제 타고난 팔자를 잊어버리고 감히 혁명당 노릇을 하지 못하게 다스리고 싶었다. 그러나 그는 결국 용서해 주고 말았다. 다만 성난 눈을 부릅떠 노려보고는 "퉤!" 하고 침을 뱉었다.

요 며칠 사이에 성안에 갔다 온 사람은 가짜 양놈뿐이었다. 자오 수재도 본시 궤짝을 맡아 준 것을 인연으로 거인 영감을 친히 찾아보려고 했으나 변발이 잘릴 위험이 있어 그만두었다. 그는 상대방을 한껏 존대하며 정성 들여 격식에 맞게 편지를 써서 가짜 양놈에게 주고는, 성안에 가는 길에 그것을 가지고 가서 자유당에 들 수 있도록 힘써 달라고 부탁했다. 가짜 양놈은 돌아오자 제 돈으로 먼저 치렀다고 하면서 수재에게서 은전 사원을 받아 냈다. 그리하여 수재는 복숭아 모양의 은제 휘장 하나를 앞가슴에 달게 되었다. 웨이주앙 사람들은 모두 감복했고, 그것은 시유당柿油黨('시유柿油'는 '자유自由'와 그 음이 비슷하다. 그래서 당시 일부 민중은 자유라는 말의 뜻을 몰라서 시유당이라고 불렀다고 한다)의 휘장으로 한림에 해당

한다고 했다. 자오 영감은 아들이 급제했을 때보다도 더 오만해져서 아Q를 만나도 거들떠보지도 않았다.

아Q는 불만으로 가득 찼고 시시각각 허전함을 느꼈다. 그는 그 은제 휘장의 이야기를 듣고 자기가 왜 허전한지 이내 깨달았다. 혁명을 하려면 혁명당에 투항한다고 말만 해서는 안 되며, 변발을 틀어 올리는 것만으로도 안 된다. 무엇보다도 혁명당과 가까이 사귀어야 한다. 그가 아는 혁명당원이라고는 단 두 사람뿐이었는데, 성안에 있던 사람은 벌써 '썩둑' 목을 잘린 지 오래고 이제는 가짜 양놈만 남아 있을 뿐이었다. 그는 서둘러 가짜 양놈에게 가서 의논하는 것 외에는 달리 길이 없다고 생각했다.

첸 씨네 집 대문은 마침 열려 있었다. 아Q는 눈치를 살피며 슬금슬금 들어갔다. 안에 들어간 그는 깜짝 놀랐다. 가짜 양놈이 마당 한복판에 서 있었는데, 온몸에 시꺼멓게 두른 것은 양복일 것이고, 가슴에는 은제 휘장을 하나 달고 있었으며, 손에는 아Q가 전에 맞아 본 적이 있는 개홧지팡이를 들고 있었다. 한 자가 넘는 변발을 풀어헤쳐 어깨와 잔등에 늘어뜨렸는데, 봉두난발의 꼬락서니가 흡사 옛날 유해선劉海仙(중국 오대五代 때의 선인)과 같았다. 맞은편에는 자오바이옌과 건달 셋이 똑바로 서서 그의 말을 아주 공손히 듣고 있었다.

아Q는 슬금슬금 사람들 쪽으로 다가가 자오바이옌의 뒤에 서서 인사를 하려고 했으나 뭐라고 해야 할지 몰랐다. 가짜 양놈이라고 하는 건 물론 안 되고, 양인이라고 하는 것도 적절하지 않다. 그럴 바에는 차라리 양 선생이라고 불러 보자.

양 선생은 아Q를 쳐다보지 않았다. 그는 흰자위를 굴리며 한창 열

변을 토하는 중이었다.

"나는 성미가 급한지라 만나기만 하면 '홍洪형, 우리도 손을 씁시다!' 하고 말했지. 그러나 그는 언제나 '노우!'라고 한단 말이야. 이건 서양 말이니 자네들은 몰라. 그렇지 않았으면 벌써 성공했을 거야. 그런데 이 점은 곧 그가 일 처리를 신중히 한다는 걸 말하지. 그는 여러 번이나 나더러 후베이湖北 성으로 올라오라고 했지만 난 아직 응하지 않았어. 누가 그런 작은 고장에서 일을 한담."

"아…… 저……."

아Q는 가짜 양놈의 말이 잠깐 끊어진 틈을 타서 있는 용기를 다 내어 입을 열었다. 그러나 어찌된 셈인지 양 선생이라고는 부르지 않았다. 이야기를 듣고 있던 네 사람이 모두 깜짝 놀라 아Q를 뒤돌아보았다. 양 선생도 그제야 아Q를 쳐다보았다.

"뭐야?"

"저는……."

"썩 나가라!"

"전 가담하러……."

"썩 물러가라!"

양 선생은 상제 지팡이를 휘두르며 다가왔다. 자오바이옌과 건달들도 덩달아 으르댔다.

"아니, 선생께서 썩 물러가라는데도 말 안 들어!"

아Q는 손으로 머리를 감싸 쥐고는 저도 모르게 문 밖으로 도망쳤다. 양 선생은 쫓아오지 않았다. 아Q는 약 육십 보쯤 냅다 달음질치고 나서야 천천히 걸었다. 양 선생이 혁명하는 것을 허하지 않는다면 다른 길이 없지 않은가. 그리되면 흰 투구에 흰 갑옷의 사람들이 자기를 부르러 올 리 만무하고, 그의 모든 포부와 희망은 단번에 물거품처럼 사라지고 말 것이다. 건달들이 소문을 퍼뜨려 샤오디와 왕 텁석부리 따위에게 웃음거리가 되는 것은 그다음 문제다.

그는 여태 이렇게까지 무료를 느껴 본 적이 없는 것 같았다. 그는 자신의 변발을 틀어 올린 것이 아무 의미가 없는 것 같았고, 이 때문에 도리어 모욕감을 느꼈다. 복수하기 위해 차라리 당장 변발을 내려놓을까 했으나 그렇게 하지는 않았다. 그는 밤이 될 때까지 건들건들 돌아다니다가 외상술을 몇 잔 들이켰고, 차츰 거나해져서 기분이 좋아졌다. 그의 머릿속에 또 흰 투구와 흰 갑옷의 모습이 편편이 떠올랐다.

어느 날 그는 전처럼 밤 늦게까지 넋 놓고 다니다가 술집이 문을 닫을 때가 되어서야 토지묘로 돌아갔다.

"탕, 타당!"

별안간 이상한 소리가 났는데, 폭죽 터지는 소리는 아니었다. 아Q는 본래 구경하거나 쓸데없는 일에 참견하기를 좋아하는지라 어둠 속을 더듬어 소리가 난 쪽으로 갔다. 앞에서 발자국 소리가 나서 귀를 기울이는데 별안간 웬 사람이 맞은편에서 도망쳐 왔다. 아Q도 얼른 몸을 돌려 그 사람의 뒤를 따라 도망쳤다. 그 사람이 모퉁이를 돌면 자기도 따라 돌았다. 모퉁이를 돌자 그 사람이 갑자기 멈춰 섰다. 아Q도 멈춰 섰다. 뒤를 돌아보니 아무도 없었다. 사내를 살펴보니 바로 샤오디였다.

"뭐야?"

아Q는 화가 나서 물었다.

"자오…… 자오 씨네 집이 털렸어!"

샤오디는 헐떡거리며 말했다. 아Q의 가슴은 두근두근 뛰었다. 샤오디는 말을 마친 뒤 곧장 가버렸다. 아Q는 도망치다가도 두세 번 멈춰 섰다. 그는 분명 '이런 일'을 해본 자인지라 각별히 담이 컸다. 모퉁이를 돌아 나와 가만히 귀를 기울이자 떠들썩한 소리가 들리는 것 같았다. 자세히 살펴보니 흰 투구에 흰 갑옷을 한 많은 사람들이 연이어 궤짝과 살림살이를 들어내고, 수재 여편네의 영파식 침대도 들어내는 것 같았다. 똑똑히 보이지 않아 더 가까이 가보려 했으나 두 다리가 도무지 말을 듣지 않았다.

그날 밤은 달도 뜨지 않았다. 어둠 속에 잠긴 웨이주앙은 너무나 고요해서 복희씨伏羲氏(몸은 뱀이고 머리는 사람의 형

상인 중국 고대의 전설상의 제왕으로, 상고시대를 연 삼황오제三皇五帝 가운데 첫손가락으로 꼽는다. 위로는 하늘의 천체를, 아래로는 땅의 지형을 살펴 팔괘를 만들었다고 한다) 시절처럼 아주 태평스러워 보였다. 아Q는 거기 서서 싫도록 바라보았지만 저쪽은 여전히 왔다 갔다 하며 궤짝과 살림살이를 들어내는 것 같았다. 수재 여편네의 영파식 침대도 들어낸 것 같았다. 어찌나 자주 메어 내고 들어내는지 그는 도무지 자기 눈을 믿을 수 없었다. 그는 더는 가까이 가지 않고 토지묘로 돌아왔다.

토지묘 안은 더욱 캄캄했다. 그는 대문을 닫고 자기 방으로 들어갔다. 드러눕고 한참 있자니 비로소 마음이 진정되었다. 흰 투구에 흰 갑옷을 입은 사람들이 분명 왔는데 도무지 자기를 찾지 않았고, 좋은 물

한밤의 습격

아Q는 혁명에 곧 절망했다. 변발을 올린 것도 아무 의미가 없는 것 같았다. 혁명당원으로 보이는 자들이 왔음에도 자기를 찾는 자는 아무도 없었으며, 그들이 자오 영감댁을 습격하여 살림살이를 다 들어냈으나 자기 몫은 없었다. 혁명에 참여하지 못한 아Q는 "네 놈들이 반란을 했겠지. 반란은 목이 잘리는 죄야. 내 너희를 고소해서 목이 싹둑 잘리는 걸 보고 말 테다!" 하며 다시 혁명을 저주했다. 그에게 혁명은 이렇듯 편의적으로 붙였다 뗐다 하는 것에 불과했다.

건을 그렇게 많이 들어냈는데도 자기 몫이 없다. 이는 모두 그놈의 가짜 양놈 때문이다. 실로 가증스러운 일이다. 그놈이 내가 반역하는 것을 못하게 하기 때문이다. 그렇지 않다면야 어찌 내 몫이 없겠는가? 아Q는 생각할수록 분통이 터졌다. 마침내는 끓어오르는 분을 참을 수가 없어서 목이 빠질 듯 고개를 냅다 흔들고는 뇌까렸다.

"그래 나는 반역을 못하게 하고 너만 하겠다는 거지? 흥, 이 개 같은 가짜 양놈아, 그래 어디 한번 해봐라! 반역은 목이 잘리는 죄야. 난 기어코 고발해서 네놈이 성안에 잡혀 들어가 목이 잘리는 꼴을 보고 말 테다. 온 집안을 몰살하고 가산을 몽땅 몰수하게 할 테다. 썩둑! 썩둑!"

제9장 최후

자오 씨네 집이 털린 뒤 웨이주앙 사람들은 대체로 시원해하면서도 무서워했다. 아Q도 역시 마찬가지였다. 그런데 나흘 뒤 아Q가 밤중에 갑자기 성안으로 붙잡혀 갔다. 마침 캄캄한 밤이었는데, 한 무리의 병정과 한 무리의 자위단원, 한 무리의 경찰과 다섯 명의 밀정이 웨이주앙에 은밀히 들어와 어둠을 타서 토지묘를 빙 둘러싼 뒤 문 맞은편에 기관총을 설치했다. 아Q는 그래도 뛰쳐나오지 않았다. 얼마 동안 아무런 동정이 없었다. 참다못해 이십 냥의 상금을 내걸자 겨우 두 명의 자위단원이 위험을 무릅쓰고 담장을 넘어 들어갔다. 그리하여 안팎이 호응하여 일시에 달려들어 아Q를 붙잡았다. 아Q는 묘 바깥의 기관총을 설치해 놓은 곳까지 끌려 나오고 나서야 비로소 정신이 좀 들었다.

성안에 도착했을 때는 벌써 정오 무렵이었다. 아Q는 자기가 어느 낡은 관청에 끌려 들어와 대여섯 개의 모퉁이를 돈 뒤 좁은 방에 처박힌 것을 알았다. 그가 비칠비칠하는 순간 통나무로 만든 감방 문이 그의 발꿈치를 따라 닫혔다. 통나무 문 이외의 삼면은 모두 다 벽이었다. 자세히 보니 감방 구석에 사람이 둘이나 있었다.

아Q는 속이 좀 울렁거렸지만 별로 고민하지 않았다. 토지묘 안의 자기 침실도 지금 이 방보다 더 신통하고 나은 것이 없기 때문이다. 그 두 사람도 모두 시골 사람인 듯 차츰 그와 말을 주고받았다. 한 사람은 자기 할아버지가 빚진 묵은 소작료 때문에 거인 영감이 기소하여 잡혀 왔다고 했고, 다른 한 사람은 무슨 영문으로 잡혀 왔는지 모른다고 했다. 그들은 아Q가 무슨 연유로 잡혀 왔는지 물었다. 아Q는 서슴없이 대답했다.

"난 반역을 하려고 했소."

그는 오후에 감방 문 밖으로 끌려 나와 대청에 이르렀다. 거기 높은 자리에 머리를 빡빡 깎은 늙은이가 걸터앉아 있었다. 아Q는 그가 중이 아닌지 의심했다. 그러나 그의 밑으로는 병정들이 한 줄 늘어서 있었고, 양 옆으로는 두루마기를 입은 사람들이 여남은 명 서 있었는데, 그중에는 이 늙은이처럼 머리를 빡빡 깎은 사람이 있었고 그 가짜 양놈처럼 한 자도 넘는 머리를 등 뒤로 드리운 치도 있었다. 모두 험상궂은 얼굴에 독이 오른 눈으로 아Q를 노려보았다. 아Q는 이 늙은이가 대단한 사람이라는 것을 알았고, 그러자 저절로 무릎이 노곤해져 그 자리에 꿇어 엎드렸다.

"일어서서 여쭈어라! 꿇어앉지 마라!"

두루마기를 입은 사람이 고함을 질렀다. 아Q는 그 말을 알아들은 듯했으나 어쩐지 바로 서지 못했다. 그는 저도 모르게 몸이 스르르 가라앉아서 결국 꿇어앉고 말았다.

"종놈 근성을 타고난 놈 같으니!"

두루마기를 입은 사나이가 멸시하듯 말했지만 아Q에게 일어나라고 하지는 않았다.

"사실대로 자백하면 고초를 면할 수 있다. 난 벌써 다 알고 있다. 실토하면 풀어 줄 것이다."

그 빡빡머리 늙은이가 아Q의 얼굴을 뚫어지게 보며 또박또박 조용히 말했다.

"실토하라!"

두루마기를 입은 치가 꽥 소리를 질렀다.

"전 본래…… 와서…… 투항하려고…… ."

아Q는 영문을 몰라 우물쭈물하다가 겨우 더듬더듬 말했다.

"그럼 어째서 오지 않았나?"

늙은이가 부드럽게 물었다.

"그 가짜 양놈이 못하게 했습니다!"

"허튼소리 말아! 이제 그렇게 말해 봐야 늦었다. 지금 네놈의 일당은 어디 있나?"

"무슨 말씀인지?"

"그날 밤 자오 씨네 집에 쳐들어가 약탈한 놈 말이다."

"그놈들은 절 부르러 오지 않았습니다. 자기들끼리만 가져갔습니다."

아Q는 화가 나서 투덜거렸다.

"어디로 갔나? 이것만 말하면 풀어 주지."

늙은이는 더 부드럽게 말했다.

"전 모릅니다, 그놈들은 절 부르러 오지 않았습니다."

그때 늙은이가 한번 눈짓을 하자 아Q는 다시 감방에 갇혔다. 아Q가 두 번째로 감방에서 끌려나온 것은 그 이튿날 오전이었다. 대청 안은 모두 전날이나 다름없었다. 높은 자리에는 여전히 그 빡빡머리 늙은이가 앉아 있었고, 아Q도 여전히 무릎을 꿇어앉았다.

"너 또 뭐 할 말이 없느냐?"

아Q는 생각해 보았으나 별로 할 말이 없었다.

"없습니다."

그러자 두루마기를 입은 치가 종이 한 장과 붓 한 자루를 아Q 코앞에 들이대고는 그의 손에 붓을 쥐여 주려고 했다. 아Q는 너무 놀라 거의 '혼비백산' 할 지경이었다. 왜냐하면 그가 붓을 잡는 것은 이번이 처음이기 때문이다. 아Q는 정말 어떻게 쥐면 좋을지 몰랐는데, 그것을 가져온 치가 한 곳을 가리키며 거기에 서명하라고 했다.

"전…… 저는 글을 모릅니다."

아Q는 붓을 덥석 잡고 송구스러워하며 쭈뼛쭈뼛 말했다.

"그럼 너 하기 좋은 대로 해주지. 동그라미를 하나 그려라!"

아Q는 동그라미를 그리려고 했으나 붓을 잡은 손은

서명

어느 날 아Q는 갑자기 들이닥친 정체 불명의 사람들에게 영문도 모른 채 끌려갔다. 자오 영감네를 턴 도둑들과 한 패라는 것이었다. 글자를 쓸 줄 모르는 그는 생전 처음으로 붓을 들어 젖 먹던 힘까지 다해 동그라미를 그렸다. 사형 집행 서류에 서명한 것이었다.

떨리기만 했다. 그러자 그 사람은 종이를 땅바닥에 펼쳐 놓았다. 아Q는 엎드려서 젖 먹던 힘까지 다 내어 동그라미를 그렸다. 그는 남의 웃음거리가 될까 봐 정말 마음을 단단히 먹고 동그랗게 그리려고 했다. 그러나 밉살스러운 붓이 무겁기도 하고 말을 듣지 않아 떨리는 손으로 겨우 동그라미를 마무리를 지으려는데 붓끝이 바깥으로 빗나가 수박씨 모양으로 되고 말았다. 아Q는 동그랗게 그리지 못한 것을 매우 창피하게 생각했는데, 그 사람은 별로 탓하지 않고 어느새 종이와 붓을 거두어 갔다. 여러 사람들이 달려들어 그를 다시 감방 안으로 처넣었다.

그는 감방 안에 다시 들어와서도 그다지 걱정하지 않았다. 사람이 세상천지에 살다 보면 끌려 들어가기도 하고 끌려 나오기도 하는 때가 있는 법이며, 때로는 종이에 동그라미를 그려야 할 때도 있는 법이다. 다만 아쉽게도 그놈의 동그라미를 동그랗게 그리지 못한 것이 그의 '이력'에 하나의 흠이 된다고 생각했다. 그러나 조금 뒤에는 그것조차도 꺼리지 않게 되었다. 그는 동그라미는 손자놈들이나 정말 동그랗게 그릴 수 있는 거라고 생각했다. 그리하여 그는 이내 잠이 들었다.

그러나 그날 밤 거인 영감은 잠을 이루지 못했다. 대장과 다투어 부아가 끓어올랐기 때문이다. 그는 도둑맞은 물건을 찾아내는 것이 우선이라 했고, 대장은 조리돌림을 하는 것이 우선이라고 했다. 대장은 요즘 거인 영감을 안중에 두지 않았다. 그는 책상을 치고 걸상을 차며 말했다.

"한 놈을 징벌하여 여러 놈을 경계하자는 말이오! 글쎄 보시오. 내가 혁명당이 된 지 스무 날도 안 되어 강도 사건이 벌써 십여 건이나 일어났고 게다가 진범 하나 잡지 못했으니 내 체면이 뭐겠소? 겨우 한

놈 붙잡아 놓으면 이번엔 또 당신이 와서 애를 먹이고. 안 됩니다, 안 돼! 이건 내 권한이오!"

거인 영감은 난처하고 기가 막혔다. 그는 만일 도둑맞은 물건을 찾아내지 못하면 민정을 돕는 일을 당장 그만두겠다며 굽히지 않았다. 그러나 대장은 오히려 "마음대로 하쇼!" 하고 뇌까렸다. 그날 밤 거인 영감은 도무지 잠을 이룰 수 없었다. 다행히 다음날 사직하지는 않았다.

아Q가 세 번째로 감방에서 끌려 나온 것은 거인 영감이 잠 못 이룬 밤 다음날 오전이었다. 아Q는 대청에 끌려 나갔다. 높은 자리에는 여전히 빡빡머리 늙은이가 앉아 있었고, 아Q도 전처럼 무릎을 꿇어앉았다. 늙은이가 아주 부드럽게 물었다.

"무슨 할 말이 없느냐?"

아Q는 생각해 보았으나 별로 할 말이 없었다.

"없습니다."

그러자 두루마기를 입은 치들과 동저고리 바람으로 건들대는 치들이 와락 달려들어 아Q에게 흰 광목으로 만든 조끼를 입혔는데, 거기에는 검은 글자가 쓰여 있었다. 아Q는 몹시 기분이 상했다. 그것은 마치 상복을 입은 것 같았고, 상복을 입는 것은 재수 없는 일이라 생각했기 때문이다. 그러나 그의 두 손은 뒤로 결박당했고, 이어 그는 관청 밖으로 끌려 나갔다.

아Q는 포장을 치지 않은 수레에 실렸다. 동저고리를 입은 몇 사람도 수레에 함께 탔다. 수레는 곧 움직였다. 앞에는 총을 멘 병정들과 자위단원들이 대열을 지었고, 양 옆으로는 입을 헤벌린 많은 구경꾼들이 있었다. 그러자 그는 문득 깨달았다. 이건 내 목을 베러 가는 것이

최후

아Q는 쉽게 체념해 버렸다. 세상 살다 보면 때로는 조리돌림을 당하는 일도 있고, 목 잘리는 일도 있는 법이라 생각했다. 결국 그는 수레에 실려 조리돌림을 당한 뒤 총살형에 처해졌다. 지켜보던 사람들은 처형이 너무 싱겁게 끝났다며 불평을 늘어놓았다. 아Q는 비겁한 노예근성, 자기모멸, 정신 승리법, 패배감 같은 중국인의 병폐를 고스란히 반영하는 인물이다. 작가는 이와 같은 반혁명적인 민중 의식이 신해혁명을 실패로 몰아갔다고 보았다.

아닌가? 그는 그만 기겁하여 눈앞이 캄캄하고 귀가 멍멍하며 까무러칠 것만 같았다. 그러나 그는 완전히 까무러치지는 않았다. 속이 바짝바짝 타고 안타깝기는 했으나 때로는 오히려 태연했다. 그는 사람이 세상천지에 살다 보면 때로는 목을 잘리는 일도 있는 법이라고 생각하는 것 같았다.

그래도 그는 길을 좀 아는지라 의아하게 생각했다. 왜 형장으로 가지 않는가? 그는 이것이 조리돌리는 것인 줄 알지 못했다. 그러나 설령 안다 해도 그는 사람이 세상천지에 살다 보면 때로는 조리돌림을 당하는 일도 있는 법이라고 생각했을 것이다.

그는 이 길이 형장으로 돌아가는 길이고, 틀림없이 '썩둑' 목을 잘리리라는 것을 알았다. 망연히 좌우를 둘러보니 개미떼처럼 와글와글 따라오는 사람 천지였다. 그는 뜻하지 않게도 길가 사람들 속에 끼어 있는 우 어멈을 발견했다. 정말 오랜만이었다. 그 여자는 성안에서 고용살이를 하고 있었던 것이다. 아Q는 자기가 노래 한 곡조 부를 용기조차 없다는 게 참으로 창피했다. 그의 머릿속에서는 새로운 생각이 회오리바람처럼 소용돌이쳤다. 〈젊은 과부, 성묘하러 가네〉는 의젓하지 못하다. 〈용과 호랑이의 싸움〉의 한 대목인 "어이할꼬"도 너무 멋없는 것 같다. 역시 그 "내 쇠 채찍으로 네놈을 치리라" 하는 대목을 부르자. 이렇게 마음먹고 손을 번쩍 쳐들려던 그는 비로소 두 손이 묶인 것을 알았고, "내 쇠 채찍으로"도 부르지 못했다.

아Q는 이 혼란한 와중에도 누구한테서도 배운 적이 없고 이제까지 해본 적도 없는 말을 절반쯤 외웠다.

"이십 년이 지나면 또 하나……."

"잘한다!!!"

사람들 속에서 승냥이가 울부짖는 것 같은 소리가 났다. 수레는 멈추지 않고 앞으로 나아갔다. 아Q는 갈채 소리 속에서 두리번거리며 우 어멈을 바라보았으나 우 어멈은 도무지 자기를 보지 않는 것 같았고 병정들이 멘 총에만 정신이 팔려 있었다. 아Q는 갈채하는 사람을 다시 둘러보았다.

그 순간 그의 생각은 또 회오리바람처럼 소용돌이쳤다. 사 년 전 그는 산기슭에서 굶주린 승냥이 한 마리를 만난 적이 있는데, 승냥이는 일정한 간격을 두고 내내 쫓아오며 그를 잡아먹으려 했다. 그는 죽을 지경이었는데, 다행히 손에 나무 하는 도끼가 있어 용기를 내고 간신히 웨이주앙까지 버티고 왔다. 그러나 승냥이의 눈은 영원히 잊어지지 않는다. 그 흉악하고도 겁 많은 눈은 마치 두개의 도깨비불처럼 번뜩번뜩했는데, 멀리서부터 그의 가죽과 살을 꿰뚫는 것 같았다.

그런데 지금 그는 이제까지 본 적이 없는 더 무서운 눈을 보았다. 그 것은 둔한 것 같기도 하고 날카로운 것 같기도 한데, 벌써 아Q의 말을 씹어 삼켰을 뿐만 아니라 그의 가죽과 살 이외의 것도 씹어 삼키려고 내내 일정한 간격을 두고 악착스레 뒤쫓아 오는 것이었다. 이 눈알들이 한 덩어리가 되어 어느새 그의 영혼을 물어뜯는 것이었다.

"사람 살려……."

그러나 아Q는 이 말을 입 밖에 내기도 전에 두 눈이 캄캄해지고 귀가 멍멍해지며 온몸이 가루가 되어 흩어지는 것 같았다.

당시 영향을 제일 많이 받은 쪽은 오히려 거인 영감이었다. 도둑맞은 물건을 끝내 찾지 못해 온 집안이 울고불고 난리였다. 그다음은 자오 씨네 집이었다. 수재가 도둑맞은 일을 고발하러 성안에 들어갔을 때, 나쁜 혁명당원에게 변발을 잘렸을 뿐만 아니라 이십 냥을 상금으로 털려 온 집안이 대성통곡했다. 그때 이후로 그들은 점점 망한 왕조의 신하 같은 냄새를 풍겼다.

일반 여론으로 말하자면 웨이주앙에서는 아Q가 나쁘다는 데 별반 이의가 없었다. 총살당한 것은 그가 나쁘다는 증거다. 나쁘지 않으면 왜 총살을 당했겠는가? 그러나 성안의 여론은 그다지 좋지 않았다. 성안의 구경꾼들은 총살은 목을 자르는 것만큼 구경거리가 못된다며 불만스러워했다. 게다가 얼마나 우스운 사형수인지, 그렇게 오랫동안 조림돌림을 당하면서도 노래 한 곡조 뽑지 않아서야. 그들은 허탕을 쳤다고 했다.

1921. 12.

쿵이지

루전魯鎭 거리의 술집 구조는 다른 지방과 다르다. 하나같이 거리 쪽으로 기역 자 형의 큰 술청을 차려 놓았고, 그 안쪽에는 언제든 술을 데울 수 있는 뜨거운 물이 마련되어 있다. 품팔이꾼들은 점심때나 저녁때 일을 마친 뒤 여기에 와서 동전 네 문文(청나라의 화폐 단위)을 내고 따끈하게 데운 술 한 사발을 사서—이것은 벌써 약 이십 년 전의 일이고, 지금은 술 한 사발에 열 문으로 올랐다—술청에 기대서서 마시며 쉬었다. 동전 한 문만 더 내면 절인 죽순 한 접시나 회향콩(콩을 간장에 익혀 회향으로 향미를 가한 콩자반의 일종) 한 접시를 안주로 할 수 있다. 동전 여남은 문을 더 내면 고기 요리를 안주로 할 수 있다. 그러나 여기 오는 손님들은 거의가 다 동저고리 바람으로 다니는 축이어서 그럴 형편이 못 된다. 오직 장삼을 입은 사람들만 따로 꾸민 안쪽 방에 들어가 술과 안주를 청해 놓고 천천히 마신다.

나는 열두 살 때부터 루전 거리 어귀에 있던 셴헝咸亨 주점에서 더부살이 노릇을 했다. 주인은 내가 영리하게 생기지 못해 장삼을 입은 단골손님 접대는 잘할 것 같지 않으니 밖에서 일을 거들라고 했다. 동저고리 바람으로 술청에 모여드는 단골손님들과 말 상대 하기는 쉬웠으나 잔소리를 심하게 하는 치들이 적지 않았다. 그들은 흔히 황주를 술독에서 떠내는 것을 자기 눈으로 보려고 했으며, 주전자 안에 물이 있는지 없는지를 살펴본 뒤 주전자를 더운 물속에 담그는 것까지 제 눈으로 보고서야 마음을 놓았다. 이렇게 심한 감시 속에서 술에다 물을 탄다는 것은 아주 어려운 일이었다. 그래서 며칠이 지나지 않아 주인은 또 내가 이 일을 감당해 낼 것 같지 않다고 했다.

나를 알선한 사람의 낯을 봐서 내보내지는 못하고 술만 데우는 무료하기 짝이 없는 일만 시켰다.

이때부터 나는 온종일 술청 안에 서서 맡은 일만 했다. 별로 실수할 일은 없었지만 너무 단조로워서 심심하기 그지없었다. 주인은 언제나 험상궂은 얼굴을 하고 있었고, 손님들도 성미가 까다로워 나는 좀체 오금을 펼 수 없었다. 쿵이지孔乙己가 와야 웃을 일이 생겼다. 그래서인지 지금도 나는 그를 기억한다.

선술꾼들 중에서는 쿵이지만 장삼을 입고 다녔다. 그는 키가 늘씬하고 얼굴이 창백했으며, 주름살 사이로는 언제나 생채기가 나 있었고, 희끗희끗한 수염이 더부룩하게 자라 있었다. 비록 장삼을 입고 다니긴

사오싱紹興
루쉰의 고향이기도 한 사오싱은 중국 동부 저장성浙江省에 위치한 조그만 도시로, 그의 작품에서 이름을 달리하며 자주 등장한다. 예컨대 〈아Q정전〉에 나오는 웨이주앙이라는 마을이 그러하고, 〈광인일기〉에 등장하는 서석림徐錫林도 이곳 출신이며, 〈쿵이지〉 역시 이곳을 배경으로 한다. 물이 아름다운 도시로 동양의 베네치아 같지만 루쉰에게는 이것이 중요하지 않았다. 봉건 사대부 집안에서 태어났지만 철들 무렵부터 가세가 몰락하면서 그에게 고향은 안식처가 되지 못했다. 이 판화는 사오싱 내 동창팡커우東昌坊口의 아름다운 정경을 표현한 것이다.(구위안顧源 작)

했지만 때가 끼고 너덜너덜 해진 것으로 보아 아마도 십 년은 꿰매지도 빨지도 않은 것 같았다. 그는 사람들과 말할 때면 언제나 지之, 호乎, 자者, 야也(한문에서 말끝에 자주 쓰는 어조사다) 따위의 유식한 말을 썼다. 사람들은 그의 말을 잘 알아듣지 못했다.

그의 성이 쿵孔이기 때문에 사람들은 습자책 첫머리에 나오는 "상다렌 쿵이지上大人孔乙己"라는 알 듯 말 듯한 말에서 석 자를 따와 그를 쿵이지라 불렀다. 쿵이지가 술집에 오기만 하면 술꾼들은 모두 그를 보고 웃어 댔다.

어떤 사람이 "쿵이지, 자네 얼굴에 또 생채기가 새로 났구만 그래!" 하고 말을 건네면 그는 대꾸도 하지 않고 술청 안쪽을 향해 "술 두 사발 데우고 회향콩 한 접시 주슈!" 하고는 동전 아홉 문을 늘어놓는다. 술꾼들은 또 짐짓 큰소리로 떠들어 댄다.

"자넨 또 남의 물건을 훔친 게 틀림없어!"

쿵이지는 눈을 부릅뜨고 말한다.

"터무니없이 청백한 사람을 헐뜯는가."

"뭐 청백하다고? 그저께 난 자네가 허何 씨네 책을 훔치다가 붙잡혀서 매달려 맞는 걸 보았는데도."

쿵이지는 얼굴이 시뻘게져서 이마에 시퍼런 핏대를 세우며 변명한다.

"책 도둑은 도둑이라 할 수 없지. 책을 훔치는 건……. 글공부하는 사람의 일을 도둑질이라 할 수 있는가."

이어 그는 "군자는 본디 궁하거늘"이라느니, 지·호·자·야 따위의 알아듣기 힘든 말을 하는 통에 술꾼들은 웃음통을 터트린다. 그러면 술집 안팎은 즐거운 분위기로 가득 찬다.

남들이 뒤에서 하는 얘기를 들어 보면 쿵이지는 본시 글공부를 좀 했으나 끝내 과거에 급제하지 못한 데다가 집안 살림도 할 줄 몰랐다. 그래서 갈수록 구차해져서 지금은 빌어먹을 지경까지 이르렀다는 것이다. 다행히도 글씨를 잘 써서 남의 책을 필사해 주는 것으로 그럭저럭 끼니를 이어 갔다. 그러나 유감스럽게도 그는 술을 좋아하고 일하기 싫어하는 고약한 버릇을 가지고 있었다. 필사를 시작하면 며칠이 안 돼 남의 책과 종이, 붓, 벼루 따위를 몽땅 가지고 어디로 가버렸다. 이런 일이 몇 번 거듭되고 보니 필사를 맡기는 이도 없어졌다. 쿵이지는 하는 수 없이 이따금 좀도둑질을 하지 않을 수 없었다.

그러나 우리 술집에 와서는 누구보다도 행실이 좋고 외상을 긋는 법이 없었다. 어쩌다가 돈이 떨어져서 얼마 동안 칠판에 이름이 적히기는 하지만, 달포도 되지 않아 말끔히 갚기 때문에 쿵이지라는 이름은 이내 지워진다.

붉어진 쿵이지의 얼굴이 술을 반 사발쯤 마시는 사이에 원래대로 돌아오면 옆의 사람이 또 놀려 댄다.

"쿵이지, 자네 정말 글을 아나?"

쿵이지는 대꾸하는 것조차 어리석다는 듯이 자기에게 수작을 거는 사람들을 쌀쌀하게 쳐다본다. 술꾼들은 또 놀려 대기 시작한다.

"임자는 왜 반쪽짜리 생원도 못 얻었나?"

이 말에 쿵이지는 그만 기가 죽어 어쩔 줄을 몰라 하며 상심한 기색을 띠고 누구도 알아듣지 못하는 지, 호, 자, 야 따위의 말을 잔뜩 늘어놓는다. 이때 술꾼들은 웃음을 터트리고, 술집 안팎은 자못 유쾌한 분위기로 가득 찬다.

그럴 때면 나도 덩달아 웃는다. 주인은 결코 나를 나무라지 않았다. 그뿐만 아니라 주인도 쿵이지를 보면 이런 식으로 물어 사람들을 웃겼다. 쿵이지는 이 사람들과는 대화가 안 된다는 것을 알고 아이들에게만 말을 걸었다. 한번은 내게 물었다.

"너 글공부를 해봤니?"

나는 머리를 약간 끄덕여 보였다. 그가 물었다.

"공부를 했다니, 그럼 내가 시험해 볼까? 회향콩의 회 자를 어떻게 쓰니?"

비렁뱅이나 다름없는 주제에 나를 시험한다고? 나는 외면하고 대꾸

도 하지 않았다. 쿵이지는 내 대답을 한참이나 기다리다가 아주 사근
사근하게 말했다.

"못 쓰겠니? 내가 가르쳐 줄 테니 기억해 둬라! 이런 글자는 외워
둬야 해. 이 다음에 술집 주인이 되면 장부 쓸 때 필요하단다."

나는 속으로 '내가 술집 주인이 되는 건 까마득한 일이거니와, 우리
주인은 회향콩 같은 것은 장부에 올린 적도 없지 않은가'라고 생각하
고는 우습기도 하고 귀찮기도 해서 심드렁하게 대답했다.

"누가 가르쳐 달래요? 초두艸 밑에 돌아올 회回 자잖아요."

쿵이지는 매우 기뻐했다. 그는 손톱이 기다란 두 손가락으로 술청을
두드리며 고개를 끄덕이며 말했다.

"맞았다, 맞았어! 그런데 회 자 쓰는 법도 네 가지인데, 너 아니?"

나는 더욱 귀찮아서 입을 삐죽하고는 멀찌감치 물러섰다. 손가락 끝
에 술을 묻혀 술청 위에 글씨를 쓰려던 쿵이지는 내가 뜨악해하는 것
을 보자 한숨을 후 내쉬며 몹시 서운해했다.

몇 번인가 이웃집 아이들이 웃음소리를 듣고 몰려와서 쿵이지를 에
워쌌다. 그는 아이들에게 한 사람 앞에 한 개씩 회향콩을 나눠 주었다.
아이들은 콩을 먹고도 흩어지지 않고 접시만 쳐다보았다. 쿵이지는 당
황하여 다섯 손가락을 펴서 회향콩 접시를 가리고 허리를 구부리며 말
했다.

"조금밖에 없어. 나도 이젠 조금밖에 없다고."

그는 허리를 쭉 펴고 또 회향콩을 들여다보고는 머리를 설레설레 저
으며 중얼거렸다.

"많지 않도다, 많지 않도다! 많은가? 많지 않도다!"

조무래기들은 까르르 웃으며 뿔뿔이 흩어졌다. 쿵이지는 이처럼 사람들을 유쾌하게 했지만 그가 없어도 사람들은 제멋대로 살아갔다.

추석을 이삼 일 앞둔 어느 날이었다. 주인은 장부책을 천천히 뒤지며 결산하다가 칠판을 떼어 내려놓고 불쑥 이렇게 말했다.

"쿵이지가 오랫동안 오지 않는군. 아직도 열아홉 문을 갚지 않았는데!"

나도 그제야 쿵이지가 오지 않았다는 것이 생각났다. 술꾼 하나가 말했다.

"그가 어떻게 온단 말이오. 다리몽둥이가 부러졌는데."

"저런!"

주인이 말했다.

"그치는 도둑질하는 버릇을 아직도 못 고쳤다오. 이번엔 환장했는지 정丁거인擧人(향시에 합격하여 관리 임용 자격을 획득한 자) 영감 댁에 뛰어들었단 말이오. 글쎄 그 집 물건을 훔쳐 낼 수 있겠소?"

"그래, 어떻게 됐소?"

"어떻게 됐냐고? 먼저 자백서를 쓰고 그다음으로 매를 맞았는데, 한밤중까지 맞고 또 맞아서 정강이가 부러졌다오."

"그다음은?"

"그다음엔 정강이가 부러졌다는데도."

"정강이가 부러진 다음 어떻게 됐냐고?"

"어떻게 됐냐고? 그걸 누가 알겠소. 아마 죽었겠지."

주인은 더 캐묻지 않고 하던 계산을 천천히 했다.

추석이 지난 뒤로 가을바람이 날로 차가워지더니 어느덧 초겨울이

쿵이지

사람들은 점점 쿵이지에게 일을 맡기지 않았다. 하는 수 없이 그는 남의 물건을 훔쳐야 했다. 한번은 정 거인의 영감댁에 몰래 들어갔다가 한밤중까지 맞고 또 맞아 정강이가 부러졌다. 그는 부러진 다리로 엉금엉금 땅을 짚으며 주점에 다시 나타났다. 그런 그를 동정하는 이는 아무도 없었으며, 그저 그의 고통을 즐길 뿐이었다. '나' 역시 쿵이지를 조롱하는 민중의 한 사람이다. 루쉰은 쿵이지를 통해 봉건제도의 희생자인 전통적 지식인의 전형을 보여 주었다. (샤싱奚阿興 작)

다가왔다. 나는 진종일 불 곁에 있으면서도 솜옷을 벗을 수 없었다. 어느 날 오후 손님도 없고 해서 잠시 눈을 붙이고 앉아 있는데, 갑자기 어떤 소리가 들렸다.

"술 한 사발 데워 주렴."

그 소리는 낮지만 귀에 익은 것이었다. 그러나 사람은 보이지 않았다. 일어서서 밖을 내다보니 바로 쿵이지가 문턱을 향해 술청 밑에 앉아 있었다. 시커멓고 바싹 여윈 얼굴은 말이 아니었다. 그는 다 해진 겹저고리를 입고 책상다리를 하고 앉아 있었다. 부들방석을 깔고 앉았는데, 그것을 새끼줄로 매어 어깨에 걸고 있었다. 나를 보더니 또 말했다.

"술 한 사발 데워 주렴."

주인이 머리를 내밀고 말했다.

"쿵이지인가? 자넨 아직도 외상이 열아홉 문이나 되네."

풀이 죽은 얼굴을 들며 쿵이지가 대답했다.

"그건 다음에 꼭 갚을 테요. 이번엔 맞돈이니 좋은 술로 주구려."

주인은 그전처럼 웃으며 그에게 말을 걸었다.

"쿵이지, 자네 또 남의 것을 훔쳤군 그래!"

쿵이지는 이번에는 더 변명도 하지 않고 그저 "놀리지 마쇼!"라고 한마디 할 뿐이었다.

"놀린다고? 훔치지 않았다면 다리는 왜 부러졌나?"

쿵이지는 낮은 소리로 말했다.

"넘어져서 그렇게 됐수다. 넘어져서."

그의 눈빛은 주인에게 제발 더 캐묻지 말아 달라고 애원하는 듯했다. 이때 벌써 몇 사람이 모여 와서 주인과 함께 웃어 댔다. 나는 술을 데워 가지고 나가 문턱에 놓았다. 그는 다 해진 겹옷 호주머니에서 동전 네 닢을 꺼내 내 손에 놓았다. 그의 두 손은 흙투성이었다. 그는 두 손으로 땅을 짚으며 여기까지 기어 왔던 것이다. 얼마 뒤 술을 다 마신 그는 사람들의 웃음소리를 뒤로 하고 두 손으로 땅을 짚으며 천천히 가버렸다.

그 후 오랫동안 쿵이지를 보지 못했다. 섣달그믐께 주인은 칠판을 떼어 내려놓고 말했다.

"쿵이지는 아직도 열아홉 문을 갚지 않았군!"

그 이듬해 단오에도 주인은 "쿵이지는 아직도 열아홉 문을 갚지 않았군!" 하고 중얼거렸다. 그러나 그해 추석에는 아무 말도 하지 않았다. 그해 섣달그믐께도 쿵이지는 보이지 않았다.

나는 지금까지도 그를 보지 못했다. 그는 분명 죽었을 것이다.

1919. 3.

약

1

자정도 훨씬 지난 가을밤, 달은 졌지만 해는 아직 뜨지 않아 검푸른 하늘만 보였다. 밤에만 돌아다니는 것 외에는 모두 잠들어 있다. 화라오쉬안華老栓은 벌떡 일어나 성냥을 그어 기름때가 낀 등잔에 불을 붙였다. 그러자 찻집의 두 칸짜리 방 안은 희끄무레한 빛으로 가득 찼다.

"샤오쉬안小栓 아버지, 이제 가시려고요?"

늙은 여인의 목소리다. 안쪽 작은 방에서는 기침 소리가 한바탕 났다.

"응."

라오쉬안은 기침 소리에 귀를 기울이면서 대꾸하고 단추를 채웠다. 그러고는 손을 내밀며 말했다.

"이리 줘."

화華 부인은 베개 밑을 한참 뒤적이더니 은전 한 꾸러미를 꺼내 라오쉬안에게 주었다. 라오쉬안은 떨리는 손으로 그것을 받아 호주머니에 넣고 겉에서 두어 번 만져 보았다. 그러고는 초롱불을 켜 들고 등잔불을 불어 끈 뒤 안방으로 들어갔다. 방에서 버스럭거리는 소리가 나더니 이어 한바탕 기침 소리가 났다. 라오쉬안은 아들의 기침이 멎기를 기다렸다가 나직한 소리로 말했다.

"샤오쉬안, 넌 일어나지 말아라. 가게는 내가 간 뒤 어머니가 볼거다."

아들이 아무런 말이 없자 라오쉬안은 아들이 마음 놓고 자는 것으로 생각하고 문을 열고 거리로 나섰다. 어두컴컴한 거리에는 사람 하나 얼씬하지 않았고, 다만 희끄무레한 한 줄기 길만 또렷이 보였다. 초롱불이 앞서거니 뒤서거니 하는 그의 두 발을 비추었다. 이따금 개를 만났지만 한 마리도 짖지 않았다. 바깥 날씨는 집 안보다 훨씬 찼으나 라오쉬안의 기분은 오히려 상쾌했다. 그는 하루아침에 소년으로 되돌아간 것만 같았고, 신의 조화라도 입어 사람에게 생명을 불어넣어 주는 재간이라도 생긴 듯 발걸음도 유달리 가뿐했다. 걸을수록 길은 환해졌고, 하늘도 점점 더 밝아졌다.

골똘히 길을 걷던 라오쉬안은 깜짝 놀랐다. 멀리 가로놓인 삼거리가 훤히 바라보인 것이다. 그는 뒷걸음질을 쳐서 문이 잠긴 가게의 추녀 밑으로 비실거리며 들어가 문에 기대섰다. 조금 뒤 그는 몸이 오싹해지는 것을 느꼈다.

"어이, 영감!"

"기분이 좋은가 봐?"

라오쉬안이 또 깜짝 놀라 눈이 휘둥그레져서 보자 몇몇 사람이 그의 앞을 지나갔다. 그중 한 사람이 그를 힐끔 돌아보았다. 생김새는 똑똑히 보이지 않았지만 그의 눈에서는 오래 굶주린 사람이 먹을 것을 만난 것처럼 금방이라도 덮칠 것 같은 빛이 번뜩였다. 라오쉬안이 초롱불을 들여다보니 불은 이미 꺼져 있었다. 주머니를 더듬어 보니 단단한 것이 그대로 잡혔다. 머리를 올려 들고 좌우를 살펴보니 괴상한 자들이 두셋씩 유령처럼 어슬렁거렸다. 그런데 다시 눈여겨보니 별로 괴상해 보이지는 않았다.

얼마 뒤 병정 몇이 저쪽에서 걸어왔다. 제복 앞뒤로 큼직한 백색 동그라미가 멀리서도 똑똑히 보였다. 가까이 지나갈 때는 제복에 검붉은 테까지 둘렀다는 것을 알 수 있었다. 발걸음 소리가 어지럽게 나더니 순식간에 사람들이 무리를 지어 밀려서 갔다. 두셋씩 어슬렁거리던 자들도 삽시간에 한 무리로 엉겨 밀물처럼 앞으로 밀려 나가다가 삼거리 어귀에 이르러 갑자기 멈춰 서더니 반원을 그리며 빙 둘러섰다.

라오쉬안도 그쪽을 바라보았으나 둘러선 사람들의 잔등밖에 보이지 않았다. 모두 목을 길게 빼고 있었는데, 마치 보이지 않는 손에 잡혀 쳐들린 수많은 오리 대가리 같았다. 사람들은 한동안 조용했다. 갑자기 무슨 소리가 나는 것 같더니 술렁거리기 시작했다. 이내 "으악" 하고 소리를 지르며 모두 뒤로 물러났다. 그들은 라오쉬안이 서 있는 데까지 밀려와 하마터면 그를 밀어 넘어뜨릴 뻔했다.

"자! 이것은 맞돈이라야 준다!"

온몸이 시커먼 자가 라오쉬안의 앞으로 다가와 칼날 같은 눈초리로

처형
이 작품은 신해혁명을 배경으로 밀고에 의해 처형당하는 한 혁명가와 그를 이해하기는커녕 그의 피를 폐병 치료약으로 쓰는 우매한 민중을 그린 것으로, 혁명가와 민중 사이의 간극을 잘 보여 준다. 루쉰은 아직 각성하지 못한 민중의 정신 상태를 그림으로써 신해혁명이 실패하게 된 주요 원인을 돌아보았다.

쏘아보자 라오쉬안은 그만 질겁하여 온몸이 절반으로 움츠러들었다. 그자는 커다란 한쪽 손을 라오쉬안 앞으로 쑥 내밀고 다른 손에는 시뻘건 만두를 쥐고 있었는데, 뻘건 것이 뚝뚝 떨어졌다.

라오쉬안은 황급히 은전을 꺼내어 부들부들 떨리는 손으로 그자에게 넘겨주려 하면서도 그자의 것은 감히 받지 못했다. 그자는 조급해하며 버럭 역정을 냈다.

"뭐가 무섭나? 왜 안 받는 거야!"

라오쉬안은 그래도 머뭇거렸다. 그 시커먼 자는 초롱을 빼앗아 가더니 초롱의 종이를 쭉 찢어 만두를 싸서 라오쉬안에게 넘겨주고는 은전을 채 가듯 덥석 그러쥐고 만져 본 뒤 휙 돌아섰다.

"이 늙다리가……."

시커먼 자는 투덜거리며 가버렸다.

"그것으로 누구의 병을 고쳐 주려는 거요?"

라오쉬안은 누가 자기에게 이렇게 묻는 것 같았으나 아무 대답도 하지 않았다. 지금 그의 정신은 종이에 싼 것에만 쏠렸다. 마치 십 대 독자 갓난아이를 안은 듯이 다른 일은 죄다 뒷전이었다. 지금 그는 종이에 싼 새 생명을 자기 집에 옮겨 심어 많은 행복을 거두고 싶어 했다.

태양이 떠올랐다. 앞으로는 곧추 그의 집까지 뻗은 한 줄기 큰길이 나타났고, 뒤로 보이는 삼거리에는 낡은 현판에 금박으로 쓴 "고○정구古○후口"(원문에 한 글자가 빠져 있다)라는 글자가 희미하게 빛났다.

2

라오쉬안이 집에 돌아왔을 때, 가게는 말끔히 치워져 있었고 줄을 지어 선 차탁이 반들반들 윤이 났다. 아직 손님은 없었다. 샤오쉬안이 안쪽 차탁에서 밥을 먹고 있었다. 이마에서는 구슬땀이 떨어지고 겹저고리가 잔등에 척 달라붙어 있었다. 비쭉 솟아오른 양쪽 어깨뼈는 마치 거꾸로 써놓은 '팔八' 자처럼 보였다. 라오쉬안은 그 모습을 보자 펴졌던 미간이 저절로 찌푸려졌다. 부엌에서 허둥지둥 달려 나온 아내는 눈을 크게 뜨고 입술을 바르르 떨면서 물었다.

"구했수?"

"구했어."

두 사람은 함께 부엌으로 가서 잠시 수군거렸다. 화 부인이 밖으로 나가더니 얼마 안 되어 시든 연잎 한 장을 가지고 와 상 위에 폈다. 라오쉬안이 초롱의 종이를 찢어서 싼 붉은 만두를 꺼내어 다시 연잎에 쌌다. 샤오쉬안이 밥을 다 먹었다. 당황한 화 부인이 말했다.

"샤오쉬안, 이리 오지 말고 거기 앉아 있거라."

그러고는 아궁이의 불을 돋우었다. 라오쉬안은 파란 연잎에 싼 만두와 다 찢어진 얼룩얼룩한 초롱을 아궁이에 밀어 넣었다. 검붉은 불길이 확 일다가 차츰 스러지자 기이한 냄새가 가게 안에 퍼졌다.

"참 구수한 냄새가 나는데, 뭐 맛있는 걸 자시나?"

곱사등 영감이 왔다. 영감은 날마다 이 찻집에 와서 살다시피 하는데, 제일 일찍 와서 맨 나중에 돌아간다. 그가 마침 한길 쪽 한 구석에 놓인 차탁에 가 앉아 말을 건넸으나 아무도 대꾸하는 이가 없었다.

"쌀죽을 쑤나?"

그래도 여전히 대답하는 이가 없었다. 라오쉬안이 얼른 나와 그에게 차를 따라 주었다.

"샤오쉬안, 들어오너라."

화 부인이 샤오쉬안을 안방으로 불러들였다. 샤오쉬안이 방 한복판에 놓여 있는 걸상에 앉았다. 그의 어머니가 시커멓고 둥근 것을 접시에 담아 와 속삭이듯 말했다.

"애야, 어서 먹어라. 이걸 먹으면 병이 낫는다."

샤오쉬안은 새카만 그것을 집어 들고 잠시 들여다보았다. 그는 마치 자기의 목숨을 쥐고 있는 것처럼 말할 수 없이 이상한 것을 느꼈다. 아주 조심스레 그것을 쪼개자 타들어 간 껍질 속에서 한 줄기 하얀 김이 피어올랐다. 김이 사라지자 반쪽짜리 밀가루 만두 두 개가 나왔다. 잠깐 사이에 그것을 몽땅 뱃속에 집어넣었지만 무슨 맛인지 다 잊어버렸다. 앞에는 빈 접시만 남았다. 그의 곁에는 아버지와 어머니가 서 있었다. 두 사람의 눈빛은 하나같이 그의 몸속에 어떤 것을 부어 넣고 거기

서 무엇을 꺼내려고 하는 것만 같았다. 샤오쉬안은 그만 속이 두근거
려 가슴을 누르며 한바탕 기침을 했다.

"한잠 푹 자거라. 그러면 나을 거다."

샤오쉬안은 기침을 하며 어머니의 말대로 잠자리에 들었다. 화 부인
은 그의 숨결이 고르게 되기를 기다렸다가 노닥노닥 기운 겹이불을 조
심스레 덮어 주었다.

3

가게에 손님들이 많아지자 라오쉬안도 바빠졌다. 그는 커다란 구리 찻
주전자를 들고 손님들에게 차를 따라 주며 분주히 돌아다녔다. 그의

눈언저리가 거무스레하게 꺼져 있었다.

"라오쉬안, 어디 편치 않은 모양이군. 탈이라도 났나?"

수염이 희끗희끗한 영감이 물었다.

"아니오."

"아니라? 하긴 싱글싱글 웃는 걸 보니 아픈 것 같지는 않은데."

수염이 희끗희끗한 영감이 자기가 한 말을 취소했다.

"라오쉬안은 그저 바빠서 그래. 아들놈이……."

곱사등 영감이 말을 채 마치기도 전에 얼굴이 험상궂게 생긴 한 사나이가 불쑥 뛰어들어 왔다. 그는 검정 무명 저고리를 입었는데, 단추도 채우지 않고 허리는 넓은 검정 띠로 되는 대로 동여매었다. 그는 들어서자마자 라오쉬안을 보고 큰소리로 말했다.

"먹었나? 좋아졌나? 라오쉬안, 임자는 운도 좋아! 내 소식이 빨랐으니 망정이지."

라오쉬안은 한 손에 찻주전자를 들고 한 손은 공손히 늘어뜨린 채 히죽히죽 웃으며 그의 말을 듣고만 있었다. 다른 사람들도 모두 조용히 귀를 기울였다. 화 부인도 거무스레해진 눈언저리에 웃음기를 띠면서 차와 찻잔을 가져다 놓고 감람 열매까지 한 알 갖다 주었다. 라오쉬안은 끓인 물을 가져다 찻잔에 부어 주었다.

"이번엔 틀림없이 나을 거야! 여느 것과는 다르거든. 글쎄, 식기 전에 가져다가 먹었으니 말이야."

험상궂게 생긴 사나이가 떠들어 댔다.

"그렇고 말고. 캉康 아저씨 덕분이 아니면 어디 그런 것을……."

화 부인도 아주 감격해서 그에게 고마워했다.

"틀림없지, 틀림없어! 그렇게 뜨끈뜨끈할 때 먹었으니 말이야. 사람 피를 묻힌 만두는 어떤 폐병에나 다 즉효거든!"

화 부인은 '폐병'이란 말에 낯빛이 좀 달라지며 약간 언짢아하는 것 같았으나, 이내 웃음을 띠며 겸연쩍은지 자리를 떴다. 캉 아저씨라는 자는 그런 줄도 모르고 여전히 목청을 돋우며 떠들어 댔다. 그 소리에 잠자고 있던 샤오쉬안도 맞장구를 치듯 기침을 하기 시작했다.

"임자네 샤오쉬안이 그런 행운을 만난 걸 보니 그 병은 틀림없이 다 나을 걸세. 그러니 라오쉬안이 온종일 히죽히죽하는 거지."

수염이 희끗희끗한 영감이 이렇게 말하고는 캉 아저씨 앞으로 다가가 굽실거리며 낮은 목소리로 물었다.

"캉 아저씨, 듣자니 오늘 사형 당한 죄수가 시아夏 씨 집안 자식이라는데 뉘 집 자식인 거요? 대관절 무슨 일이오?"

"누구냐고? 시아쓰夏四 노친네의 아들이잖아. 고놈 새끼 참!"

캉 아저씨는 뭇 사람들이 귀를 쫑긋 세우고 자기 이야기를 듣고 있는 것을 보고 아주 신이 나서 험상궂은 얼굴을 실룩거리며 더 큰소리로 지껄여 댔다.

"그 몹쓸 종자, 뒈질 테면 뒈지라지. 이번엔 난 덕 본 게 영 없어. 겨우 벗겨 낸 옷마저 옥을 지키는 빨간 눈의 아이阿義가 다 가졌단 말이야. 운이 좋기로는 우리 라오쉬안 아저씨가 으뜸이고, 그다음으로 시아 씨네 셋째 영감이지. 그 영감은 새하얀 은전 스물다섯 냥을 혼자 받아서 제 주머니에 다 넣고 한 푼도 쓰지 않았거든."

샤오쉬안이 뒷방에서 느릿느릿 걸어 나오며 두 손을 가슴에 대고 줄기침을 했다 그는 부뚜막에 가서 찬밥을 한 그릇 퍼 더운물에 말더니 그 자리에 앉아서 먹기 시작했다. 화 부인이 그의 곁에 가서 나직이 물었다.

"샤오쉬안, 좀 괜찮니? 여전히 배가 고프니?"

"틀림없이 낫네. 틀림없어!"

캉 아저씨는 샤오쉬안을 힐끗 바라본 뒤 좌중을 돌아보며 말했다.

"시아 씨네 셋째 영감은 정말 약삭빨라. 만일 그 영감이 먼저 관가에 고발하지 않았더라면 온 가문이 능지처참을 당했을걸. 그런데 지금은 어떤가? 은전까지 다 탔잖아! 그건 그렇고 죽은 고놈 새끼는 아주 몹쓸 종자라니까! 감옥에 갇혀 있으면서도 옥을 지키는 사람한테 역적질을 하라고 꼬드겨 댔으니 말이야."

"아니 저런, 그게 어디 말이 되오."

뒷줄에 앉은 스무 살 남짓한 사나이가 몹시 분개한 기색을 보이며 끼어들었다.

"글쎄 말이야, 빨간 눈의 아이가 연유를 따져 물으려니까 고놈이 되레 수작을 걸더라는 거야. 고놈이 대청국大淸國의 천하가 우리의 것이라고 아가리를 놀리더래. 그게 어디 사람 소린가? 빨간 눈은 전부터 고놈 집에 늙은 홀어미밖에 없다는 것을 알고는 있었지만 그렇게 궁한 줄은 몰랐거든. 글쎄 기름 한 방울 짜낼 것도 없더라나. 그래서 울화가 잔뜩 치민 판에 고놈이 또 성난 범의 대가리를 긁으려 했단 말이야. 그래서 냅다 따귀를 갈겨 줬대!"

"아이 형은 주먹이 세서 두어 대 맞았으면 뻐근했을걸."

구석에 앉아 있던 곱사등 영감이 갑자기 신이 나서 지껄였다.

"그런데 그 망나니 같은 놈은 때려도 겁도 안 내더래. 되레 불쌍하구나, 불쌍하구나 하더라는 거야.”

“그까짓 놈을 때린 게 뭐가 불쌍하다는 거야.”

수염이 희끗희끗한 영감이 캉 아저씨의 말을 받았다. 캉 아저씨는 얕보는 기색으로 비웃으며 툭 쏘아붙였다.

“내 말을 똑똑히 알아듣지 못했구먼. 고 맹랑한 놈이 아이더러 불쌍하다고 했단 말이야!”

듣고 있던 사람들이 별안간 눈이 둥그레졌다. 이야기도 멈추었다. 밥을 다 먹은 샤오쉬안은 온몸이 땀으로 흥건했고 머리에서는 김이 났다.

“아이가 불쌍하다고? 미친 소리. 정말 미친 게로군.”

수염이 희끗희끗한 영감은 그제야 똑똑히 깨달은 듯 이렇게 뇌까렸다.

잠든 민중을 깨우라

봉건사회의 억압에 신음하는 민중이 그 모순을 타파하려고 하는 혁명가를 오히려 박해하는 모순은, 찻집에서 나눈 대화를 통해 극명히 드러난다. 루쉰의 고향 사람인 여성 혁명가 츄진秋瑾을 연상시키는 그의 처형에 대해 무지한 민중은 서로 생색을 내며 자랑했다. 루쉰은 민중의 영혼 깊숙이 스며 있는 어리석음과 마비를 통탄하며, 여전히 넘어야 할 산이 첩첩이 가로놓여 있음을 암시했다. 그는 “희망은 본래 있다고도 할 수 없고 없다고도 할 수 없다. 그것은 마치 땅 위에 난 길과 같다. 사실 지상에는 원래 길이 없었다. 가는 사람이 많아지면 길이 되는 것이다”라고 피력하면서 잉크와 붓으로 민중을 깨우치는 데 힘썼다.

"미쳤지, 미쳤어."

스무 살 남짓한 사내도 비로소 알겠다는 듯이 중얼거렸다.

가게 안의 손님들은 다시 활기를 띠면서 웃고 떠들어 댔다. 샤오쉬안도 떠들썩한 소리에 끼어 된기침을 해댔다. 캉 아저씨가 그에게 다가가 어깨를 도닥이며 말했다.

"틀림없이 나을 게다! 샤오쉬안, 그렇게 기침을 해대지 말아라. 암, 틀림없이 낫고말고!"

"미쳤지, 미쳤다니까."

곱사등 영감이 고개를 끄덕이며 중얼거렸다.

4

서대문 밖 성 밑에 붙어 있는 땅은 원래 관유지였다. 그 사이로 꼬불꼬불한 오솔길이 한 갈래 나 있는데, 길을 가로질러 다니는 사람들 때문에 생긴 것이다. 이 길은 어느새 경계선이 되어 왼쪽에는 사형당하거나 옥사한 사람들이 묻혔고, 오른쪽에는 가난한 사람들의 무덤이 있었다. 양쪽으로 무덤이 촘촘하게 들어앉은 것이 마치 부잣집 생일잔치 때 빚어 놓은 만두 같았다.

그해 청명은 유난히 추워서 버드나무에도 겨우 쌀 반 톨만한 새싹이 돋았을 뿐이었다. 날이 밝고 얼마 안 되어 화 부인은 길 오른쪽에 있는 새 무덤 앞에 와서 반찬 네 접시와 밥 한 그릇을 차려 놓고 한바탕 통곡했다. 그녀는 종이돈을 태운 뒤 넋 빠진 사람처럼 앉아 있었다. 무엇을 기다리는 것 같았으나 그녀 자신도 무엇을 기다리는지 알지 못했다. 잔잔한 바람이 일어 그녀의 짧은 머리칼을 날렸다. 확실히 그녀의 머리는 지난해보다 훨씬 더 세었다.

오솔길로 또 한 여인이 왔다. 그 역시 머리가 세었으며, 남루한 치마 저고리를 입고 있었다. 여인은 붉은 칠을 한 둥근 헌 바구니에 한 꾸러미 종이돈을 걸쳐 들고 쉬엄쉬엄 간신히 걸어오고 있었다. 문득 화 부인이 땅바닥에 주저앉아 자신을 바라보는 것을 보자 여인은 머뭇거리며 창백한 얼굴에 부끄러운 낯빛을 했다. 여인은 왼쪽에 있는 한 무덤 앞에 가서 바구니를 내려놓았다.

그 무덤은 샤오쉬안의 무덤과 길 하나를 사이에 두고 가지런히 있었다. 그 여인은 반찬 네 접시와 밥 한 그릇을 차려 놓고 선 채로 한바탕 울고는 종이돈을 태웠다. 화 부인은 '저 무덤 속에 묻힌 이도 아들인 게로구나' 하고 생각했다. 그 늙은 여인은 주위를 한 번 두리번거리며 살펴보더니 갑자기 손발을 부르르 떨며 비칠비칠 몇 걸음 뒤로 물러섰다. 그러고는 눈을 크게 뜨고 얼빠진 사람처럼 서 있었는데, 너무 상심한 나머지 미친 것처럼 보였다. 화 부인이 차마 앉아서 볼 수가 없어 길을 건너가 낮은 소리로 말했다.

"저 할머니, 너무 서러워 마세요. 그만 돌아갑시다."

늙은 여인은 고개를 끄덕였으나 눈은 여전히 위를 향해 뜬 채 낮은 소리로 떠듬떠듬 말했다.

"아니 저걸 보오. 저게 뭐요?"

화 부인은 여인이 가리키는 대로 눈길을 돌려 앞에 있는 무덤을 바라보았다. 무덤 위의 풀은 아직 뿌리가 다 내리지 않아 누런 흙이 군데

군데 드러나 보여 보기 흉했다. 다시 무덤 위를 자세히 살펴보던 그녀
는 뜻밖에도 깜짝 놀랐다. 분명 붉은 꽃과 흰 꽃이 쳇바퀴처럼 둥근 원
을 그리며 둥글게 쌓아올린 무덤 꼭대기를 둘러싸고 있었다.

그들의 눈은 나이 탓에 이미 침침해진 지 오래지만 그 붉은 꽃과 흰
꽃은 분명히 볼 수 있었다. 꽃은 그리 많지 않았지만 둥글게 원을 이루
고 있었고, 생기는 없었지만 가지런했다. 화 부인은 얼른 자기 아들의
무덤과 다른 사람의 무덤을 번갈아 보았다. 거기에는 추위를 모르는
창백한 작은 꽃 몇 송이가 드문드문 어설프게 피어 있을 뿐이었다. 문
득 서운하고 허전한 감이 들었지만 애써 그 까닭을 따지고 싶지 않았
다. 늙은 여인은 몇 걸음 다가가 자세히 보고는 혼잣말로 중얼거렸다.

"뿌리가 없는 걸 보니 저절로 핀 것 같진 않은데, 누가 여길 왔다 갔
을까? 아이들이 와 놀진 않을 테고 일가친척도 발을 끊은 지 오랜데,
대체 어찌된 셈일까?"

한참 생각하던 여인은 하염없이 눈물을 흘리며 큰소리로 넋두리를
늘어놓았다.

"애, 위얼瑜兒아. 그놈들이 너를 모함했구나. 너는 그 원통함을 잊지
못해 오늘 이처럼 영험을 나타내어 내게 알리는 거냐?"

여인은 사방을 둘러보았다. 까마귀 한 마리가 앙상한 나뭇가지에 앉
아 있는 것이 보일 뿐이었다. 이어 계속 말했다.

"알았다, 위얼. 불쌍하게도 놈들이 너를 모함했구나. 그놈들은 어느
때든 꼭 천벌을 받을 거다. 하늘이 다 알고 있다. 그러니 너는 고이 눈
을 감으렴. 네가 정말 예 있어서 내 말을 듣는다면 저 까마귀를 네 무
덤 위에서 날게 해보렴."

애도
아이는 사람의 피를 묻힌 만두를 먹고도 죽었다. 아이의 무덤을 찾은 어머니는 처형당한 혁명가의 어머니와
조우한다. 오솔길을 사이에 두고 이쪽에는 샤오쉬안의 무덤이, 저쪽에는 혁명가의 무덤이 있는 것이었다.
루쉰은 혁명가에게 적대적인 민중을 비판하는 한편으로 혁명가의 무덤에 꽃을 얹어 놓음으로써 그를 애도
했다.(케테 콜비츠 작, 〈부모〉)

잔잔하게 불던 바람은 이미 멎었다. 마른 풀이 마치 가는 구리줄처럼 가냘프게 하늘거리며 서 있었다. 바르르 떨리는 풀대 소리가 대기 속으로 퍼져 가며 점점 가늘어지더니 마침내 사라졌다. 주변이 죽은 듯 고요했다. 두 사람은 마른 풀 속에 서서 고개를 들고 까마귀를 바라보았다. 까마귀는 곧은 나뭇가지 사이에서 머리를 움츠리고는 쇳물을 부어 만든 것처럼 꼼짝 않고 있었다.

　많은 시간이 흘렀다. 무덤을 찾는 이들이 점점 많아졌다. 무덤 사이로 늙은이와 아이들이 오고갔다.

　화 부인은 왠지 무거운 짐이라도 내려놓은 것 같았다. 그만 돌아가야겠다는 생각이 들어 늙은 여인에게 말했다.

　"우린 그만 돌아갑시다."

　늙은 여인은 한숨을 짓더니 맥없이 제물을 거두었다. 그러고는 한참 머뭇거리다가 마침내 천천히 발걸음을 옮기면서 혼잣말로 중얼거렸다.

　"이게 대체 어떻게 된 일일까?"

　두 사람이 스무 걸음 남짓 갔을 때 갑자기 등 뒤에서 "까욱" 하는 소리가 크게 들렸다. 두 사람이 오싹하여 뒤를 돌아다보니, 그 까마귀가 두 날개를 펴고 몸을 솟구치더니 먼 하늘가로 쏜살같이 날아가는 것이었다.

1919. 4.

광인일기

여기서 말하려는 두 형제의 이름은 밝히지 않겠다. 그들은 중학교 시절의 내 친구들로, 여러 해 떨어져 있으면서 그만 소식이 끊기고 말았다. 얼마 전에 나는 우연히 그 형제 중의 한 명이 중병에 걸렸다는 소식을 듣고 마침 고향으로 가던 길이라 길을 좀 돌아서 그들 집에 들렀다. 집에는 형밖에 없었다. 중병에 걸렸다는 사람은 바로 그의 동생이었다.

형은 내가 먼 곳에서 모처럼 찾아와 주니 고맙기는 하지만, 아우는 벌써 병이 다 나아서 모 지방에 예비 관리로 갔다고 했다. 그러고는 껄껄 웃으면서 일기책 두 권을 내보였다. 그것을 보면 당시 아우의 병세를 잘 알 수 있을 테니, 옛 친구인 내게 주노라고 했다.

일기책을 가지고 돌아와 읽어 보니 그의 아우는 피해망상증에 걸린 것을 알 수 있었다. 내용이 순서가 없고 앞뒤가 잘 맞지 않았으며 황당

한 말이 많았다. 날짜를 밝히지 않았으나 먹빛이 다르고 글씨체가 고르지 않은 것으로 보아 한 번에 쓴 것이 아님을 알 수 있었다.

일기에는 다소 문맥이 통하는 것도 있어 그것을 정리해서 의학자들의 연구 자료로 제공하려 한다. 그중에는 황당한 말도 있기는 하지만 한 자도 고치지 않았다. 그리고 여기에 나오는 사람들은 모두 세상에 알려지지 않은 시골 사람들이어서 별문제가 없으리라고 보지만, 그래도 전부 다른 이름으로 고쳤다. 글의 제목은 본인이 병이 다 나은 뒤에 단 것이므로 따로 고치지 않는다.

민국民國● 7년 4월 2일

1

오늘 밤은 달이 참 밝다. 내가 이것을 못 본 지도 벌써 삼십 년이나 되는데, 오늘 보니 유난히 기분이 상쾌하다. 이제 와서 보니 지난 삼십 년을 완전히 얼빠진 채로 지냈다. 그러나 단단히 조심해야겠다. 아무렴 그렇지 않다면, 저 자오趙 씨네 개가 왜 나를 힐끔힐끔 볼까?

내가 겁을 내는 데는 그만한 이유가 있다.

2

오늘 밤엔 달빛이라고는 전혀 없다. 나는 이것이 좋은 징조가 아니라는

● 민국
신해혁명으로 중화민국이 탄생한 1911년을 민국 원년으로 한다

것을 안다. 아침에 조심조심 집을 나서는데 자오꾸이趙貴 영감의 눈치가 괴상했다. 나를 무서워하는 것 같기도 했고 나를 해치려는 것 같기도 했다. 그런데 또 사람들이 일고여덟 명 모여 서로 귀에 대고 수군거리며 내 흉을 보았는데, 그러면서도 내가 볼까 봐 두려워했다. 길 가는 사람들이 모두 그러했다. 그중에서도 가장 흉물스러운 놈 하나가 아가리를 쩍 벌리고 나를 보고 히히 웃었다. 나는 그만 머리부터 발끝까지 소름이 쫙 끼쳤다. 나는 그놈들이 흉계를 다 꾸며 놓았다는 것을 알았다.

그러나 나는 겁내지 않고 내 갈 길을 갔다. 내 앞에는 아이들이 모여 내 흉을 보았다. 이 아이들의 눈빛도 자오꾸이 영감과 꼭 같았고 낯빛도 모두 푸르뎅뎅했다. 저 아이들이 나와 무슨 원수가 져서 저럴까? 나는 참다못해 "왜 이 지랄이야?" 하고 악을 쓰며 소리를 꽥 질렀다. 그러자 그들은 도망가 버렸다.

내가 자오꾸이 영감과 무슨 원수진 일이 있으며, 길 가는 사람들과는 무슨 척진 일이 있단 말인가? 다만 이십 년 전에 구쥬古久 선생네 케케묵은 치부책을 발로 짓밟아 선생의 기분을 상하게 한 것밖에 없다. 자오꾸이 영감은 그 구쥬 선생을 모르겠지만 아마 그 소문을 듣고 그를 대신해 화풀이를 하려는 모양이다. 그래서 길 가는 사람들과 짜고서 나를 원수처럼 대하는 것이리라.

그러나 아이들은 왜 저러는 것일까? 그때는 그들이 아직 세상에 태어나지도 않았을 텐데 왜 지금 괴상한 눈으로 나를 쏘아보는 것일까? 나를 무서워하는 것 같기도 하고 나를 해치려는 것 같기도 하다. 정말이지 나는 더럭 겁이 난다. 그야말로 알 수 없는 노릇이요, 가슴 아픈 일이다. 옳지, 알겠다. 그놈들의 어미 아비가 가르쳐 준 게로구나!

밤새 잠을 이루지 못했다. 무슨 일이든 연구를 해봐야만 알 수 있는 법이다. 그들 중에는 현縣지사에게 붙들려 칼을 쓰고 감옥에 갇힌 자도 있을 것이고, 지주에게 뺨을 얻어맞은 자도 있을 것이며, 관리에게 아내를 겁탈당한 자도 있을 것이고, 부모가 고리대금업자에게 빚 독촉을 받다가 생죽음을 당한 자도 있을 것이다. 그러나 그때의 그들 얼굴도 어제처럼 그렇게 무섭고 흉측하지는 않았을 것이다.

더구나 괴상한 것은 어제 길에서 만난 그 여자다. 그녀는 자기 아들을 때리다가 "이놈의 새끼, 너를 몇 번 물어뜯어야 속이 시원하겠다!"라고 하면서도 눈만은 나를 쏘아보는 것이었다. 나는 그만 질겁하여 어쩔 줄을 몰랐다. 검푸른 낯빛에 뻐드렁니를 드러낸 자들이 옆에서 한바탕 소리 내어 웃어 댔다. 천라오우陳老五가 다가와서 나를 마구 집으로 끌고 갔다.

집으로 끌려왔지만 집안사람들은 모두 나를 보고도 모르는 체했다. 그들의 눈빛도 다른 사람들과 꼭 같았다. 내가 서재에 들어서자 마치 닭이나 오리를 가두듯이 밖에서 문을 덜컥 잠갔다. 왜 그러는지 통 영문을 모르겠다.

며칠 전에 랑쯔춘狼子村에 사는 소작인 한 명이 우리 형에게 찾아와서 흉년이 든 얘기를 했다. 그는 자기네 마을에 못된 놈이 하나 있었는데, 여러 사람들이 달려들어 때려죽이고 그놈의 간을 꺼내어 기름에 볶아 먹었다고 했다. 그렇게 하면 담이 커진다는 것이었다. 내가 곁에서 한마디 참견했더니 그 소작인과 형이 나를 힐끔 흘겨보았다. 그들

의 눈빛이 바깥에서 만난 사람들의 눈빛과 꼭 같다는 것을 오늘에야 비로소 알았다.

생각만 해도 전신에 소름이 쫙 끼친다. 그들이 사람을 잡아먹는다면 나를 잡아먹지 않는다고 말할 수 없다. "이놈 새끼, 몇 입 물어뜯어야겠다!"라고 한 그 여자의 말이며, 검푸른 낯빛에 뻐드렁니를 드러낸 자들의 웃음소리며, 며칠 전 소작인이 한 말이 모두 분명 무슨 암시인 것 같다. 나는 그들의 말 속에 독이 가득 차 있고 웃음 속에 칼이 들어 있다는 것을 알았다. 그들의 하얀 이빨은 톱날처럼 날이 섰다. 그것은 사람을 잡아먹는 연장인 것이다.

나는 스스로 나쁜 사람이라 생각하지 않지만 구쥬 선생네 치부책을 짓밟은 뒤로는 그렇게 말하기가 곤란해졌다. 그들에게는 다른 생각이 있는 것 같지만 나로서는 도무지 그 속내를 알 수가 없다. 더군다나 그들은 한 번만 수틀리면 남을 그저 나쁘다고만 하니 말이다.

언젠가 형이 내게 글을 짓게 한 일이 있었다. 그때 내가 좋은 사람을 조금이라도 반박하면 형은 곧 동그라미를 쳤고, 나쁜 사람을 동정하면

"신묘한 필법이로다. 정녕 뭇사람과 다르구나" 하고 칭찬했다. 그러니 어떻게 그들의 속내를 읽을 수 있단 말인가. 하물며 그들이 사람을 잡아먹으려고 할 때의 심산이랴.

무슨 일이든 연구를 해봐야만 알 수 있는 법이다. 옛날부터 사람이 사람을 잡아먹었다는 말은 들은 적이 있지만 자세하게는 알지 못했다. 그래서 역사책을 뒤져 보았으나 연도도 적혀 있지 않고 "인의도덕"이라는 글자가 장마다 삐뚤삐뚤 적혀 있을 뿐이었다. 암만 해도 잠이 오지 않아서 나는 한밤중까지 책장을 뚫어지도록 쳐다보았다. 그제야 온 책에 "사람을 잡아먹는다"라는 글자가 가득 쓰여 있는 것을 글자들 속에서 찾아냈다.

책에도 이런 글자가 가득 쓰여 있고, 소작인도 이런 말을 많이 했다. 그런데 사람들은 흉측하게 웃으면서 괴상한 눈초리로 나를 노려보았다. 나도 사람이니까 그들이 나를 잡아먹으려는 것이다!

4

아침에 한동안 가만히 앉아 있었다. 천라오우가 채소 한 접시와 생선 찜 한 그릇이 놓인 밥상을 들고 들어왔다. 그 생선은 흰 눈을 부릅뜨고 아가리를 짝 벌리고 있었는데, 그 모양이 마치 사람을 잡아먹으려는 자들과 신통하게도 같았다. 몇 젓가락을 먹어 보니 미끈미끈하여 생선인지 사람 고기인지 분간할 수가 없었다. 나는 그만 뱃속의 것을 몽땅 토해 버렸다.

"라오우, 형한테 말 좀 해주구려. 내가 속이 몹시 갑갑해 마당을 좀 거닐고 싶어 한다고."

라오우는 대답도 하지 않고 가더니 얼마 뒤 돌아와서 문을 열었다. 나는 꼼짝하지 않고 앉아서 그들이 나를 어떻게 할 심산인지를 연구했다. 그들은 결코 나를 가만두지 않을 것이다. 형은 정말 늙은이 한 사람을 데리고 슬렁슬렁 다가왔다. 그 늙은이의 눈에는 음흉한 빛이 가득했는데, 내가 눈치를 챌까 봐 두려운 듯 고개를 숙이고 안경 밑으로 힐끔힐끔 곁눈질을 했다. 형이 먼저 말을 꺼냈다.

"오늘은 괜찮은 것 같구나."

"네."

"네 병을 봐 주려고 오늘 허何 선생을 모셔 왔다."

"그렇습니까?"

그러나 내 어찌 이 늙은이가 인간 백정인 줄 모르랴! 맥을 짚어 보는 체하면서 기실은 살이 쪘는지 여위었는지 이리저리 만져 본 뒤 그 공으로 살을 한몫 나눠 먹으려는 것이다. 그렇다고 내가 겁낼 줄 아는가. 내 비록 사람 고기를 먹지 않지만 너희보다는 담이 크다. 나는 그들이 어떻게 하는지 보려고 두 주먹을 불쑥 내밀었다. 늙은이는 앉아서 눈을 감고 내 팔목을 한참 만지다가 또 한참 멍하니 있더니 음특한 눈을 홉뜨면서 입을 열었다.

"이것저것 쓸데없는 생각을 해서는 안 되네. 마음을 가라앉히고 며칠 몸조리를 잘하면 좋아질 걸세."

흥, 이것저것 쓸데없는 생각 하지 말라고? 요양을 잘해 살이 찌면 너희야 고기를 더 많이 먹을 수 있겠지. 그러나 내게는 좋을 게 뭐가 있단 말인가. 어떻게 해서 좋아진다는 말인가. 사람을 잡아먹으려고 하면서도 당장 손을 쓰지 않고 흉측스럽게 남의 눈을 속이려고 애를 쓰는 이자들의 꼴이야말로 우스워 죽겠다. 참다못해 한바탕 큰소리로 웃고 나니 속이 후련하다. 그 웃음 속에는 용기와 정의가 들어 있었다. 늙은이와 형의 얼굴이 새파랗게 질렸다. 나의 용기와 정의에 눌린 것이다.

그러나 내가 이런 용기를 가지면 가질수록 그들도 나와 같은 용기를 좀 가져 보려고 더욱 기를 쓰고 나를 잡아먹으려 한다. 늙은이가 문밖으로 나가더니 잠시 뒤 형에게 낮은 목소리로 말했다.

"빨리 먹어야지!"

형은 고개를 끄떡였다. 결국 형도 한패구나! 이것은 뜻하지 않은 새로운 발견인 듯하나 사실은 이미 짐작하고 있는 것이었다. 작당하여 나를 잡아먹으려는 자는 다른 사람이 아닌 바로 나의 형인 것이다.

사람을 잡아먹는 자는 바로 나의 형이다!

나는 사람을 잡아먹는 자의 동생이다!

나 자신은 사람에게 잡아먹히지만 아무튼 나는 사람을 잡아먹는 자의 동생이다.

5

요 며칠 동안 나는 한걸음 물러서서 생각을 달리해 보았다. 가령 그 늙은이가 인간 백정이 아니고 진짜 의사라 해도 그는 여전히 사람을 잡

베이징 사오싱 회관
루쉰이 〈광인일기〉를 집필한 곳이다. 회관은 예부터 지방에서 올라온 사람들의 숙박소 겸 집회 장소로서, 당시 베이징에 사백 곳 이상이 있었다고 한다. 루쉰은 난징 임시정부의 교육부 직원으로 있었는데, 정부가 베이징으로 옮겨 가자 이곳 사오싱 회관에서 칠 년 반 동안 살았다. 비좁고 어두운 이곳의 옛 사진은 혁명 실패에 실망한 당시 루쉰의 심경과 닮은 듯하다.

아먹는 사람이다. 그의 스승인 리스전李時珍이 쓴 《본초……》라는 책에
도 사람의 고기를 달여 먹을 수 있다고 버젓이 쓰여 있는데, 그가 사람
고기를 먹지 않는다고 말할 수 있겠는가?

　나의 형 역시 사람을 잡아먹는다고 해도 조금도 억울할 게 없다. 전
에 형이 내게 글을 가르칠 때 "자식을 서로 바꾸어 잡아먹는다"라고
자기 입으로 말한 적이 있으며, 또 한번은 어떤 나쁜 사람에 대한 말이
나오자 그놈은 죽여 마땅할 뿐만 아니라 "고기는 먹고 가죽은 깔고 자
야 한다"라고까지 했다. 당시 나는 어렸을 때인지라 이 말을 듣고 한나
절이나 가슴이 두근두근 뛰었다. 며칠 전 랑쯔춘의 소작인이 와서 간
을 꺼내 먹었다는 이야기를 할 때도 형은 조금도 이상하게 여기지 않
고 연신 고개를 끄덕였다. 이런 것을 미루어 보아도 그의 마음이 그전
이나 다름없이 독하다는 것을 알 수 있다.

　"자식을 서로 바꾸어 잡아먹는다"고 하는 이상 무엇이든 다 바꿀
수 있을 것이며, 어떤 사람이든 다 잡아먹을 수 있을 것이다. 전에는
그의 얘기를 그저 무심하게 흘려들었는데, 지금 와서 생각해 보면 그
때 그의 입가에는 사람의 기름이 묻어 있었을 뿐만 아니라 마음속은
사람을 잡아먹으려는 생각으로 가득 차 있었다는 것을 알 수 있다.

6

캄캄하여 낮인지 밤인지 알 수 없다. 자오 씨네 집 개가 또 짖는다. 사
자처럼 흉악하고, 토끼처럼 비겁하며, 여우처럼 교활한…….

나는 그들의 솜씨를 안다. 그들은 직접 손을 써서 죽이려고 하지는 않으며 또 감히 그렇게 하지도 못한다. 이는 후환이 있을까 봐 그러는 것이다. 그래서 그들은 서로 연통하여 덫을 잔뜩 늘어놓고 나를 못살게 들볶아서 저절로 목숨을 끊게 하려는 것이다. 며칠 전 길에서 만난 계집년과 사내놈들이 노는 꼴과 요 며칠 사이 형이 하는 짓으로 보아 그들이 어쩌자는 것인지 십중팔구 잘 알 수 있다. 제일 좋기는 내 허리띠를 풀어서 들보에 걸고 목을 꽉 졸라매어 죽는 것이다. 그러면 그들은 살인의 죄명도 쓰지 않고 소원을 이루게 될 터이니 기뻐서 어쩔 줄 몰라 껄껄 웃을 것이다. 그렇지 않으면 놀라움과 시름 속에서 모대기다가 죽는 것이다. 이렇게 하면 살이 좀 빠지기는 해도 역시 그들은 좋다고 고개를 끄덕일 것이다.

그들은 죽은 사람의 고기밖에 먹을 줄 모른다. 어느 책에서인가 나는 '하이에나'라는 짐승이 그 생김새와 눈이 아주 흉물스럽다고 한 것을 본 기억이 있다. 이 짐승은 죽은 짐승의 고기를 잘 먹으며 큰 뼈다귀마저 어적어적 씹어 삼킨다는 것이었다. 생각만 해도 무섭다. 하이에나는 승냥이와 친척이고, 승냥이는 개와 같은 조상이다. 며칠 전 자오 씨네 개가 힐끗힐끗 나를 흘겨보았는데, 그놈도 벌써 한몫 끼어들어 무슨 흉계를 다 꾸며 놓은 모양이다. 그놈의 늙은이가 땅만 내려다보는 체했지만 어찌 나를 속일 수 있다는 말인가.

누구보다도 가련한 것은 내 형이다. 그도 사람인데 어찌하여 조금도 무서워하지 않는가? 게다가 작당하여 나를 잡아먹으려고까지 하다니.

아주 습관이 되어 잘못인 줄 몰라서일까? 그렇지 않으면 양심을 잃어버려 뻔히 알면서도 그런 못된 짓을 하려는 것일까? 나는 사람을 잡아먹는 자들을 저주해도 먼저 형부터 저주할 것이고, 사람을 잡아먹는 자들에게 그렇게 하지 못하도록 설복해도 형부터 설복할 테다.

8

사실 말이지 이제는 그들도 이런 도리쯤은 알고 있어야 할 것이다.

별안간 웬 사람이 나타났다. 나이는 스무 살 안팎인데, 얼굴은 똑똑히 보이지 않으나 온 얼굴에 웃음을 띠며 나를 보고 고개를 끄덕거렸다. 그의 웃음도 진짜 웃음 같지는 않았다. 나는 불쑥 이렇게 물었다.

"사람을 잡아먹는 짓이 옳은가?"

"흉년도 아닌데 왜 사람을 잡아먹어요?"

그는 여전히 웃으면서 대답했다. 나는 이내 이놈도 그자들과 한패거리이며 사람 고기를 먹기 좋아한다는 것을 알아차리고 용기를 내어 다그쳐 물었다.

"그래 옳다고 생각하나?"

"그건 물어서 뭘 하려고요? 참…… 농담도 잘하십니다. 오늘은 날씨가 참 좋습니다."

날씨도 좋고 달도 참 밝다. 그러나 나는 네게 묻고야 말겠다.

"그래 옳다고 생각하나?"

그는 그렇지 않다고 생각하는지 우물쭈물 대답했다.

"아…… 아니……."

"옳지 않단 말이지? 그럼 그들은 왜 사람을 잡아먹나?!"

"그럴 리 없어요."

"흥, 그럴 리 없다고? 랑쯔춘에서는 지금도 잡아먹고 있어. 책에도 온통 붉은 피로 시뻘겋게 쓰여 있고."

그는 얼굴이 새파랗게 되면서 눈을 둥그렇게 뜨고 말했다.

"그야 있을지도 모르지요. 옛날부터 그랬으니까요."

"옛날부터 그랬다고 해서 그럼 옳단 말인가?"

"나는 이런 걸 가지고 시비를 따지고 싶지 않아요. 아무튼 그런 말은 더는 하지 마세요. 그건 잘못이에요!"

내가 벌떡 일어나 눈을 부릅떠 보니 그는 보이지 않았다. 나의 온몸에서는 진땀이 배어 나왔다. 나이는 비록 형보다 훨씬 어리지만 그 역시 형과 한패거리인 것이다. 기필코 그의 어미 아비가 그렇게 가르쳤을 것이다. 그러기에 아이놈까지도 나를 독살스럽게 흘겨보지.

9

그들은 자신이 사람을 잡아먹으려고 하면서도 또 남에게 잡아먹힐까 봐 겁에 질려 있기 때문에 서로 의심에 찬 눈으로 살핀다.

이런 심사를 다 집어던지고 마음 놓고 일하고 밥 먹고 잠잘 수 있다면 얼마나 편할 것인가. 여기에는 다만 하나의 문턱이 가로놓여 있을 뿐이다. 그러나 그들은 부자, 형제, 부부, 친구, 사제, 원수, 그리고 서로 알지 못하는 사람들까지도 모두 한패가 되어 서로 부추기고 견제하면서 한 발자국만 뛰어넘으면 되는 이 문턱을 한사코 넘으려 하지 않는다.

10

아침 일찍 형을 찾아갔다. 그는 문 밖에 서서 하늘을 쳐다보고 있었다. 나는 그의 뒤로 다가가 문을 막아 선 채 자못 침착하고 다정하게 말했다.

"형님, 형님께 좀 하고 싶은 말이 있는데요."

"응? 말해 보렴."

그는 이내 얼굴을 돌려 고개를 끄덕였다.

"할 말은 몇 마디 안 되는데 입이 잘 떨어지지 않는군요. 형님, 옛날 야만인들은 아마 사람을 좀 잡아먹었겠지요. 그런데 그 후 각기 생각하는 바가 달라져 일부는 사람을 잡아먹지 않고 좋게 되려고 힘써 사람으로 변했지요. 참다운 사람으로 말이에요. 그러나 일부는 계속 사람을 잡아먹었어요. 벌레나 마찬가지로 말이에요. 그중 어떤 사람은 새, 물고기, 원숭이로 변했다가 사람으로 변했고, 또 어떤 사람은 좋게 되려고 힘쓰지 않아 여태껏 벌레로 남아 있기도 합니다. 이렇게 사람을 잡아먹는 자들은 사람을 잡아먹지 않는 사람에 비해 얼마나 수치스러울까요. 아마 벌레가 원숭이 앞에서 수치스럽게 생각하는 것보다 훨씬 더할 겁니다.

역아易牙(중국 춘추시대의 유명한 요리사. 제나라 환공에게 잘 보이기 위해 자기 아들을 삶아서 바쳤다고 한다)가 자기 아들을 쪄서 걸주桀紂(중국 하나라의 걸왕桀王과 상나라의 주왕紂王을 아울러 이르는 말. 여기에서는 천하의 폭군을 가리킨다)에게 먹인 일은 먼 옛날의 이야기지요. 그런데 반고盤古가 천지를 개벽한 때부터 역아의 아들이 잡아먹힌 때까지, 역아의 아들이 잡아먹힌 때부터 서석림徐錫林(청나라 말의 혁명가.

안후이성安徽省순무사를 암살하고 체포되어 사형을 당했는데, 다른 사람이 그의 내장을 꺼내 먹었다고 한다)이 잡아먹힌 때까지, 서석림이 잡아먹힌 때부터 랑쯔춘에서 사람이 잡아먹힌 때까지의 일을 누가 알겠습니까. 작년에 성안에서 죄인을 잡아 죽일 때도 폐병으로 앓는 어떤 사람이 죽은 사람의 피를 만두에다 발라 먹은 일이 있었지요.

● 반고

천지와 함께 태어난 신으로, 오랫동안 잠을 잔 뒤 세상의 껍질을 도끼로 깨뜨렸다. 이로써 하늘과 땅이 나누어지기 시작했는데, 반고는 이것이 다시 붙을지도 모른다고 생각하여 만 팔천 년 동안 하늘을 떠받쳤다. 그로 인해 하늘은 더욱 올라갔고 땅은 굳어져 마침내 둘 사이가 멀어졌다. 하지만 반고는 지쳐 쓰러져 끝내 죽고 말았다. 그는 세계를 이루는 데 필요한 많은 것을 만들었다

그런 자들이 나를 잡아먹으려고 할 때 형님 혼자서는 어찌할 도리가 없겠지만 그러나 하필 그런 무리에 가담할 게 뭡니까. 사람을 잡아먹는 자들이 무슨 짓인들 못하겠습니까. 그러나 그들이 나를 잡아먹을 수 있는 한 형님도 잡아먹을 수 있을 테고, 저희끼리도 잡아먹을 겁니다. 글쎄, 옛날에는 그랬다고 하더라도 우리는 오늘부터라도 착해지려고 해봐야 하지 않습니까. 그리고 사람을 잡아먹어서는 안 된다고 말해야 합니다! 형님, 나는 형님이 그렇게 말할 수 있으리라고 믿습니다. 일전에 소작인이 와서 도짓돈을 좀 감해 달라고 할 때 안 된다고 딱 잘라 말씀하신 것처럼 말입니다."

처음에 형은 그저 쌀쌀하게 웃기만 하더니 나중에는 눈이 독살스러워졌다. 그들의 속내를 폭로하자 낯빛이 새파랗게 질렸다. 대문 밖에 사람들이 모여 서 있었는데, 자오꾸이 영감과 그의 개도 그 속에 끼어 있었다. 모두 흘끔흘끔 기미를 살피면서 들어왔다. 그 가운데 어떤 자는 헝겊으로 얼굴을 가렸는지 알아볼 수가 없었고, 어떤 자는 여전히 검푸른 낯빛에 뻐드렁니를 드러내 놓고 입을 비쭉거리며 웃었다. 나는 그들이 모두 사람을 잡아먹는 한패거리라는 것을 안다.

그러나 그들의 심보가 똑같은 것은 아니다. 한 부류는 옛날부터 그렇게 해왔으니 사람을 잡아먹어야 한다는 것이고, 다른 한 부류는 잡아먹어서는 안 된다는 것을 알면서도 여전히 잡아먹으려는 자들로, 그들은 남에게 자신의 속내가 드러날까 봐 두려워한다. 그들은 내 말을 듣고 더욱 분이 치밀었으나 그저 입을 비쭉거리며 냉소할 뿐이었다.

그때 형이 별안간 얼굴을 보기 흉하게 찡그리고 고함을 질렀다.

"썩 물러가라! 미친놈이 뭘 볼 게 있다고!"

그때 나는 또 그들의 교묘한 수법을 알아차렸다. 그들은 자신의 마음을 고치려고 하지 않을 뿐만 아니라 손쓸 차비를 다해 놓고 내게 미친놈이라는 누명을 들씌우는 것이다. 그러니 앞으로 나를 잡아먹어도 아무런 말썽도 없을 뿐만 아니라, 어떤 자는 이자들을 동정하기까지 할 것이다. 여럿이 달려들어 나쁜 놈을 잡아먹었다고 한 소작인의 말은 바로 이런 방법을 두고 한 말이다. 이것이 그들의 상투적인 수법이니까.

천라오우가 노기등등하여 곧장 걸어왔다. 그러나 그가 어찌 내 입을 틀어막을 수 있으랴. 나는 기어코 이자들에게 말해야겠다.

"당신들은 고쳐야 하오. 진심으로 고쳐야 하오! 사람을 잡아먹는 사람은 앞으로 이 세상에 살 수 없다는 것을 똑똑히 알아야 하오. 만일 당신들이 마음을 고쳐먹지 않는다면 당신들조차도 다 남에게 잡아먹히게 될 거요. 아무리 자손이 많다 해도 참된 사람들에게 소멸되고 말 것이오. 사냥꾼이 승냥이를 다 잡아 없애듯이! 또 벌레를 잡아 없애듯이!"

그들은 모두 천라오우에게 쫓겨났다. 형도 어디로 갔는지 알 수 없었다. 천라오우는 나를 방 안으로 데리고 갔다. 방 안은 어두침침했다. 대들보와 서까래가 머리 위에서 흔들거리더니 점점 커지면서 내 몸을 짓눌렀다.

어찌나 무거운지 꼼짝달싹할 수가 없었다. 아마 나를 죽이려는 모양이다. 그러나 나는 무겁게 짓누르는 것이 가짜라는 것을 알고 기를 쓰고 빠져나왔다. 온몸이 땀으로 흥건했다. 그러나 나는 기어코 말할 테다.

"너희는 당장 고쳐야 한다. 진심으로 고쳐야 한다! 사람을 잡아먹는 사람은 앞으로 이 세상에 살 수 없다는 것을 똑똑히 알아야 한다."

11

햇빛도 비치지 않고 문도 열리지 않는다. 날마다 두 끼밖에 먹이지 않는다. 젓가락을 들자 형 생각이 났다. 누이동생이 죽은 것도 모두 형 때문이다. 그때 누이동생은 다섯 살밖에 되지 않았다. 그 귀엽고 불쌍한 모습이 지금도 눈에 선하다. 어머니는 울음을 그칠 줄 몰랐는데, 형은 오히려 울지 말라고 타일렀다. 아마 자기가 잡아먹어서 우는 것을 보니 좀 민망한 모양이었다. 지금도 민망해한다면…….

누이동생을 형이 잡아먹었다는 것을 어머니는 알고 계시는지. 어머니도 아마 아실 것이다. 그러나 울 때는 아무 말도 없으셨다. 아마 당연한 일이라고 생각하신 모양이다. 내가 네댓 살 무렵에 날씨가 더워서 방 앞에 나앉아 바람을 쐰 일이 있었다. 그때 형은 부모가 병이 나면 자식 된 도리로서 살을 한 점 베어 삶아 대접해야 좋은 사람이라고 했다. 어머니도 안 된다고 하지 않으셨다. 살 한 점을 먹을 수 있다면 물론 온 몸뚱이도 다 먹을 수 있을 것이다. 그런데 그날 어머니가 우시던 모습은 지금 생각해도 가슴을 아프게 하니, 참으로 괴상한 일이 아닐 수 없다!

12

더는 생각할 수 없게 되었다.

아이들을 구하라
⟨광인일기⟩는 봉건사회를 향한 한 편의 풍자화다. 루쉰은 중국 사회의 근간을 이룬 유교적 가치가 인간을 얼마나 속박하는지를 한 광인을 통해 들추어냈다. 그러나 희망이 없는 것은 아니었다. 그는 "사람을 잡아먹어본 적이 없는" 새로운 세대의 아이들에게서 희망을 구했다. "아이들을 구하라"라는 외침에서 낡은 사회와 낡은 예의 도덕을 거부하는 강한 혁명 의지가 느껴진다.⟨케테 콜비츠 작, ⟨씨앗들이 짓이겨져서는 안 된다⟩⟩

사천 년을 내려오면서 내내 사람을 잡아먹어 온 고장에서 오늘 비로소 알게 되었지만 나 역시 그 땅에서 오랫동안 살아온 것이다. 그리고 형이 집안 살림을 맡아볼 때 바로 누이동생이 죽었으니 반찬 속에 남몰래 누이동생의 살점을 넣어서 우리에게 먹였는지도 모른다. 나 역시 저도 모르게 누이동생의 살을 몇 점 먹었을지 모른다. 그런데 이제는 내 차례가 되었다.

　　사천 년 동안 사람을 잡아먹은 이력을 가지고 있는 나는, 처음에는 물론 몰랐으나 참다운 사람을 보기 힘들다는 것을 이제야 알았다.

13

　　혹시 사람을 잡아먹어 보지 않은 아이가 아직 있을까?

　　아이들을 구하라.

1918. 4.

방황

- 복을 빌다
- 그녀의 죽음을 슬퍼하며

루쉰의 둘째 소설집인 《방황》에는 〈복을 빌다〉, 〈그녀의 죽음을 슬퍼하며〉 등 열한 편의 작품이 실려 있다. 제목에서도 짐작할 수 있듯이 전작인 《외침》과 비교해 볼 때 이 작품집에는 루쉰사상의 복잡한 모순과 변화 과정이 오롯이 반영되어 있다. 그 자신이 말한 바와 같이 《방황》은 "기교는 이전보다 나아지고 묘사도 깊어 졌지만 전투적 열정은 적잖이 식었음을" 엿보게 한다. 그러나 그는 이런 소극적인 심리 상태가 좋지 않다고 여겼고, 이 작품집의 속표지에 굴원의 《이소離騷》 한 구절을 인용함으로써 자신의 의지를 나타냈다. "길아 득히 멀고 험할지라도 나는 오르락내리락 더듬으며 나아가리."

복을 빌다

음력 세밑이야말로 정말 세밑 같아서 거리는 물론이고 하늘도 새해를 맞는 기상이 완연하다. 무거운 잿빛 밤 구름 사이로 간간이 불빛이 반짝이고 이어 둔하게 울리는 소리가 났는데, 조왕신을 전송하는 폭죽 소리다. 근처에서 터뜨리는 것은 더더욱 강렬했다. 귀청을 울리는 그 요란한 소리가 채 가시기도 전에 공기 중에는 미미한 화약 냄새가 가득 풍겼다.

　바로 그날밤 나는 고향인 루전魯鎭으로 돌아왔다. 고향이라고는 하나 이미 집이 없어져 임시로 루쓰魯四 씨네 집에 묵기로 했다. 그는 나의 친척으로, 한 항렬 위라 '넷째 아저씨'라고 불러야 옳다. 이학理學을 숭상하는 늙은 감생監生(문관 벼슬의 일종)으로, 이전에 비해 별로 변한 것이 없고 다만 약간 늙었을 뿐인데 아직 수염은 기르지 않았다. 그는 으레

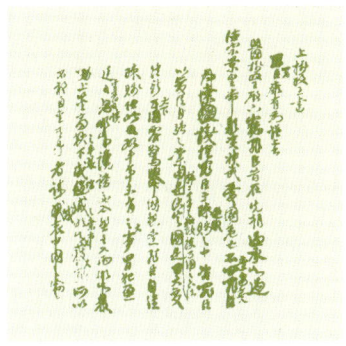

캉유웨이와 변법을 촉구한 그의 상주문

캉유웨이는 청나라 말기와 중화민국 초의 정치가이자 학자로서, 열강의 침입에 대항하여 일본의 메이지 유신을 본떠 일련의 개혁을 지휘했다. 무술변법이라 불리는 그의 개혁안은 서구식 입헌군주제 도입, 과거제 개정, 실업 장려, 부패 관리 청산 등 시대의 조류를 반영했음에도 개혁에 미온적인 수구파의 저항과 국민들의 광범위한 지지를 얻는 데 실패함으로써 백 일 만에 막을 내리고 말았다.

하는 인사를 한 뒤 내게 "몸이 좋아졌구려!"라고 했다. 그러고는 신당新黨에 대해 욕을 퍼부었다. 그러나 그것은 나를 욕하는 것이 아니었다. 그가 욕하는 건 여전히 캉유웨이康有爲였다. 그러나 대화는 서로 어긋났고, 오래지 않아 나는 혼자 서재에 남게 되었다.

이튿날 나는 매우 늦게 일어났다. 점심을 먹은 뒤 몇몇 친척과 친구를 찾아보러 나갔다. 사흘째 되는 날도 역시 마찬가지였다. 그들은 모두 크게 변한 것 없이 다만 좀 늙었을 뿐이었다. 집집마다 모두 '복을 비는 제사'를 준비하느라 분주했다. 이것은 섣달그믐을 맞는 루전의 큰 의식으로서, 정성과 예를 다해 복신을 영접하고 내년 일 년 동안의 길운을 비는 것이었다. 닭과 거위를 잡고 돼지고기를 사서 정성들여 씻느라 여인들의 팔은 줄곧 물에 잠겨 있어 새빨갛게 되었다. 그중에는 은팔찌를 찬 여인도 있었다.

다 삶은 뒤에는 그 위에 젓가락을 이리저리 꽂아 놓는데, 이것을 '복례福禮'라고 한다. 오경이 되면 상을 차리고 향불과 촛불을 켠 뒤 복신들을 불러들인다. 이때 절은 남자만 하며, 절이 끝나면 으레 또 폭죽을 터뜨린다. 해마다 어느 집에서나— '복례'와 폭죽 같은 것을 살 형편만 된다면—이렇게 했다. 올해도 마찬가지다.

　날씨가 더욱 흐려지더니 오후부터 눈이 내리기 시작했다. 큰 눈송이는 매화꽃만한 것도 있었는데 온 하늘에 흩날렸고, 뿌연 연기와 분주한 분위기까지 뒤섞여 루전 거리는 그야말로 북새통이 되었다. 내가 넷째 아저씨의 서재로 돌아왔을 때는 벌써 기와지붕을 새하얗게 덮은 눈이 방 안에까지 환히 비쳐 벽에 걸려 있는 붉은색의 커다란 목숨 '수壽' 자가 아주 분명하게 보였다. 그것은 진박노조陳搏老祖(오대 때 사람으로, 화산에 은거하며 도를 닦았다고 한다)가 쓴 것이었다. 대련對聯(시문 등에서 대對가 되는 연聯) 한쪽은 이미 떨어져서 둘둘 말린 채로 긴 책상 위에 놓여 있었고, 남아 있는 한쪽에는 "사리통달심기화평事理通達心氣和平"이라고 쓰여 있었다. 나는 심심해서 창가 책상으로 가 책을 뒤적거렸다. 거기에는 《강희자전康熙字典》 한 질과 《근사록집주近思錄集註》 한 권, 《사서친四書襯》 한 권이 있었다. 어쨌든 나는 내일 여기를 기어코 떠나기로 결심했다.

　더구나 어제 샹린祥林 댁를 만난 일을 생각하니 여기에 편안히 머물러 있을 수가 없었다. 오후였다. 내가 마을 동쪽에 사는 한 친구네 집에 들렀다가 나오는 길에 강가에서 그녀를 만났다. 그때 나는 크게 뜬 그녀 눈의 시선을 보고 그녀가 분명 내게로 오고 있다는 것을 알았다. 이번에 루전에서 만나 이들 가운데 그 누구보다도 크게 달라진 사람은 그 여자라고 할 수 있다. 오 년 전에 희끗희끗하던 머리카락은 이제 새하얗게 되어서 전혀 사십 전후의 사람 같지 않아 보였다. 얼굴은 형편없이 여위었고, 누런빛에 검은빛까지 서려 있었으며, 이전에 보이던 비애의 기색마저 사라진 것이 마치 목석과도 같았다. 이따금 움직이는 눈동자만 그녀가 아직도 살아 있는 사람이라는 것을 나타냈다. 그녀는

샹린댁

새해를 맞아 고향에 간 '나'는 거지가 된 과부 샹린댁을 만난다. 그녀는 내게 사람이 죽고 나면 영혼이 있는지를 묻는다. 나는 정확히 모른다고 얼버무리고는 걸음을 재촉했다. 이 작품은 선량하고 성실한 그녀가 어떻게 봉건적 윤리 도덕의 희생물이 되어 비참한 죽음에 이르게 되는지, 그리고 불행한 그녀의 운명 앞에 무기력하기만 한 지식인의 초상을 보여 준다.

한 손에 대바구니를 들었는데 안에는 이 빠진 빈 사발이 한 개 들어 있었고, 다른 손으로는 자기 키보다도 더 큰 참대막대기를 짚고 있었는데 아래 끝이 쪼개져 있었다. 그녀는 완전한 거지가 된 것이 분명했다. 나는 그녀가 돈을 구걸하리라고 짐작하고 걸음을 멈추었다.

"돌아오셨군요?"

그녀가 먼저 물었다.

"예."

"마침 잘됐어요. 당신은 글도 알고 또 외지에 나가 계신 분이니 아는 것이 많을 테지요. 마침 제가 물어볼 것이 있는데……."

정기가 없던 그녀의 눈에서 갑자기 광채가 돌았다. 나는 그녀가 이런 말을 할 줄은 생각하지도 못했기에 의아해하며 서 있었다.

"저……."

그녀는 두어 걸음 다가서며 대단한 비밀이라도 되는 듯 소리를 낮추어 소곤소곤 물었다.

"사람이 죽은 뒤에는 영혼이 있을까요?"

나는 몸이 오싹해졌다. 그녀의 눈이 나를 뚫어지게 바라보는 것을 보자 나는 등골이 가시에 찔리는 것 같았다. 마치 학교에서 예고도 없이 갑자기 임시 시험을 치는데, 선생까지 옆에 꼭 붙어 섰을 때보다 더 당황스러웠다. 영혼의 유무에 대해 나 자신은 조금도 생각해 본 적이 없었다. 하지만 지금 그녀에게 어떻게 대답해야 좋을까? 나는 순간 주저하며 이렇게 생각했다. 이 고장 사람들은 대체로 귀신이 있다는 것을 믿는데 이 여자만은 의심한다. 그녀가 바라는 것은 무엇일까? 영혼이 있기를 바라는 걸까, 없기를 바라는 걸까? 죽을 때가 가까워진 사람에게 하필 고민을 더해 줄 필요가 있겠는가. 그녀를 위해서는 차라리 있다고 하는 것이 좋으리라.

"아마 있을 겁니다. 제 생각엔⋯⋯."

나는 우물쭈물하며 대답했다.

"그럼, 지옥도 있단 말인가요?"

"예? 지옥요?"

나는 깜짝 놀라 어물어물 넘기는 수밖에 없었다.

"지옥이라고요? 이치로 보아서는 있어야지요. 하지만 꼭 그렇지도 않겠지요. 누가 그런 일을 다⋯⋯.

"그럼, 이미 죽은 식구들을 모두 만날 수 있을까요?"

"뭐, 뭐요, 만날 수 있냐고요?"

나는 내가 완전히 바보라는 것을 알았다. 아무리 주저하고 아무리 생각해 봐도 이 세 마디 물음을 당해 내지는 못했다. 나는 그만 겁이 나서 먼저 한 말을 전부 뒤집으려고 했다.

"그것은 사실, 저도 잘 모르겠어요. 영혼이란 게 정말 있는지 없는지 저도 잘 알지 못하게군요."

나는 그녀가 다음 질문을 하기 전에 걸음을 재촉하여 넷째 아저씨네 집으로 돌아왔으나 마음은 매우 불안했다. 나는 스스로 내 대답이 그 여자에게 어떤 위험을 가져다줄 것만 같아 두려웠다. 그 여자는 아마 사람들이 '복을 비는' 때이니 스스로 적막을 느껴서 그러겠지. 그러나 무슨 다른 뜻이 있지는 않을까? 그렇지 않으면 무슨 예감이라도 있어서 그랬을까? 만일 다른 뜻이 있거나 그로 말미암아 다른 일이 발생한다면 내 대답은 확실히 얼마간 책임을 져야 할 것이다.

그러나 뒤이어 스스로 우스꽝스럽게 느껴졌다. 원래 별 의미도 없는 것을 가지고 내가 요리조리 따져 보았으니, 교육가는 신경병에 걸려 있다는 말을 들어도 그리 이상할 게 없을 것이다. 하물며 "잘 알지 못합니다" 하고 대답을 전부 뒤집어 놓았으니, 설령 무슨 일이 생긴다 해도 나와는 아무런 관계가 없는 것이다.

"잘 알지 못합니다"라는 이 한마디는 아주 쓸모 있는 말이다. 세상 물정을 모르는 용감한 젊은이는 흔히 자진하여 남의 의문을 해결해 주거나 의사를 청해다 주는데, 만일 그 결과가 나쁘면 대개는 도리어 원망의 대상이 된다. 그렇지만 "잘 알지 못합니다" 이 한마디면 어떤 일이든 구속됨이 없이 자유로울 수 있다. 나는 이때 이 한마디 말의 필요성을 더욱 절감했다. 설령 밥을 빌어먹는 여인과 한 말이지만 역시 없어서는 안 될 말이라 생각했다.

그럼에도 나는 계속 불안했다. 하룻밤을 지나서도 여전히 기억이 되살아나서 마치 무슨 상서롭지 못한 예감이나 품은 듯했다. 눈 내리는 음침한 날 적막한 서재 안에서 불안은 점점 강렬해졌다. 차라리 이곳을 떠나는 것이 나을 것 같았다. 내일은 성안으로 들어가리라. 복흥루福興樓의 맑게 끓인 상어 지느러미 요리는 한 접시에 일 원으로, 값도 싸고 맛도 좋은데 지금은 값이 좀 올랐으려나? 전에 같이 즐기던 벗들은 이미 구름처럼 흩어졌지만 상어 지느러미만은 먹지 않을 수 없다. 설사 나 혼자뿐이라 해도. 하여튼 내일은 꼭 떠나리라.

나는 어떤 일이 예상대로 되지 않기를 바라거나 예상대로 되지 않을 수도 있겠지 하고 생각한 것이 도리어 예상대로 되는 것을 흔히 보았기 때문에 이번 일도 그렇게 되지 않을까 걱정했다. 과연 특별한 사정이 생기고 말았다. 저녁 무렵에 나는 사람들이 안방에 모여 수군거리는 소리를 들었다. 무슨 일을 의논하는 듯했지만 잠시 뒤에 소리가 뚝 그치더니 넷째 아저씨가 나가면서 큰소리로 말했다.

"일찍도 아니고 늦게도 아니고 하필 이때……. 허 참, 못된 사람 다 보겠네!"

나는 이상한 생각이 들어 아주 불안해졌다. 이 말이 나와 무슨 관계가 있는 것 같았다. 문밖을 내다보았으나 아무도 없었다. 저녁 식사 전에 이 집 하인이 찻주전자에 끓인 물을 가지고 왔을 때야 비로소 물어볼 수 있었다.

"아까 넷째 나리가 누구한테 화를 낸 것인가?"

"샹린댁이지 누구겠어요?"

하인이 간단하게 말했다.

"샹린댁? 어떻게 됐나?"

나는 다시 다그쳐 물었다.

"죽었어요."

"죽었다고?"

나는 갑자기 가슴이 조여드는 듯하여 하마터면 후닥닥 뛰어 일어날 뻔했다. 미상불 낯빛도 변했을 것이다. 하인은 내내 머리를 들지 않았기 때문에 전혀 눈치 채지 못했다. 나는 스스로 진정시킨 뒤 다시 물었다.

"언제 죽었지?"

"언제냐고요? 어젯밤이나 오늘이겠지요. 저는 잘 모릅니다."

"왜 죽었는데?"

"왜 죽었냐고요? 가난에 쪼들려서 죽은 게 아니겠어요?"

그는 무심하게 대답한 뒤 여전히 고개를 숙이고 나를 처다보지도 않고 나가 버렸다. 그러나 나의 놀람은 잠시 동안에 불과했다. 나는 닥쳐올 일이 이미 지나가 버렸다는 것을 깨달았다. 나의 "잘 알지 못합니다"라는 말과 하인의 "가난에 쪼들려서 죽은 게 아니겠어요?"라는 말에 의지할 필요도 없이 마음은 점점 가벼워졌다. 하지만 어딘지 모르게 여전히 불안했다.

저녁상이 들어오자 넷째 아저씨는 엄숙히 나와 상을 같이했다. 나는 샹린댁의 소식을 좀 묻고 싶었다. 그러나 그가 비록 "귀신자이기지양능야鬼神者二氣之良能也"●를 읽기는 했지만 여전히 꺼리는 것이 많은 데다가 '복을 비는 제사'가 임박한 이때 사망이니 질병이니 하는 말을 꺼내는 것은 해서는 안 될 일이었다. 부득이한 경우면 일종의 은어를 쓰는데, 아쉽게도 나는 그것을 알지 못했다. 그래서 여러 번 물어보려고 했으나 결국 그만두고 말았다.

나는 그의 엄숙한 기색으로 보아 그가 나에 대해서도 '일찍도 아니고 늦게도 아니고 하필 이때 와서 귀찮게 구는 또 다른 못된 종자'라는 생각을 하는 건 아닐까 의심했다. 그래서 내일 루전을 떠나 성안으로 들어가겠다고 말하여 조금이라도 빨리 그의 마음을 안심시켜 주었다. 그 역시 별로 만류하지 않았다. 식사는 그렇게 침침한 분위기 속에서 마쳤다.

겨울이라 해가 짧은 데다가 눈까지 내려 어느덧 어둠이 온 거리를 뒤덮었다. 사람들은 모두 등잔불 밑에서 일하느라 바빴지만 창밖은 매우 고요했다. 두껍게 쌓인 눈밭 위로 사락사락 내리는 눈송이는, 더욱

● 귀신자이기지양능야
북송 중기의 유학자인 장재張載가 《중용中庸》16장에 주석을 달면서 한 말로, '귀신이란 두 기운이 진실로 능한 것이다'라는 뜻이다. 여기서 '두 기운'이란 음과 양을 뜻한다.

죽음이 여인을 삼키다

샹린댁을 만난 다음날 '나'는 그녀가 죽었다는 소식을 듣는다. 나는 놀라면서도 "이 세상에서 살아갈 길이 없는 자가 죽고 보기 싫은 자가 보이지 않는 것은, 남을 위해서나 자신을 위해서 모두 괜찮은 일이다"라고 생각한다. 이런 비정한 인간관은 그녀의 일생이 어떠했는지를 짐작하게 한다. 그러나 화자는 자신이 그녀의 죽음과 아무런 관련이 없다고 생각하면서도 여전히 불안하다.(케테 콜비츠 작, 〈여인을 무릎에 안은 죽음〉)

정적을 느끼게 했다. 나는 홀로 누런빛이 나는 기름등잔 밑에서 생각에 잠겼다.

　의지할 곳 없던 샹린댁은 쓰레기더미 속으로 버림받아 보기만 해도 싫증이 나는 낡아빠진 장난감으로 취급되었다. 그래도 이전에는 쓰레기더미 속에서 형체만이라도 드러내었으므로 삶에 취미를 붙인 사람들은 저 여자는 왜 살려고 하는지 의심했지만, 지금은 무상하게 깨끗이 사라져 버렸다. 영혼이 있는지 없는지 나는 모른다. 그러나 이 세상에서 살아갈 길이 없는 자가 죽고 보기 싫은 자가 보이지 않는 것은 남을 위해서나 자신을 위해서 모두 괜찮은 일이다. 나는 사락사락 내리는 창밖의 눈 소리를 조용히 들으며 한편으로 이렇게 생각하니 도리어 마음이 밝아졌다. 그러나 이전에 보고 들은 그 여자의 반생에 대한 단편이 여기에서 하나로 이어졌다.

　그 여자는 루전 사람이 아니었다. 어느 해 초겨울에 넷째 아저씨네 집에서 하인을 바꾸게 되었는데, 소개꾼인 웨이衛 할멈이 그 여자를 데려왔다. 머리에는 흰 댕기를 드리웠고, 검은 치마와 남색 저고리에 물색 바지를 입었으며, 스물예닐곱 살 되어 보였다. 낯빛은 청황색이었으나 두 뺨만은 아직 붉었다. 웨이 할멈은 그 여자를 샹린댁이라고 부르면서 자기 친정집 이웃에 사는데 남편이 죽는 바람에 남의 집살이를 하게 되었다고 했다.

　넷째 아저씨는 양미간을 찌푸렸다. 넷째 아주머니는 그 여자가 과부라 남편이 마뜩찮아 한다는 것을 알았다. 그러나 그 여자의 생김새가 단정하고 손발이 억센 데다가 눈을 온순히 내리깔고 말 한마디 하지 않는 것을 보아 자기 분수에 만족하며 꾸준히 일할 사람으로 보였으므로 넷째 아저씨가 양미간을 찌푸리든 말든 그냥 두기로 했다. 시험 삼아 일을 시켜 보는 동안 그 여자는 쉬는 것이 오히려 심심하다는 듯 온종일 쉬지 않고 일했다. 또 힘이 좋아 사내 하나 몫 이상을 해냈다. 그리하여 사흘째 되는 날에 매달 삯을 오백 문씩 주기로 했다.

모두 그 여자를 샹린댁이라고 불렀지 성이 무엇인지는 묻지 않았다. 하지만 소개꾼이 웨이쟈산衛家山 사람이고 그의 이웃이라고 하니, 아마 그 여자의 성도 웨이 씨일 것이다. 그 여자는 말수가 적었다. 남이 물어야 마지못해 대답하는 정도였는데, 그나마도 간단했다. 십여 일이 지난 뒤에야 차츰 알게 되었는데, 그 여자의 집에는 엄한 시어머니와 나무를 해올 수 있는 열 몇 살 된 시동생이 하나 있었다. 그의 남편은 지난 봄에 죽었는데, 본래 나무 하는 것이 업인 자로 자기보다 열 살 아래였다고 한다. 사람들이 그에게서 듣고 안 것은 이것이 전부였다.

세월은 빨리 흘렀다. 그 여자는 일을 조금도 게을리 하지 않았다. 먹는 것도 가리지 않았고, 어떤 일이든지 몸을 아끼지 않았다. 사람들은 모두 루쓰 씨네 남자들보다 더 낫다고 했다. 세밑이 되면 먼지를 털고 닦고 닭과 거위를 잡는 등 밤새도록 '복례' 음식을 만드는데, 그 모든 것을 그 여자 혼자 해냈으므로 임시로 일꾼을 쓰는 일도 없었다. 그러면서도 여자는 도리어 만족한 듯이 입가에 웃음을 띠었고, 얼굴은 뽀얗게 포동포동해졌다.

설이 갓 지난 뒤였다. 강가에서 쌀을 씻고 돌아온 그 여자가 갑자기 안색이 변했다. 방금 강 건너편에서 왔다 갔다 하는 남자가 있었는데, 건너다보니 시집의 큰아버지와 비슷했다며 아마 자기를 찾으러 온 것 같다는 것이었다. 넷째 아주머니가 크게 놀라 여자에게 자세히 캐물었지만 더는 말하지 않았다. 넷째 아저씨는 이 일을 알자 곧 양미간을 찌푸리며 말했다.

"이건 좋지 않아. 아마 그 여자는 도망쳐 온 모양이군."

그 여자는 분명 도망쳐 온 것이었다. 오래지 않아 이 추측은 사실로 밝혀졌다.

그 뒤 십여 일이 지나 모두 그 일을 잊고 있었는데, 웨이 할멈이 문득 서른 살쯤으로 보이는 여인 하나를 데리고 와서 샹린댁의 시어머니라고 했다. 그 여인은 비록 산골티가 나긴 했지만 사람 대하는 품이 침착하고 말도 제법 잘하는 편이었다. 그녀는 우선 풋인사를 한 뒤 양해를 구하고는 며느리를 데리러 왔다고 했다. 봄철이 되어 일이 바쁜 데다가 집안에는 늙은이와 어린 것뿐이어서 일손이 매우 부족하다는 것이었다.

"시어머니가 데려가겠다는데 무슨 또 할 말이 있겠나."

넷째 아저씨가 말했다. 그 여자의 품삯을 다 계산해 보니 천칠백오십 문이었다. 이것은 그 여자가 한 푼도 쓰지 않고 주인집에 그대로 맡겨 둔 것인데, 모두 그녀의 시어머니에게 내주었다. 그 여자는 옷까지 챙긴 뒤 고맙다는 인사를 하고는 나가 버렸다. 때는 정오였다.

"에구머니, 쌀은? 샹린댁은 쌀을 씻으러 갔잖아?"

얼마 뒤 넷째 아주머니가 생각이 난 듯 놀라 소리쳤다. 그녀는 배가 고파서 점심 생각이 난

모양이었다.

모두 조리를 찾으러 나섰다. 그녀는 부엌과 마당과 침실까지 가보았으나 조리는 그림자도 보이지 않았다. 넷째 아저씨가 대문 밖에까지 나가보았으나 역시 보이지 않았다. 강가에 가보니 물가에 조리가 놓여 있었다. 그 옆에는 배추도 한 포기 있었다.

목격한 사람들 말로는 오전부터 강 가운데 흰 뜸을 친 배 한 척이 떠 있었는데, 뜸을 쳐놓아 안에 어떤 사람이 있는지 몰랐고, 또 아무도 그것에 대해 알아보려고 하지 않았다. 그런데 얼마 뒤 샹린댁이 쌀을 씻으러 나오자 갑자기 배 안에서 산골 사람 같은 사내 둘이 뛰어나와 하나는 샹린댁을 붙잡고 하나는 거들어 배로 끌고 갔다는 것이었다. 처음에는 샹린댁의 울부짖는 소리가 몇 마디 들리더니 곧 아무 소리도 나지 않았다. 아마 무엇으로 입을 틀어막은 모양이었다. 뒤이어 두 명의 여자가 배에 올랐는데, 하나는 본 적이 없는 사람이었고 하나는 웨이 할멈이더란 것이었다. 선창을 엿보니 분명하지는 않지만 샹린댁이 묶인 채 널판 위에 누워 있었다.

"고얀! 하지만……."

넷째 아저씨가 말했다. 그날은 넷째 아주머니가 손수 점심을 짓고 아들인 아뉴阿牛가 불을 땠다. 점심때가 지나서 웨이 할멈이 다시 왔다.

"고얀!"

넷째 아저씨가 말했다.

"무슨 꿍꿍이를 꾸미는 게냐? 무슨 낯으로 다시 찾아온 게냐?"

넷째 아주머니가 그릇을 씻다가 웨이 할멈을 보자 분풀이를 했다.

"자기가 소개해 주고는 또 저쪽과 짜서 빼돌리고. 동네를 발칵 뒤집어 놓았으니 남들이 보고 뭐라고 하겠어. 그래 우리 집을 웃음거리가 만들 작정인가?

"아이고, 저도 정말 속았어요. 이번에 제가 그걸 똑똑히 말씀드리려고 여기 온 겁니다. 그 여자가 저더러 일자리를 얻어 달라고 하기에 그런 줄만 알았지요. 제 시어머니를 속이고 온 줄은 몰랐어요. 주인 나리와 마님께 정말 죄송해요. 모두 이 늙은 것이 주책이 없어서 그리되었습니다. 주인 나리를 볼 면목이 없네요. 하지만 주인 나리는 워낙 너그러우신 분이시니 저 같은 것도 용서해 주실 줄 믿어요. 이번에 꼭 좋은 사람을 구해드리는 것으로 속죄하겠습니다."

"하지만……."

넷째 아저씨가 말했다. 이로써 샹린댁 사건은 종결되었고, 얼마 안 가서 잊어버렸다.

넷째 아주머니만은 그 뒤로 들어온 여자들이 대개 게으르지 않으면 게걸스럽고, 그렇지 않으면 게으른 데다가 게걸스럽기까지 하여 도무지 마음에 들지 않아 샹린댁 이야기를 했다. 그럴 때마다 그녀는 왕왕 혼잣말로 "그 여자는 지금 어떻게 되었을까?" 하고 중얼거렸다. 그 여자가 다시 오기를 바랐던 것이다. 그러나 이듬해 정월이 되자 아주 단념했다.

음력 정월도 거의 다 지나갈 무렵 웨이 할멈이 세배를 하러 왔다. 이미 술이 거나하게 취한 할멈은 웨이쟈산 친정에서 며칠 머물다 오느라 늦었다고 했다. 대화를 하다 보니 자연히 샹린댁 이야기가 나왔다.

"그 사람 말이에요?"

웨이 할멈이 신이 나서 말했다.

"지금은 운이 트였지요. 시어머니가 끌고 갈 때는 벌써 허쟈아오賀家塢의 허라오류賀老六에게 주기로 약속되어 있었어요. 그래서 집으로 돌아간 지 며칠 안 되어 꽃가마에 실려 갔는걸요."

"세상에, 그런 시어머니도 있나!"

넷째 아주머니가 놀라며 말했다.

"참 마님도! 그건 대갓집 마님 말씀이지요. 우리처럼 산골 가난한 사람들이야 그게 다 무슨 상관입니까? 시동생이 있는데 장가를 보내야 하거든요. 그 여자를 시집보내지 않으면 어디서 돈이 생기겠어요? 그 여자 시어머니가 보통내기가 아니어서 잇속이 아주 밝지요.

시어머니와 며느리
샹린댁은 남편을 여읜 뒤 시댁을 도망쳐 루전으로 들어와 열심히 하인 노릇을 했다. 그러나 시어머니가 시동생의 결혼 지참금을 마련하기 위해 그녀를 데려가서는 다른 곳으로 시집을 보내 버렸다. 루쉰은 샹린댁의 일생을 통해 봉건사회의 낡은 관습이 한 개인을 어떻게 비극으로 몰아가는지를 보여 주었다.(전황振黃 작, 〈시어머니와 며느리〉)

그래서 그 여자를 두메산골로 시집보낸 거고요. 같은 마을 사람에게 주면 돈을 많이 받지 못하지요. 두메산골로는 시집가려고 하는 처자가 적기 때문에 팔만 문이나 받았답니다. 지금 둘째 며느리까지 맞는데 오만 문밖에 쓰지 않았고, 잔치 비용을 제하고도 만여 문이나 남았지요. 이거 보세요, 얼마나 잇속이 밝은지."

"그래, 샹린댁이 말을 들었나?"

"원, 말을 듣고 안 듣고 있나요. 누구든 한바탕 소동을 일으키지만 밧줄로 묶어서 가마에 태운 뒤 사내 집으로 메고 가서는 족두리를 씌워 절을 시키고 방문을 잠가 버리면 끝이지요. 하지만 샹린댁은 좀 유별나서 그때 소동이 대단했다고 하더군요. 글 아는 선비 댁에서 일해서 그런지 다르긴 다르더라고 하더군요.

마님, 저는 많이 봤어요. 과부가 재가할 때 울고불고하는 거, 죽어 버리고 말겠다는 거, 사내 집에 끌려 와서도 식을 올리지 못한 거, 화촉을 팽개치는 거. 그런데 샹린댁은 이만저만이 아니었대요. 사람들의 말을 들으면 샹린댁은 가면서 줄곧 울고불고 욕을 해대서 허쟈아오에 이르러서는 이미 목이 다 쉬었더래요. 가마에서 끌어내어 사내 둘과 시동생이 달라붙었는데도 절조차 시키지 못했다지요. 그들이 어쩌다가 손을 좀 늦췄는데 아이고 맙소사, 잔칫상 모서리에 머리를 찧어 피가 막 흘렀대요. 그래서 재를 두 주먹이나 뿌리고 붉은 헝겊을 두 겹이나 감았는데도 피가 멎지 않았어요. 모두 달라붙어 겨우 신방에 잡아넣고 자물쇠를 잠근 뒤에도 여전히 울며 욕을 해댔으니, 아이고 참."

할멈은 머리를 흔들더니 눈을 아래로 깔고 말을 멈추었다.

"그러고는 어떻게 됐나?"

넷째 아주머니가 물었다.

"듣자 하니 이튿날도 일어나지 않았다고 해요."

웨이 할멈은 눈을 치뜨고 대답했다.

"그다음엔?"

"그다음엔 일어났지요. 연말에 아기도 낳았고요. 사내애예요. 새해에는 두 살이 되지요. 제가 이번에 친정에 며칠 묵으면서 허쟈아오에 다녀온 사람의 말을 들어 보니, 애 어머니도 살이 오르고 아들도 포동포동하더래요. 시어머니 없지, 남편은 기력이 좋아 일 잘하지, 집도 제집이지. 정말 그 여자는 운이 트였어요."

그 뒤로 넷째 아주머니도 더는 샹린댁 이야기를 하지 않았다.

그런데 어느 해 가을, 샹린댁이 운이 트였다는 소식을 들은 뒤 약 이

태가 지나 그 여자가 넷째 아저씨네 대청 앞에 와 섰다. 탁자 위에는 올방개 모양의 둥근 바구니가 놓여 있었고, 치마 밑에는 작은 이불 보따리가 있었다. 그 여자는 여전히 머리에 흰 댕기를 드리웠고, 검은 치마와 남색 겹저고리에 물색 배자를 입고 있었다. 청황색인 낯빛은 그대로였지만 볼의 혈색은 사라졌다. 내리깔고 있는 눈가에는 눈물 자국이 있었다. 눈빛도 예전 같은 생기가 없었다. 그 여자를 데리고 온 것은 역시 웨이 할멈이었는데, 대단한 자비심이나 있는 듯이 넷째 아주머니에게 이야기를 늘어놓기 시작했다.

"…… 참으로 '하늘의 풍운조화는 헤아릴 수 없다' 더니, 이 사람의 생때같은 남편이 그 젊은 나이에 장질부사(장티푸스)로 죽을 줄 누가 알았겠어요. 본래는 다 나았는데 찬밥 한 그릇 먹고 그만 도져서. 다행히 아들이 하나 있었고 이 사람도 일을 잘해 나무 하고 차 따고 누에 치면 그런 대로 수절하며 살 수 있었는데, 어린애까지 승냥이한테 물려갈

과부 1
샹린댁은 재가한 뒤 얼마간 운이 트이는 듯했다. 그러나 얼마 가지 않아서 불행한 일이 연이어 일어났다. 남편은 이태도 살지 못하고 열병으로 죽었고, 어린 아들도 승냥이에게 물려 가 죽고 말았다. 그녀의 마음속에는 돌이킬 수 없는 상처가 새겨졌다.(케테 콜비츠 작, 〈과부〉)

줄 누가 알았겠어요. 봄도 다 지났는데 글쎄 마을에 승냥이가 내려올 줄 누가 생각이나 했겠어요. 그래서 혼자가 됐는데, 시아주버니란 자가 집을 빼앗더니 이 사람을 내쫓은 거예요. 오갈 데가 없어 할 수 없이 옛 주인님을 다시 찾아온 겁니다. 이젠 이 사람도 매인 데가 없고, 마침 마님께서 사람을 바꾼다기에 제가 데리고 온 겁니다. 제 생각엔 구관이 명관이라고 생소한 사람보다야 낫겠지요."

"전 참으로 어리석었어요, 참으로."

샹린댁이 생기 없는 눈으로 바라보며 말을 이었다.

"전 그저 눈 덮인 때만 짐승들이 먹을 걸 찾으러 마을로 내려오는 줄 알았어요. 봄에도 내려오는 줄은 몰랐어요. 전 아침 일찍 일어나 대문을 열어 놓고 작은 소쿠리에다 콩을 가득 담아서 우리 아마오阿毛더러 문턱에 앉아서 까라고 했지요. 제 말을 듣고 그 애가 나갔어요. 전 집 뒤에서 장작을 패고 쌀을 씻어서 솥에 안치고는 콩을 삶으려고 아마오를 불렀는데 대답이 없었어요. 나가 보니 땅바닥에 콩만 흩어져 있고 우리 아마오는 없는 거예요. 그 아인 남의 집에 잘 놀러 가지도 않지만 그래도 여기저기 물어봤어요. 그런데 어디에도 없는 거예요. 너무나 애가 타 사람들에게 찾아봐 달라고 부탁했어요. 오후가 다 되도록 이리저리 찾다가 산속까지 찾아 들어가자 가시나무에 걸려 있는 그 애의 조그마한 신발 한 짝을 봤어요. 모두 '다 틀렸어, 승냥이가 물어 갔나 보네' 하지 않겠어요. 좀더 들어가 보자 그 애가 풀숲 웅덩이에 이미 창자가 다 파헤쳐진 채 누워 있었어요. 손엔 작은 소쿠리를 꼭 쥐고서……."

그녀는 말을 계속하려 했으나 흐느껴서 제대로 하지 못했다. 넷째 아주머니는 처음에는 어쩌면 좋을까 망설였지만 그녀의 이야기를 다 듣고는 눈시울이 약간 붉어졌다. 좀 생각해 보더니 그녀에게 바구니와 이불 보따리를 아랫방으로 들고 가라고 했다. 웨이 할멈은 무거운 짐을 내려놓은 듯 한숨을 쉬었다. 샹린댁도 처음 들어설 때보다는 마음이 좀 놓였는지 누구의 안내도 기다리지 않고 익숙한 솜씨로 저 혼자 이불 보따리를 들여다 놓았다. 그리하여 그 여자는 다시 루전에서 하인 노릇을 하게 되었다.

사람들은 여전히 그 여자를 샹린댁이라고 불렀다. 그런데 이번에는 그 여자의 처지가 아주 달라졌다. 이 집에서 일하기 시작한 지 이삼 일 만에 주인은 그 여자의 행동이 예전처럼 민활하지 못하고 기억력도 말이 아니라는 것을 알았다. 죽은 사람마냥 얼굴에는 종일 가도 웃음기라고는 비치지 않았다. 넷째 아주머니의 말에는 벌써부터 상당한 불만이 섞이기 시작했다.

그 여자가 왔을 때 넷째 아저씨는 예전처럼 양미간을 찌푸리기는 했으나 그동안 하인을 두는 데 애를 먹은 탓에 크게 반대하지는 않았다. 그러나 넷째 아주머니에게 저런 사람은 불쌍하기는 해도 풍속을 더럽힌 자니 일을 거들게 할 수는 있되 제사 때는 손을 대지 못하게 하라고 했다. 제사 음식은 손수 만들어야 하며, 그렇지 않으면 부정을 타 조상들이 드시지 않을 거라고 넌지시 경계를 해두었다.

넷째 아저씨 집에서 가장 중대한 일은 제사였다. 전에 샹린댁이 가장 분주한 때도 역시 제사 때였다. 그러나 이제 그녀는 오히려 한가해졌다. 상을 대청 가운데 놓고 상보를 편 뒤 전에 하던 대로 술잔과 젓가락을 차려 놓으려 하자 넷째 아주머니가 황급히 말했다.

"샹린댁은 물러나 있게! 내가 차릴 테니."

샹린댁은 난처해하면서 손을 움츠렸다. 이번에는 다시 촛대를 들려고 했다. 넷째 아주머니가 역시 황급히 말했다.

"샹린댁, 내버려 두게! 내가 가져올 테니."

그녀는 몇 바퀴 빙빙 돌기만 하다가 결국 할 일이 없어 이상하다 생각하고 걸어 나갔다. 이날 그녀가 할 수 있는 일이라고는 부엌에서 불때는 것뿐이었다. 이웃 사람들도 여전히 그녀를 샹린댁이라고 부르기는 했으나 말투는 예전과 달랐다. 그녀와 이야기는 했지만 웃는 얼굴은 쌀쌀했다. 그녀는 그런 것을 전혀 알아채지 못하고 그저 눈을 바로 뜨고서 자나 깨나 잊지 못하는 이야기만 사람들에게 들려주었다.

"전 참으로 어리석었어요, 참으로!"

그녀는 말했다.

"전 그저 눈 덮인 때만 짐승들이 먹을 것을 찾으러 마을로 내려오는 줄 알았어요. 봄에도 내려오는 줄은 몰랐어요. 전 아침 일찍 일어나 대문을 열어 놓고 조그마한 소쿠리에다 콩을 가득 담아서 우리 아마오더러 문턱에 앉아서 까라고 했어요 제 말을 듣고 그 애가 나갔어요. 전집 뒤에서 장작을 패고 쌀을 씻어서 솥에 안친 뒤 콩을 삶으려고 '아마오' 하고 불렀는데 대답이 없었어요. 나가 보니 땅바닥엔 콩만 흩어져 있고 우리 아마오는 없었어요. 그래서 여기저기 물어봤지요. 그러나 어디에도 없었어요. 전 너무 애가 타서 사람들에게 찾아봐 달라고 부탁했지요. 한나절도 더 지나서 몇 사람이 산속으로 찾아 들어갔다가 가시나무에 걸려 있는 그 애의 조그마한 신발 한 짝을 봤어요. 모두 '다 틀렸어, 승냥이가 물어 갔나 보네' 하지 않겠어요. 좀더 들어가 보자 우리 아마오가 풀숲 웅덩이에 누워 있었어요. 창자는 이미 다 파 먹힌 채로요. 그 불쌍한 것이 손엔 작은 소쿠리를 꼭 쥐고서……."

그녀는 눈물을 흘리며 흐느꼈다. 이 얘기는 효과가 아주 컸다. 남자들은 여기까지 들으면 이따금 웃음기를 거두고 말없이 가버리지만, 여인들은 그녀를 너그럽게 봐주는 듯 얼굴에 멸시하는 기색을 없애고 함께 눈물을 흘리고 탄식하고 여러가지 의견을 늘어놓다가 만족하여 돌아갔다.

그녀는 사람들에게 자기의 비참한 이야기를 되풀이해서 말했고, 네다섯 명은 항상 그 이야기를 들으러 왔다. 그러나 오래지 않아 모두 외울 정도가 되었고, 가장 자비심이 많고 염불하기 좋아하는 늙은 마나님들의 눈에서도 더는 눈물 자국을 볼 수 없게 되었다. 그 후 온 마을 사람들이 그 여자의 이야기를 외울 수 있게 되어 그 이야기라면 지긋지긋해했다.

그녀가 "전 참으로 어리석었어요, 참으로!" 하고 서두를 떼기만 하면 사람들은 "그래, 임자는 눈 덮인 때만 짐승들이 먹을 것을 구하러 마을로 내려오는 줄만 알았지" 하며 말을 가로막고 가버렸다. 그녀는 입을 벌리고 멍하니 서서 눈을 동그랗게 뜨고 그들을 바라보다가 자기도 무안한지 발걸음을 옮겼다. 그러나 그녀의 망상은 여전하여 다른 것, 예컨대 작은 소쿠리나 콩, 남의 아이를 보면 자기 아들 아마오의

자식의 죽음
샹린댁은 다시 루전으로 돌아와 하인 노릇을 했지만 예전의 민활한 모습은 보이지 않았다. 그녀는 자나 깨나 잊지 못하는 아들의 죽음을 사람들에게 되풀이해서 들려주었다. 그러나 처음에는 주위의 동정을 사기도 했지만 나중에는 오히려 웃음거리가 되고 말았다. 그녀는 어떤 출구도 찾지 못한 채 고립무원이 되어 갔다.(케테 콜비츠 작, 〈자식의 죽음〉)

이야기를 끄집어내고 싶어 했다. 두세 살 난 아이들을 보면 그녀는 이렇게 말했다.

"아이고, 우리 아마오도 살았으면 이제 이만큼 컸겠지."

아이들은 그녀의 눈길을 보고는 무서워서 어머니의 옷자락을 끌어당기며 빨리 가자고 졸랐다. 다시 혼자 남게 된 그녀는 결국 무안하여 발걸음을 옮겼다. 나중에는 모두 그녀의 습성을 알게 되어 눈앞에 아이가 있기만 하면 비웃는 표정으로 앞지르며 그녀에게 물었다.

"샹린댁, 임자네 아마오도 살았으면 이제 이만큼 컸겠지?"

그녀는 자기의 슬픈 이야기가 오랫동안 사람들의 입에 씹혀 이제는 찌꺼기만 남아 싫증과 버림의 대상일 뿐이라는 걸 알지 못했다. 그러나 사람들의 웃음 속에서 싸늘한 조소를 느꼈는지, 다시는 입을 열 필요를 느끼지 못하는 것 같았다. 그녀는 그들을 힐끗 한번 쳐다볼 뿐 한마디 말도 하지 않았다.

루전에서는 설을 쇨 때면 섣달 스무날부터 아주 분주해진다. 넷째 아저씨네는 이번에는 임시로 남자 일꾼을 구했다. 그래도 손이 모자라 따로 류柳 씨 어멈을 데려다 닭과 거위를 잡으려 했다. 그러나 류 씨 어멈은 불자인 까닭에 채식만 하고 살생하지는 않으므로 다만 그릇 씻는 일만을 하려고 했다. 샹린댁은 불 때는 일을 제외하고서는 달리 할 일이 없었으므로 그릇 씻는 류 씨 어멈만 지켜보았다. 눈이 부슬부슬 내리기 시작했다.

"아이고, 난 참 어리석었어."

샹린댁은 하늘을 쳐다보고 탄식하며 혼잣말을 했다.

"샹린댁, 또 시작이구먼."

류 씨 어멈은 귀찮은 듯이 그녀의 얼굴을 쳐다보며 말했다.

"내 하나 묻겠네. 자네 이마의 그 흉터는 그때 부딪쳐서 생긴 거지?"

"그…… 글쎄요."

샹린댁은 흐리멍텅하게 대답했다.

"그럼 말이야, 나중에는 어떡하다가 허락했나?"

"나 말이오?"

"그래, 임자 말이야. 자네 스스로 그러고 싶었으니까 그랬지, 그렇지 않다면야."

"아, 그거야 그 사람 힘이 얼마나 센데요."

"그걸 누가 믿어. 임자 힘이 그렇게 센데 그까짓 걸 못 이겨? 결국 자기가 좋아서 허락해 놓고는 공연히 그가 힘이 세다고 그러는 거지 뭐."

"참, 아…… 아주머니도 당해 보라고요."

그러고는 웃었다. 류 씨 어멈의 주름 잡힌 얼굴도 웃는 바람에 마치 호두알처럼 되었다. 그녀는 메마른 조그마한 눈으로 샹린댁의 이마를 보다가 눈을 들여다보았다. 샹린댁은 아주 어색한 듯 웃음을 거두고 시선을 돌려 내리는 눈을 바라보았다.

"샹린댁, 임잔 정말 밑지는 노릇을 했어."

류 씨 어멈이 은밀하게 말했다.

"좀더 세게 버티지 못했다면 차라리 부딪쳐서 죽는 게 나았을 텐데. 임잔 두 번째 남편과는 이태도 못 살고 큰 죄명만 뒤집어썼구먼. 생각해 보게나. 임자가 장차 죽어 저승에 가면 죽어서 귀신이 된 두 남자가

과부 2
"임자는 큰 죄명만 뒤집어썼구먼. 장차 죽어 저승에 가면 귀신이 된 두 남자가 임자를 두고 다툴 테니, 염라대왕이 자넬 톱으로 썰어 두 귀신에게 나누어 줄걸세." 이 말을 들은 샹린댁의 얼굴에는 공포의 빛이 떠올랐다. 그녀는 피땀 흘려 모은 돈으로 토지묘로 가서 문턱을 하나 시주했다. 봉건과 미신은 그녀의 삶을 이중 삼중으로 유린했다.(케테 콜비츠 작, 〈과부〉)

임자를 두고 서로 다툴 텐데, 누구에게 가면 좋겠나? 염라대왕도 임자를 톱으로 썰어 두 귀신에게 나누어 줄걸. 암만 해도 내 생각엔 그건 참."

샹린댁의 얼굴에는 곧 공포의 빛이 떠올랐다. 그것은 산골에서는 들어 보지 못한 얘기였다.

"내 생각엔 미리 방도를 세우는 게 좋을 것 같네. 임자는 문턱을 하나 마련해서 자네 몸 대신으로 토지묘에게 바치게나. 그렇게 해서 천 사람이 밟게 하고 만 사람이 넘게 하여 이승에서 지은 죄를 벗어 버리면 죽어서도 고생을 면한다네."

그녀는 당장 아무런 대답을 하지는 않았지만 그에 대해 몹시 고민했는지 이튿날 아침에 보니 두 눈 가장자리에 거무스름한 동그라미가 생겼다. 아침을 먹은 뒤 그녀는 곧 마을 서쪽에 있는 토지묘로 가서 문턱을 시주하겠다고 했다. 묘지기는 처음에는 허락하지 않다가 여자가 안타까워 눈물을 흘리자 마지못해 승낙했다. 값은 만이천 문이었다.

그녀는 이미 사람들과 이야기를 하지 않은 지가 오래였다. 사람들이 아마오에 대한 이야기를 싫어했기 때문이다. 그러나 류 씨 어멈과 이야기를 나눈 뒤로 다시 그 말이 퍼져 나가 많은 사람들이 새로운 흥미를 갖고 그녀를 놀려 대기 시작했다. 화제는 물론 새로운 것으로 바뀌었다. 이번엔 그 여자의 이마에 생긴 흉터에 관한 것이었다.

"샹린댁, 내 하나 묻겠는데 그땐 어째서 말을 들었어?"
한 사람이 말했다.
"참, 안됐어. 공연히 부딪친 게지."

또 다른 사람이 그녀의 흉터를 쳐다보며 맞장구를 쳤다. 그녀는 그들의 웃는 얼굴과 말투로 보아 자신을 조소한다는 걸 알아차리고 눈을 부릅뜨고 아무런 대꾸도 하지 않았고, 나중에 돌아보지도 않았다. 그녀는 종일 입을 꼭 다문 채 남들이 치욕으로 생각하는 그 흉터를 그대로 드러내놓고 마을로 심부름을 다니고 마당을 쓸고 채소를 씻고 쌀을 씻었다.

근 일 년이 지나갔다. 그녀는 그동안 일한 품삯을 넷째 아주머니에게 받아서 일 원짜리 은전 열두 닢과 바꾸었다. 그러고는 얼마간 휴가를 얻어 마을 서쪽으로 갔다. 그러나 얼마 뒤 곧 돌아왔는데, 기분이 좋아 보였고 눈도 생기가 있었다. 그녀는 신이 나서 넷째 아주머니에게 토지묘에 문턱을 시주했노라고 했다.

동지 제사를 차릴 때 그녀는 더욱 신바람이 났다. 그녀는 넷째 아주머니가 아뉴와 같이 제사상을 들어 대청 가운데 놓는 것을 보고 아무 생각 없이 술잔과 젓가락을 가지러 갔다.

"내버려 두게, 샹린댁!"

넷째 아주머니가 황급히 큰소리로 말했다. 샹린댁은 마치 불에 단 부젓가락에라도 댄 것처럼 손을 움츠렸다. 그와 함께 낯빛도 창백해지더니 촛대에는 다시 손도 내밀려 하지 않고 실신한 사람처럼 멍하니 서 있었다. 분향할 때가 되어 넷째 아주머니가 나가라고 하자 그제야 자리를 비켰다.

이번에는 그녀의 변화가 대단히 컸다. 다음날 그녀는 눈이 움푹 들어갔을 뿐만 아니라, 정신도 더욱 흐릿해졌다. 그 뒤로 겁이 많아져서 어두운 밤과 시커먼 그림자를 무서워했을 뿐만 아니라 사람을 봐도 그러했다. 심지어 자기 주인을 봐도 부들부들 떨었는데, 마치 대낮에 나온 쥐새끼 같았다. 그렇지 않으면 나무 인형처럼 멍하니 앉아 있었다. 그 후 반년도 못 되어 머리가 희끗희끗해지고 기억력도 극히 나빠져 심지어 가끔 쌀 씻는 것조차도 잊어버렸다.

"샹린댁, 왜 이렇게 멍청하니 있어? 이럴 줄 알았으면 애당초 집에 두지 않을걸."

넷째 아주머니는 가끔 경고하듯이 대놓고 쏘았다. 그러나 그녀는 여전히 그 모양이었다. 이제는 영리해질 기미가 전혀 보이지 않았다. 결

죽음
샹린댁은 어떤 동정이나 도움도 받지 못하고 끝내 무상하게 사라지고 말았다. 비록 무지와 어리석음으로 불행한 운명에서 헤어나지 못했지만 인간적 덕성을 지닌 그녀는 루쉰 작품에서 보기 드물게 긍정적으로 묘사되었다. 그녀의 죽음 앞에 무기력과 자괴감을 느끼는 작중 화자의 모습에서 노예적 삶에 찌든 민중에 대한 작가의 무거운 심정을 읽을수 있다.(케테 콜비츠 작, 〈부랑자의 죽음〉)

국 그녀를 웨이 할멈에게 돌려보내려고 했다. 내가 루전에 있을 때는 말로만 그랬는데, 지금 와서 보니 결국 그 후에 그 말을 실행했음을 알 수 있다. 그녀가 넷째 아저씨네 집에서 나가 곧장 거지가 되었는지, 웨이 할멈 집에 가 있다가 거지가 되었는지는, 그것은 나도 모른다.

나는 곁에서 요란하게 터지는 폭죽 소리에 놀라 깨었다. 눈을 뜨고 보니 콩알만한 누런 등불 빛이 보였다. 이어 콩 볶는 듯한 폭죽 소리가 들렸다. 그것은 넷째 아저씨네 집에서 '복을 비는' 것이었다. 오경五更 (새벽 세 시에서 다섯 시 사이)에 가까운 것을 알았다. 몽롱한 가운데 멀리서 연이어 터지는 폭죽 소리를 듣고 있노라니, 하늘에 가득 찬 그 소리가 짙은 구름이 되어 펄펄 날리는 눈송이와 함께 온 거리를 얼싸안은 것 같았다. 나는 이 분주한 음향의 포옹 속에서 마음이 한결 가벼워짐을 느꼈고, 대낮부터 초저녁까지 마음에 품고 있던 의혹은 이 복을 비는 분위기로 인해 사라졌다. 천지간의 거룩한 무리가 제물과 향을 기꺼이 맛보고 모두 거나하여 공중에서 비틀거리면서 루전 사람들에게 무한한 행복을 주려고 하는 것만 같았다.

1924. 2. 7.

루쉰 작품의 원형 시간
신해혁명

1 태평천국운동에서 의화단운동까지

루쉰에게 신해혁명辛亥革命은 일종의 외상外傷 같은 것으로서, 그의 작품에서 원형처럼 반복적으로 나타난다. 이십 세기로 접어들면서 청조의 몰락은 거역할 수 없는 대세가 되었고, 마침내 신해혁명을 맞아 파국에 이르렀다. 이는 1900년 전후부터 꾸준히 전개되어 온 왕조 타도 운동의 결과물이라 할 수 있다.

십구 세기 중반 청나라는 아편전쟁(1840~1842)과 애로호 사건(1856~1860)을 겪으면서 대외적 위기에 제대로 대응하지 못하는 무능을 드러내었다. 이어 청일전쟁(1894~1895)에서의 패배는 중화 질서를 크게 흔들어 놓았다. 이는 사회 불안과도 맞물려 반외세 반청 세력을 결집시키는 계기가 되었다. 아울러 서양의 군사 기술을 중심으로 한 근대화 운동을 넘어 근본적인 개혁이 필요함을 절실히 느끼게 했다.

우선 광서성과 광동성을 중심으로 배상제회拜

上帝會라는 기독교적 종교 결사가 조직적인 세력으로 발전하여 태평천국운동의 발판이 되었다. 태평천국운동은 유교 윤리를 토대로 하는 전통적 질서와 날카롭게 대립하면서 농민의 균등한 자산 소유와 대동大同 사회 구현을 통해 지상에 천국을 건설하자는 이념을 내세웠다. 그러나 그들을 짓누르는 전통의 무게는 너무나 무거웠고, 지배층의 분열, 전통 체제를 옹호하는 신사층의 반격, 서구 열강의 간섭에 부딪히면서 이 운동은 결국 실패로 돌아갔다. 이들이 제기한 문제는 중국 사회의 변혁을 위해 반드시 짚고 넘어가야 할 포괄적인 것으로서, 이후의 혁명 운동에 커다란 영향을 끼쳤다.

태평천국운동을 진압하는 과정에서 서양식 무기의 우수성에 주목하게 된 청조는, 서양과 협력 관계를 추진했다. 이러한 분위기 속에서 태평천국운동을 진압하는 데 큰 공을 세운 증국번曾國藩, 이홍장李鴻章, 좌종당左宗棠 같은 고위 관료들은, 군사적 자강과 경제적 부강을 목표로 한 양무洋務운동을 추진함으로써 반란으로 무너져 가던 청조의

태평천국군의 전투 장면

지배 체제를 재건하려고 했다. 그러나 운동 기간 중에 일어난 청불전쟁과 청일전쟁에서 한 번도 승리를 거두지 못함으로써 양무운동의 실효성에 대한 의문이 제기되었다.

양무운동이 한계를 드러내고 위기의식이 높아지면서 서구 정치 제도를 도입하여 개혁하자는 변법론이 대두되었다. 하급 관리인 캉유웨이는 1880년대부터 제도 개혁의 필요성을 주장한 글을 올려 주목을 받았다. 이후 개혁에 적극적이던 광서제의 눈에 띄어 무술변법의 막을 올렸다. 그는 개혁 성향의 인사 등용, 신식 학교 개설, 유명무실한 관료 기구 폐지 등의 일련의 개혁책을 강행했다. 그러나 이러한 움직임은 서태후를 중심으로 한 수구파의 경각심을 불러일으켰다. 서태후 세력은 광서제가 개혁을 빌미로 정권을 탈취할지도 모른다고 보고 결국 정변을 일으켜 개혁파 인물을 처형하고 모든

것을 원래대로 돌려놓았다.

그 후 서태후는 의화단사건을 겪으면서 개혁의 필요성을 절감하고 신식 개혁 정치, 즉 신정新政을 추진했다. 그 내용은 캉유웨이의 개혁안과 비슷했으나, 제도 개혁의 핵심이라 할 수 있는 입헌군주제는 빠졌다. 그러나 신정이 진척됨에 따라 오히려 혁명적 분위기를 고조시켜 청조의 멸망을 앞당기는 결과를 낳기도 했다.

무술변법이 실패로 돌아간 뒤 1900년에 이르러 중국의 농민들은 다시 대대적인 반제국주의 운동을 벌였다. 새로 유입된 기독교와 전통적 이념인 유교 간의 마찰에서 비롯된 의화단운동은, 차츰 반제국주의적 운동으로 발전했다. 그러나 결국 서양 연합군에게 무너졌고, 그 결과 1901년 청조는 열강과 굴욕적인 신축조약을 체결함으로써 청조의 존재 근거에 대해 의문을 불러일으켰다.

2 신해혁명과 신문화운동

의화단운동이 실패로 돌아간 뒤 청조를 타도해야 한다는 혁명의 기운은 더욱 고조되었다. 특히 러시아가 의화단운동을 진압한 뒤 청조에 새로운 요구를 하면서 계속 영향력을 행사하려 하자 일본 유학생 사이에서는 혁명적 분위기가 뜨거워졌다.

1905년 마침내 쑨원孫文은 각 혁명 단체를 하나로 통일하여 '중국동맹회'라 명명하고 총리에 올랐다. 동맹회는 기관지 《민보民報》를 창간하여 혁명 선전에 몰두했는데, 쑨원은 이 잡지의 발간사에서 민족, 민권, 민생의 삼민주의라는 혁명 이론을 제시했다. 이것은 이후 자유주의와 공산주의를 넘어서는 이데올로기로 자리했다.

혁명 정세가 무르익어 가는 가운데 1911년 10월 10일 마침내 무창에서 신군의 봉기가 일어났다. 신해혁명의 신호탄이 터진 것이다. 혁명군은 하루 만에 무창을 장악하는 데 성공했고, 이어 경제 중심지인 한구와 무기 제조 공장이 있는 한양도 이틀 만에 장악했다. 이는 청조 권력에 심대한 타격을 가한 것이다. 그러나 하급 군관급이 주도가 된 혁명군은 상황 전체를 장악할 만한 통일된 역량을 갖추지 못했다. 따라서 정권 수립은 기성 권력에 의존할 수밖에 없었다.

혁명 후 들어선 쑨원의 임시 정부는 북방 세력을 대표하고 청조의 실력자인 위안스카이袁世凱와 타협함으로써 중화민국을 탄생시켰다. 이로써 의회를 구성하고 헌법을 준비하며 전족이나 변발 같은 악습을 타파하려는 새로운 기운이 나타났다. 그러나 이어진 위안스카이의 독재 체제 구축 노력과 복고적 풍조는 혁명 정신을 한참 퇴색시키고 말았다. 위안스카이는 처음부터 혁명에 성의를 보이지 않았다. 결국 황제 한 명을 내쫓았을 뿐 중국은 여전히 제국주의와 봉건주의의 억압 아래 있었

쑨원의 '천하위공'. '천하는 공공의 것으로 한다'는 이 말은 쑨원 사상이 단순히 정치 혁명에 국한되지 않고 사회 혁명까지 포괄함을 보여 준다.

신해혁명 당시 혁명군이 농민의 변발을 자르는 모습

다. 혁명 정신을 이어가기 위해서는 새로운 출구가 필요했다.

민국 초에 일어난 신문화운동은 이러한 공화정의 위기를 돌파하려는 모색 과정에서 나온 것으로, 학생과 지식인이 주도한 전면적인 사상 계몽 운동이다. 1915년 천두슈陳獨秀는 《청년잡지》(곧 《신청년》으로 이름이 바뀌었다)를 발간해 청년들의 사상을 계몽하여 새로운 중국을 건설하고자 했다. 그래서 1915년을 신문화운동의 시발점으로 본다. 이 운동은 크게 신사상운동과 신문학운동으로 나눌수 있다. 신사상운동은 봉건적인 정치, 도덕, 문화의 근간인 유교에 대한 비판과 서구의 자유주의와 개인주의 수용을 주된 내용으로 한다. 신문학운동은 생활 언어인 구어口語(백화日話라고 한다) 사용과 통속적 사회 문학을 해야 한다고 주장했다. 많은 지식인들이 이에 동조해 백화문을 쓰기 시작했고, 1918년부터 《신청년》도 백화문으로 출간되었다. 루쉰의 〈광인일기〉도 이 해에 나왔는데, 백화문 사용이라는 형식면에서의 혁신뿐만 아니라 반전통, 반유교를 견지했다는 점에서 사상 운동과 문학 운동을 훌륭하게 결합했다.

신문화운동이 한창인 때 일어난 5.4운동은 신문화운동을 더욱 확대 발전시켰다. 그래서 신문화운동은 넓은 의미의 5.4운동으로도 불린다. 위안스카이가 황제가 되겠다고 제제帝制운동을 추진할 무렵 일본은 중국의 주권을 중대하게 침해하는 내용이 담긴 스물 한 개의 요구 사항을 제출했다. 만약 이를 수용한다면 중국은 일본의 식민지로 전락할 수 있는 것이었다. 이를 저지하려는 학생들의 희생적 투쟁은 사회 각층의 지지를 얻었고, 이어 수업 거부, 상인들의 철시, 노동자들의 파업이라는 삼파 투쟁으로 격화되었다. 그 결과 강화 조약은 무산되기에 이르렀다. 5.4 운동은 민중이 주권자로서의 권리를 요구하여 목적을 이룬 최초의 경험으로, 중국 현대사의 시작으로 보기도 한다.

그녀의 죽음을 슬퍼하며

나는 쯔쥔子君과 나 자신을 위해 내 뉘우침과 슬픔을 여기에 적어 보려
고 한다. 회관 으슥한 구석에 그냥 내버려 두어 거의 허물어져 가는 이
골방은 쓸쓸하고 허전하기 그지없다. 세월은 참으로 빠르기도 하다.
내가 쯔쥔을 사랑하고 그 사랑의 힘으로 이 쓸쓸하고 허전한 데서 헤
어난 지도 어언 일 년이 되었다. 덧없는 세상일이란 공교롭기도 해서,
이곳에 다시 돌아와 보니 유독 이 방만 텅 비어 있다. 찢어진 창문, 창
밖에 서 있는 거의 말라죽어 가는 홰나무와 늙은 등나무, 창문가에 있
는 책상, 허물어져 가는 벽, 그 옆에 놓여 있는 나무 침대, 이 모든 것
이 예나 다름없었다. 깊은 밤 호젓이 침대에 누워 있노라니 쯔쥔과 동
거하기 전의 시절로 되돌아가는 듯했다. 지난 일 년이란 세월은 마치
한낮의 꿈인 냥 기억에서 깡그리 사라져 버렸다. 또 허물어져 가는 이

방을 떠나 지자오후퉁晋兆胡同으로 이사하여 부푼 희망을 안고 아담한 살림을 꾸렸던 일도 꿈처럼 여겨졌다.

　그래도 한 해 전에는 쓸쓸하고 허전하기는 해도 지금 같지는 않았다. 그때는 늘 기대 속에서 살았다. 이제나저제나 쯔쥔이 나타나기를 안타깝게 기다리다가도 굽 높은 구두의 경쾌한 발자국 소리가 들리면 얼마나 기운이 났는가! 그러자 내 눈앞에는 미소를 띠며 보조개를 짓는 동그스름한 창백한 얼굴과 가느다란 팔, 가로 무늬의 무명 적삼과 검정 치마가 나타났다. 그녀는 창문 밖의 거의 말라죽은 홰나무 잎사귀와 무쇠처럼 단단한 늙은 등나무 줄기에 송이송이 피어난 보랏빛 꽃을 따서 내게 보여 주었다. 그러나 지금은 어떤가? 지난날처럼 쓸쓸하고 허전할 뿐 쯔쥔은 다시 돌아올 수 없다. 영원히, 영원히!

허물어져 가는 이 방에 쯔쥔이 없을 때면 내 눈에는 아무것도 보이지 않았다. 나는 무료함을 달래기 위해 과학 책이든 문학 책이든 손에 잡히는 대로 빼어 들었다. 어느새 책장을 십여 쪽 뒤적거렸지만 무엇이 쓰여 있는지 하나도 기억에 남지 않았다. 그러나 귀만은 예민할 대로 예민했다. 길 가는 사람들의 발자국 소리가 들려왔고, 그 속에 귀에 익은 쯔쥔의 발자국 소리도 섞여 점점 가까워지는 것 같았다. 그러나 그 소리는 다시 멀어져 가다가 사람들의 어지러운 발자국 소리에 묻혀 버렸다. 나는 쯔쥔의 구두 소리와 다른 소리를 내는 그 헝겊신을 신고 다니는 심부름꾼의 아들 녀석을 미워했다. 또 쯔쥔의 구두 소리와 꼭 같은 소리를 내는 구두를 신고 얼굴에 크림을 바르고 다니는 옆집 아이 놈도 미워했다.

쯔쥔이 타고 오던 차가 뒤집어지지는 않았을까? 전차에 치여 다친 건 아닐까? 나는 모자를 쓰고 쯔쥔을 찾아가려다가 얼마 전에 그녀의 아저씨가 나를 욕한 일이 생각났다.

갑자기 쯔쥔의 구두 소리가 한 걸음 한 걸음 가까이 들려왔다. 내가 마중을 나가자 그녀는 벌써 등넝쿨 밑에 서서 볼우물이 팬 얼굴에 미소를 띠고 있었다. 그녀가 아저씨한테 책망을 들은 것 같지 않아 적이 마음이 놓였다. 우리는 잠시 서로 묵묵히 바라보기만 했다.

허물어져 가는 방안은 점점 내 말소리로 가득 찼다. 나는 가정의 전제에 대해, 구습 타파에 대해, 남녀 평등에 대해, 입센에 대해, 타고르에 대해, 셸리●에 대해 이야기했다. 쯔쥔은 늘 미소를 띠며 머리를 끄덕였고, 두 눈에는 순진하고도 호기심에 찬 빛이 어려 있었다. 벽에는 동판으로 찍은 셸리의 반신 초상화가 걸려 있었다. 그것은 어느 잡지책에서 오려 낸 것으로, 그의 초상화 가운데 제일 아름다운 것이었다. 쯔쥔에게 그 초상화를 가리켜 보였더니 슬쩍 한번 쳐다보고는 부끄러운 듯 고개를 숙였다. 쯔쥔은 여전히 낡은 사상의 속박에서 완전히 벗어나지 못한 것 같았다. 그 후 나는 바다에 빠져 죽은 셸리의 기념 초상화나 입센의 초상화로 바꾸려 했으나 결국 그렇게 하지 못했다. 지금은 셸리의 반신 초상화마저도 어디로 갔는지 알 수 없다.

"나는 나 자신의 것이에요. 다른 사람은 누구도 나를 간섭할 권리가 없어요!"

우리가 사귄 지 반년이 되는 어느 날, 쯔쥔이 이곳에 사는 아저씨와 고향에 계신 아버지에 대한 이야기를 하다가 한참 동안 묵묵히 생각하

● 셸리P.B.Shelly(1792~1822)
영국의 시인으로 바이런과 함께 낭만주의를 대표한다. 일찍이 아일랜드 민족 독립 운동에도 참여한 그는, 무정부주의와 자유 사상의 영향으로 압제와 인습에 대한 반항과 이상주의적 사랑과 자유를 동경하는 작품을 썼다. 《프랑켄슈타인》의 작가로 유명한 메리 셸리가 그의 아내다.

더니 분명하고 단호하고 침착한 태도로 이렇게 말했다. 그때 나는 이미 내 견해와 처지와 결함을 거의 숨김없이 말했고, 그녀도 나를 이해했다. 그녀의 이 말은 나의 심금을 울렸고, 그 후로도 오랫동안 귓전에 맴돌았다. 확실히 중국 여성들은 염세주의자들이 떠벌리는 것처럼 그렇게 절망적이지 않으며, 가까운 날에 그들에게도 반드시 서광이 비칠 것이다.

나는 쯔쥔을 대문 밖까지 배웅할 때면 늘 몇 걸음 뒤에 떨어져서 걸었다. 그럴 때면 언제나 메기수염을 한 늙은 영감쟁이가 코끝이 납작해지도록 더러운 유리창에 얼굴을 대고 내다보았다. 바깥마당으로 나오면 또 언제나 크림을 덕지덕지 처바른 사내놈이 밝게 빛나는 유리창으로 내다보았다. 그러나 쯔쥔은 곁눈질도 하지 않고 태연하게 걸어나갔다. 그녀의 그림자가 보이지 않게 되면 나도 오연하게 돌아왔다.

"나는 나 자신의 것이에요. 다른 사람은 누구도 나를 간섭할 권리가 없어요!"

쯔쥔의 머릿속에는 이런 명철한 생각이 나보다 철저하게 뿌리박혀 있었다. 크림을 덕지덕지 처바른 그 사내놈이나 코가 납작해질 정도로 유리창에 얼굴을 대고 내다보는 그 영감쟁이 같은 것은 쯔쥔에게 몇 푼어치나 될까.

그때 쯔쥔에게 내 순결하고 열렬한 사랑을 어떻게 고백했는지 잘 기억이 나지 않는다. 지금은 더 말할 것도 없고 그 직후에도 기억이 흐릿해져서 밤에 곰곰이 생각해 보아도 토막토막 끊어진 기억의 실마리만 남아 있을 뿐이었다. 그런데 동거한 지 한두 달 지난 뒤에는 그 끊어진 기억의 실마리조차도 걷잡을 수 없는 꿈이 되고 말았다. 다만 쯔쥔에게 처음으로 사랑을 고백하기 십여 일 전의 일만 기억할 뿐이었다.

그때 나는 어떤 태도와 어떤 말로 사랑을 고백할지, 거절당하면 어떻게 할지를 미리 연구해 두었는데, 정작 고백할 때는 그 모든 것이 소용없어지고 말았다. 나는 어찌나 당황했는지 나도 모르게 평소 영화에서 보던 방법을 쓰고 말았다. 후에 그때 일을 생각하면 부끄럽기 짝이 없다. 그런데 내 기억에는 그때의 일만 남아 있을 뿐이다. 지금도 그때 눈물을 머금고 그녀의 손을 잡으며 한쪽 무릎을 꿇던 그 모습이 마치 캄캄한 방에 켜놓은 등불에 비치듯이 눈앞에 삼삼히 떠오른다.

그때 내가 무슨 말을 하고 어떻게 행동했는지, 쯔쥔이 무슨 말을 하고 어떻게 행동했는지는 잘 생각나지 않는다. 그저 쯔쥔이 내 사랑을 받아들인 것만 생각날 뿐이다. 그때 쯔쥔의 얼굴이 창백해졌다가 점점 발그레해진 것이 희미하게 떠오른다. 그전에도 그 이후에도 그런 적이 없는 발그레한 얼굴이었다. 슬픔과 기쁨의 빛을 띠고 있으면서도 어딘지 놀라움과 의혹의 빛을 띠고 있는, 어린아이의 눈과 같은 그 눈은 내 시선을 피하느라고 애썼다. 그 모습은 창문이라도 뚫고 날아갈 듯했다. 나는 그녀가 이미 내 사랑을 받아들인 것을 알지만 과연 그녀가 무슨 말을 했는지, 아니면 아무 말도 하지 않았는지 도무지 알지 못했다.

그러나 쯔쥔은 낱낱이 기억하고 있었다. 그녀는 글을 읽는 것처럼 내 말을 줄줄 외웠고, 내 행동을 마치 보이지 않는 어떤 영사막을 들여다보며 엮어 내듯 아주 자세히 말했다. 물론 다시는 생각하고 싶지 않은 내 가소로운 영화의 한순간까지도 빠트리지 않았다. 사람들이 잠든 깊은 밤이면 둘은 마주앉아 지난날을 회상했다. 그럴 때면 나는 늘 질문과 시험을 당했으며, 그때 내가 한 말을 다시 되풀이해야 했다. 쯔쥔은 마치 열등생에게 하는 것처럼 늘 보충하고 시정해 주었다.

이러한 일도 나중에는 점점 드물어졌다. 그러나 깊은 생각에 잠겨 허공을 바라보거나 낯빛이 점점 부드러워지고 볼우물이 깊이 패면 나는 그녀가 지난 일을 다시 회상하는 거라고 생각했다. 나는 내가 출연한 그 우스운 장면이 그녀의 회상 속에서 떠오를까 봐 근심했다. 그러나 나는 그녀가 반드시 그 장면을 회상했을 것이고, 또 회상하지 않을 수 없을 것이라 생각했다.

그러나 쯔쥔은 그 장면을 우습게 생각하지 않았다. 나 자신은 우습기도 하고 심지어 비천한 것 같기도 했지만 그녀는 조금도 우습게 여기지 않았다. 나는 그 까닭을 잘 알고 있었다. 그녀는 나를 열렬하고도 순진한 마음으로 사랑한 것이었다.

지난해 늦은 봄은 제일 행복하면서도 제일 바삐 보냈다. 내 마음은 안정되었지만 다른 걱정 때문에 몸도 마음도 바빴다. 우리는 그때 처음으로 길도 같이 걷고 공원도 몇 번 갔는데, 살림할 새집을 얻기 위해 더 많이 다녔다. 나는 때때로 길에서 호기심에 차 있거나 비웃거나 음탕하고도 경멸 어린 시선을 던지는 사람들을 만났다. 그럴 때면 나의 온몸이 오그라드는 것만 같았다. 나는 자부심과 반항심으로 간신히 몸을 지탱했다. 하지만 쯔쥔은 좀처럼 주눅이 들지 않았다. 그녀는 그러한 것에는 전혀 아랑곳하지 않고 사람이 없는 곳을 지날 때처럼 침착하고 태연하게 걸어갔다.

셋방을 얻기란 정말 쉬운 일이 아니었다. 대부분 이러저러한 구실로 거절당했고, 어떤 경우는 집이 마땅치 않아 우리가 그만두었다. 처음에 우리는 집을 너무 지나치게 골랐다. 사실대로 말하자면 지나치게

루쉰과 쉬광핑

부모의 반대와 주위의 비난에도 불구하고 쯔쥔과 작중 화자가 나눈 사랑은, 루쉰과 쉬광핑許廣平 간의 사랑을 연상시킨다. 일본 유학 중이던 루쉰은 1906년 중국에 잠시 귀국하여 어머니의 권유로 주안朱安과 결혼한다. 그러나 둘은 대화도 거의 하지 않았고 침실도 같이 쓰지 않았다고 한다. 훗날 루쉰은 제자인 쉬광핑과 동거에 들어갔고, 둘은 평생 동반자가 되었다.

고른 게 아니라 우리가 편안히 살 만한 곳이 없었다. 나중에는 주인이 받아 주기만 하면 좋다고 할 정도가 되었다. 이곳저곳 한 스무 곳을 돌아보고서야 겨우 임시로 그럭저럭 살 만한 집을 하나 마련했다. 바로 지자오후퉁에 있는 어느 작은 집 남향 두 칸 방이었다. 주인은 하급 관리로, 경우가 밝은 사람이었다. 자기네는 안채와 옆채를 썼다. 식구라야 부인과 돌이 안 된 딸, 촌에서 온 식모뿐이어서 아이만 울지 않으면 매우 조용한 곳이었다.

우리의 세간은 퍽 단출했다. 그러나 그것을 장만하느라 내가 애써 모아 온 돈을 거의 다 썼고, 쯔쥔도 하나밖에 없는 금반지와 귀걸이를 팔았다. 내가 말렸지만 한사코 팔려고 하는 통에 나로서도 어찌할 수가 없었다. 세간을 장만하는 데 그녀도 한몫해야지 그렇지 않으면 그녀의 마음이 편안하지 않을 게 아닌가.

쯔쥔은 이미 오래전에 아저씨와 싸우고 헤어졌다. 아저씨는 다시는 쯔쥔을 조카딸로 여기지 않겠노라고 노발대발했다. 나도 말로는 충고한다고 하면서 사실은 나 때문에 겁을 집어먹었거나 질투하는 몇몇 친구들과 하나하나 발길을 끊었다. 그리고 나니 도리어 마음이 가뿐했다.

날마다 일이 끝나면 황혼이 깃들고 인력거꾼도 늑장을 부리지만 어쨌든 우리 두 사람은 마주앉는 시간을 가졌다. 처음에는 말없이 서로 바라보다가 뒤이어 흉금을 터놓고 다정하게 이야기했다. 그러다가 다시 침묵을 지켰다. 우리는 고개를 숙이고 깊은 생각에 잠기긴 했으나 달리 무엇을 생각한 건 아니었다. 나는 점점 분명하게 쯔쥔의 몸과 마음을 읽을 수 있었다. 삼 주도 안 되는 사이에 그녀를 더 깊이 이해한 것 같았다. 이전까지만 해도 완전히 이해했다고 생각했는데, 돌이켜 보면 그녀와 나 사이에 큰 간격이 있었다는 것을 알 수 있었다. 이제야 그 간격이 없어진 듯했다.

쯔쥔은 날이 갈수록 쾌활해졌다. 그러나 그녀는 꽃을 사랑하지 않았다. 내가 장날에 사 온 두 개의 화분에 핀 꽃은 나흘이나 물을 주지 않아 구석에서 말라죽고 말았다. 물론 나도 그것을 돌볼 여가가 없었다. 대신 그녀는 동물을 몹시 사랑했다. 그것은 아마 주인아주머니에게서 영향을 받은 것 같았다. 한 달도 못 되어 우리 집 식솔은 갑자기 늘었다. 우리 집 병아리 네 마리는 안마당에서 주인집 병아리 십여 마리와 동무하며 놀았다. 주인아주머니와 쯔쥔은 병아리 모양을 잘 기억해 두었으므로 어느 것이 자기네 것인지 잘 분간했다. 장날에는 얼룩 강아지 한 마리도 사 왔다. 그 강아지에게는 원래 부르던 이름이 있었지만 쯔쥔은 따로 아쑤이阿隨라고 불렀다. 나도 쯔쥔이 하는 대로 아쑤이라고 부르긴 했지만 어쩐지 그 이름이 마음에 들지 않았다.

애정이란 항상 새로워야 하고, 정성들여 가꾸어야 하며, 부단히 창조해야 한다. 이것은 사실이다. 쯔쥔도 내 말을 듣고는 알았다는 듯이 고개를 끄덕였다. 아, 얼마나 고요하고 행복한 밤이었나!

편안과 행복은 사라지지 않도록 해야 한다. 영원히 편안하고 행복하다면……. 회관에서 살 때는 티격태격하기도 하고 서로 오해하는 일도 있었으나 지자오후퉁으로 이사한 뒤로는 그런 일이 없어졌다. 우리는 등불 밑에 마주앉아 지난날을 회상하면서, 서로 티격태격했다가 오해를 푼 뒤 사랑이 새로워지던 때의 기쁨을 다시 음미했다.

쯔쥔은 몸이 불기 시작했고 안색도 좋아졌다. 아쉬운 건 눈코 뜰 새

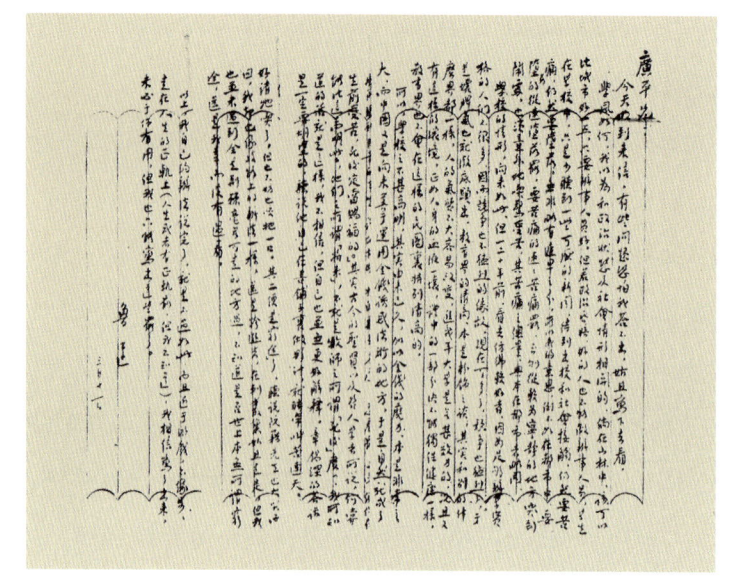

없이 바삐 보낸다는 것이었다. 집안 살림살이에 바빠 조용히 얘기할
여가도 없는 형편이었으니, 독서나 산책은 생각할 여지도 없었다. 우
리는 어떻게 해서라도 식모를 하나 두어야겠다고 늘 말했다.

나는 저녁에 집에 돌아와서 쯔쥔이 불쾌한 얼굴을 하고 있는 것을
볼 때마다 마음이 쓸쓸해졌다. 내가 특히 불쾌하게 생각한 건 쯔쥔이
억지로 웃어 보이는 것이었다. 그녀가 얼굴을 찌푸리게 된 것은 병아
리 때문에 주인아주머니와 말다툼을 했기 때문이었다. 그런 일이라면
내게 말하지 못할 것도 없지 않은가? 사람은 역시 자기 집이 있어야
한다. 이러한 곁방살이로는 살아갈 수가 없다.

내가 오가는 길은 판에 박은 듯했다. 매주 엿새 동안 집과 국局을 오
고갔다. 나가서는 책상 앞에 앉아 공문과 편지를 베껴 썼다. 집에 돌아
와서는 쯔쥔과 마주앉아 이야기하지 않으면 그녀를 거들어 화덕에 불

을 지피고 밥을 짓거나 만두를 쪘다. 내가 밥 짓는 걸 배운 것도 이때였다.

먹는 것은 회관에 있을 때보다 훨씬 나아졌다. 비록 쯔쥔의 음식 솜씨는 그다지 훌륭하지 않지만 정성을 다해 만들었다. 그녀가 애태우는 일은 나도 애태우지 않을 수 없었다. 아마도 그렇게 하는 것이 고락을 같이하는 거겠지. 종일 땀을 흠뻑 흘리고 머리카락까지 땀에 젖어 이마에 달라붙고 손까지 거칠어지는 그녀를 볼 때마다 내 마음은 더욱 그러했다.

그뿐만 아니라 아쑤이를 기르고 닭을 치는 일까지 그녀가 하지 않으면 안 되었다. 나는 굶어도 좋으니 제발 그처럼 애쓰지 말라고 타일렀다. 그녀는 나를 힐끗 쳐다보고는 아무 말도 하지 않고 도리어 서글픈 표정을 지었다. 나는 더는 말하지 못했다. 그녀는 여전히 일에 몰두했다.

내가 예상한 타격이 드디어 닥쳐왔다. 바로 쌍십절(1911년 신해혁명과 1912년 정부 수립을 기념하는 날인 10월 10일을 가리킨다) 전날 밤이었다. 나는 멍하니 앉아 있었고 쯔쥔은 그릇을 씻고 있었다. 그때 문 두드리는 소리가 났다. 문을 열어 보니 국에서 온 심부름꾼이었다. 그는 등사판으로 찍은 쪽지 한 장을 내밀었다. 나는 짚이는 데가 있어 등잔 밑으로 다가가 쪽지를 보았다. 과연 짐작한 그대로였다.

국장의 명령에 의해 앞으로 출근하지 말 것을 귀하에게 통지함.

비서처 10월 9일

나는 회관에 있을 때부터 이런 일이 오리라는 걸 짐작했다. 얼굴에 크림을 덕지덕지 처바른 그 사내 녀석이 국장 아들놈과 도박 친구였으므로 있는 소리 없는 소리로 고자질했을 것이다. 그 결과가 지금에 와서야 나타났으니 오히려 늦은 셈이었다. 나는 이미 오래전에 다른 필사 자리나 가정교사 자리를 구하거나 좀 힘들기는 해도 번역을 해보려고 했다. 더구나 《자유의 벗》 잡지사 주필은 몇 번 만나 안면이 있는 사람으로, 두 달 전에 편지를 주고받았다. 이렇게 생각하면서도 마음은 두근거렸다. 그렇게도 두려움을 모르던 쯔쥔의 낯빛이 달라지는 것을 보게 되자 마음이 아팠다. 요사이 그녀는 마음이 좀 약해진 것 같았다.

"그까짓 일은 아무것도 아니에요. 우린 다른 일을 하면 돼요. 우린……."

그녀가 말했다. 그녀는 말을 채 끝맺지 못했다. 어쩐지 그녀의 말이 자신 없게 들렸다. 등불도 유달리 어둠침침했다. 사람이란 정말 보잘 것없는 동물이어서 지극히 사소한 일에도 심한 영향을 받는다. 우리는 처음에는 우두커니 바라보고만 있다가 앞으로 할 일을 의논했다. 우선 남아 있는 돈을 아껴 쓰면서 필사나 가정교사 자리를 구하는 '광고'를 신문에 내고, 《자유의 벗》 잡지사 주필에게 편지를 써서 지금의 우리 처지를 말하고 어려움을 덜어 달라는 의미에서 내 번역 원고를 실어줄 것을 부탁하기로 했다.

"말한 그대로 하자! 새로운 길을 개척하자!"

나는 즉시 책상 앞에 앉았다. 쯔쥔은 기름병과 초 접시를 한쪽으로 밀어 놓고 어둠침침한 등불을 가져왔다. 나는 우선 구직 광고문을 쓰고 번역할 책을 골랐다. 이사 온 뒤로는 한 번도 뒤져 보지 않아 먼지가 보얗게 앉아 있었다. 책을 고른 뒤 편지를 썼다.

　나는 편지를 어떻게 쓰면 좋을지 몰라 매우 망설였다. 붓을 멈추고 이 생각 저 생각 하던 나는 쯔쥔의 얼굴을 힐끗 쳐다보았다. 어둠침침한 등불 빛에 그녀의 얼굴이 몹시 처량해 보였다. 나는 이렇게 사소한 일이 굳세고 대담한 쯔쥔에게 그렇게도 큰 변화를 가져올 줄은 몰랐다. 그녀는 요즘 확실히 마음이 약해졌다. 그것은 결코 오늘 밤만의 일이 아니었다. 내 마음은 더욱 산란해졌고, 문득 안온하게 지내던 과거의 영상—회관의 허물어져 가는 방안에서 적막하게 지내던 때—이 눈앞에 아른거렸다. 그것을 보려고 애쓰고 있을 때 어슴푸레한 등불이 눈앞에 또 나타났다.

　한참 걸려서야 편지를 다 썼다. 아주 긴 편지였다. 나는 심한 피로를 느꼈다. 요즘에는 나도 마음이 좀 약해진 것 같았다. 우리는 광고문과 편지를 내일 같이 부치기로 했다. 그러고 나서 약속이나 한 듯이 허리와 사지를 쭉 폈다. 우리는 말 없는 가운데 굳센 정신과 새로운 희망을 느끼는 듯했다.

외부에서 가해진 타격은 도리어 우리의 의지를 굳세게 했다. 국에서의 생활이란 조롱 속에 든 새의 신세와 비슷해서, 간신히 목숨을 부지할 정도의 좁쌀은 얻었지만 결코 살은 찌지 않았다. 이렇게 세월을 보내다가는 날개의 기력이 떨어져 조롱에서 나온다 해도 날 수 없을 것이다. 어쨌든 난 지금 조롱에서 벗어났다. 이제부터 넓디넓은 창공을 훨훨 날리라. 날개의 기력이 떨어지기 전에.

　구직 광고는 물론 당장 효력을 내지는 않았다. 번역도 결코 쉬운 일이 아니었다. 이전에 대강대강 훑어볼 때는 이해가 되던 것도 정작 붓을 들어 옮기려고 보니 이해하기 힘든 곳이 많아 진척이 더뎠다. 하지만 난 악착같이 달라붙었다. 보름도 못 되어 거의 새것이나 다름없던 사전 모서리가 손때로 시커멓게 되었으니, 얼마나 번역에 열중했는지를 알 수 있다. 《자유의 벗》 잡지사 주필은 결코 좋은 원고를 깔아뭉개는 일은 없다고 했다.

나는 따로 조용한 방을 갖지 못한 것을 한탄했다. 쯔쥔은 조용한 환경을 만들어 주려는 성의가 그전만 못했다. 방 안에는 늘 그릇과 접시가 너저분하게 널려 있었고 석탄 연기로 가득 차 있어 안정된 마음으로 일할 수 없었다. 그러나 글을 쓸 조용한 방 한 칸조차 마련할 능력이 없는 나 자신을 탓할 수밖에 없었다. 게다가 아쑤이와 닭까지도 소란하게 굴었고, 닭이 커가자 툭 하면 주인집과 옥신각신하기까지 했다.

날마다 '끊임없이' 반복되는 것은 밥 먹는 일이었다. 쯔쥔에게 밥 짓는 일은 그녀 일의 전부인 것 같았다. 먹고 나서는 돈을 마련하고, 돈을 마련해서는 또 먹는다. 게다가 아쑤이와 닭까지도 먹여야 했다. 쯔쥔은 전에 배운 지식을 깡그리 잊어버린 것 같았다. 머릿속에 떠오른 구상의 실마리도 밥 먹으라는 성화에 사라진다는 것을 그녀는 생각하지 못하는 듯했다. 붓을 들고 앉아 언짢은 낯빛을 띠어도 쯔쥔은 전혀 고치지 않고 꾸역꾸역 밥을 먹었다.

내가 하는 일은 일정한 시간에 밥을 꼭꼭 먹을 수 없는 것이라고 그녀를 이해시키는 데 다섯 주나 걸렸다. 그녀는 내 말을 이해한 뒤에도 여전히 불쾌하게 생각하는 듯했으나 별 말은 하지 않았다. 이때부터 내 번역은 비교적 빨리 진척되어 얼마 뒤에는 오만 자나 되었다. 그것을 다시 한 번만 손을 댄다면 이미 완성한 단편 두 편과 함께《자유의 벗》잡지사로 보낼 수 있었다. 그러나 먹는 문제만은 여전히 나를 괴롭혔다. 반찬이 식은 것쯤은 참을 수 있었으나 늘 부족했고, 어떤 때는 밥까지도 모자랐다. 온종일 방안에 앉아 머리만 쓰니 이전보다 먹는 양은 훨씬 줄었는데도 모자랐다. 그것은 아쑤이에게 먼저 먹이기 때문이었다. 요즘에는 나도 좀처럼 얻어먹기 힘든 양고기를 아쑤이에게 먹였다.

"너무 여윈 아쑤이가 가여워요. 주인아주머니는 그 꼴을 보고 우리를 비웃기까지 해요. 난 그런 수모는 못 참아요."

그녀가 말했다. 그러므로 내가 남긴 밥은 닭들 차지였다. 이러한 사정을 나는 오랜 뒤에야 알게 되었다. 헉슬리가 '우주에서의 인류의 위치'를 말한 것처럼 내가 이 집에서 처한 위치란 기껏해야 강아지와 닭의 중간쯤밖에 되지 않았다.

그 후 여러 차례 말다툼을 하고 재촉하고 나서야 닭들은 한 마리씩 반찬으로 올라왔다. 우리와 아쑤이는 십여 일간 닭고기를 먹었다. 닭은 하루에 겨우 수수쌀 몇 알밖에 먹지 못했으므로 몹시 여위었다. 그 후 집안은 조용해졌다. 그러나 쯔쥔은 매우 초췌해져서 언제나 쓸쓸하고 적적한 표정을 짓고 있었으며 말도 잘하지 않았다. 사람이란 얼마나 변하기 쉬운가!

그런데 아쑤이도 더는 둘 수 없게 되었다. 우리는 어디서 좋은 소식이 오리라는 희망을 버리고 말았다. 아쑤이에게 줄 먹이도 없었다. 게다가 어느덧 겨울이 다가오고 있었으므로 땔감도 큰 문제였다. 그런 형편에 개를 기른다는 것은 힘에 부치는 일이 아닐 수 없었다. 장날 끝고 나가 팔면 몇 푼은 받을 수 있겠지만 우리는 차마 그렇게 할 수 없었고 그리고 싶지도 않았다. 나는 보자기로 아쑤이의 눈을 싸매 서문 밖에 내다 버렸다. 개는 그래도 쫓아왔다. 하는 수 없이 나는 개를 그리 깊지 않은 구덩이에 밀어 넣고 말았다.

집으로 돌아온 나는 집안이 한결 조용해진 것을 느꼈다. 그러나 나는 울상을 하고 있는 쯔쥔을 보고 놀랐다. 일찍이 본 적이 없는 얼굴이었다. 아쑤이 때문에 그러는 거겠지만 그렇게까지 낙심할 것은 무엇인가? 나는 개를 웅덩이에 밀어 넣고 왔다는 말을 입 밖에도 내지 않았다. 밤이 되자 울상이던 쯔쥔의 얼굴에 차디찬 빛까지 떠올랐다.

"이상한데. 당신, 오늘 왜 그러는 것이오?"

나는 참다못해 물었다.

"뭐라고요?"

그녀는 나를 보지도 않고 되물었다.

"당신 낯빛이……."

"아니에요. 아무 일도 없어요."

나는 그녀의 말과 표정에서 그녀가 나를 모진 사람이라고 여긴다는 것을 알게 되었다. 사실 말이지 나 하나면 사는 데 그다지 막막하지는 않을 것이다. 비록 내가 교만한 탓에 세상 사람들과 등지고 살았고, 여기로 이사 온 뒤에는 낯익은 사람들과도 멀리하게 되었지만, 내 마음대로 이리저리 굴러다니기만 한다면 살 길은 얼마든지 있을 것이다. 내가 지금 괴로움을 참아 가면서 사는 것도 쯔쥔을 위해서가 아닌가. 아쑤이를 내버린 것도 다름 아닌 그 때문이 아닌가. 그런데 쯔쥔은 소견이 좁아 이런 사정을 헤아리지 않는 것 같았다.

언젠가 나는 조용한 기회를 타서 이러한 사정을 쯔쥔에게 귀띔했다. 그녀는 이해한다는 듯이 고개를 끄덕였다. 그러나 그 후의 그녀의 태도로 봐서는 내 말을 이해하지 못했거나 믿지 않는 것 같았다.

날씨가 추워지고 마음까지 산란하여 나는 방 안에만 있을 수 없었다. 그렇다면 어디로 갈 것인가? 길거리나 공원에는 비록 스산한 기운이 돌지는 않았지만 살을 저미는 듯한 매운 바람이 불었다. 결국 나는 '통속도서관'에서 안식처를 찾았다.

도서관에는 열람권을 사지 않아도 들어갈 수 있었다. 열람실에는 난로 두 개를 피워 놓았는데, 늘 뜨뜻미지근했지만 보기만 해도 마음이 더워지는 것 같았다. 그러나 볼 만한 책이라고는 한 권도 없었다. 모두 케케묵은 것이었고, 새로 나온 책은 거의 없다시피 했다.

내가 도서관에 가는 것은 책을 읽기 위함이 아니었다. 여기에는 언제 보아도 나처럼 홑옷을 입은 몇몇 사람들이 책을 읽는 체하며 난롯불을 쬐고 있었다. 많을 때는 열 명쯤 앉아 있었다. 정말 내겐 알맞은 곳이었다. 밖에 나가면 아는 사람을 자주 만나게 되고 그들에게 멸시를 당하게 되지만, 여기에서는 그런 봉변은 면할 수 있었다. 나를 멸시하는 자들은 언제나 다른 데서 난로를 쬐거나 자기 집 화덕 곁에 앉아 있을 것이다.

그 도서관은 읽을 만한 책이 별로 없었지만 조용해서 사색하기에 좋았다. 나는 홀로 조용히 앉아 지난날을 회상했다. 반년 이상이나 오로지 사랑—맹목적인 사랑—을 위해 다른 인생의 의의에 대해서는 아예 등한히 한 것을 깨달았다. 인생의 첫째 의의는 생활이다. 인생이란 생활해야 한다. 그리고 사랑이란 생활에 종속되어야 한다. 이 세상에는 투쟁하지 않고 자기 살길을 개척한 사람은 한 명도 없다. 내 날개는 아직 움직일 수 있다. 비록 이전에 비해 기력이 약해지기는 했지만.

열람실과 사람들이 내 눈에 희미하게 보이더니 점점 그 형태가 사라지고 말았다. 대신 성난 파도 속의 어부, 참호 속의 병사, 자동차 속의 귀인, 부두의 투기업자, 빽빽한 밀림 속의 호걸, 연단 위의 교수, 초저녁의 한가한 패들, 깊은 밤중의 도적들 모습이 떠올랐다. 그런데 쯔쥔은 보이지 않았다. 그녀의 용기는 완전히 사라지고 말았다. 그녀는 아쑤이 때문에 슬퍼하고 밥 짓기에 온 정신이 쏠려 있을 뿐이었다. 그런데 이상하게도 그녀의 몸은 여위지 않았다.

추워졌다. 뜨뜻미지근한 난롯불마저 꺼진 것으로 보아 문을 닫을 때가 된 모양이다. 다시 지자오후퉁으로 돌아가 그 냉랭한 얼굴을 대해야 한다. 요즘에는 간혹 다정한 표정을 짓는 쯔쥔을 볼 수 있는데, 그럴 때마다 나는 더 괴로웠다. 어느 날 밤, 쯔쥔은 오랫동안 볼 수 없던 순진한 빛을 띠고는 웃는 낯으로 회관에서 지낼 때의 일을 이야기했다. 그러면서도 그녀의 얼굴에는 공포의 빛이 어렸다. 근래 내가 쯔쥔에게 너무 쌀쌀맞게 굴었던 탓에 그녀는 내게 의심을 품고 있는 것이 분명했다. 나는 그녀를 조금이라도 위로해 주려고 억지로 웃으면서 말했다. 그러나 내 웃음과 말은 공허한 것이 되고 말았다. 그 공허함은 나 자신도 참을 수 없는 비웃음으로 변하여 귓전에서 맴돌았다.

쯔쥔도 내 심경을 눈치 챈 것 같았다. 그 뒤로 거의 감각이 없는 거나 다름없어 보이던 평소의 그녀의 침착성도 사라지고 말았다. 비록 겉으로는 나타내지 않으려고 많은 애를 쓰는 듯했으나, 근심하고 의심하는 기색을 감추지 못했다. 하지만 내게는 퍽 온화하게 굴었다.

나는 내 심정을 그녀에게 고백하려고 했으나 차마 그렇게 하지는 못했다. 고백하려고 결심했다가도 어린애와도 같은 천진한 그녀의 눈동자를 보면 다시 억지로 웃는 낯을 보이지 않을 수 없었다. 그럴 때마다 그것은 나 자신에 대한 비웃음으로 변했고, 나는 그만 침착성을 잃고 말았다.

이때부터 쯔쥔은 다시 지난 일을 회상하며 새로운 시련을 겪기 시작했다. 그녀는 내게 거짓 애정의 답안을 강요했다. 나는 그녀에게 애정의 답안을 주기 위해 마음속에 허위의 답안을 미리 적어 두었다. 내 마음속은 이러한 답안으로 가득 차 나중에는 숨 쉬기도 힘들었다. 나는 고민 속에서 늘 생각했다. 진실을 말하려면 큰 용기가 필요하다. 만일 이러한 용기가 없이 허위에 빠지고 만다면 그녀는 새로운 길을 개척할 수 없을 거라고. 아니 그런 사람은 새로운 길을 개척할 수 없을 뿐만 아니라, 원래 그런 사람도 없을 것이다.

몹시 추운 어느 날 아침, 쯔쥔이 원망스러운 표정을 하고 있었는데, 지금까지 한 번도 본 적이 없는 것이었다. 하지만 그것은 내 눈에만 보이는 기색인지도 모른다. 쯔쥔의 세련된 사상과 유창하고 대담한 언변은 결국 공허한 것에 지나지 않았지만, 그녀 자신은 그것이 공허한 것이라고 느끼지 못했다. 이에 대해 나는 분개하며 은근히 비웃었다. 그녀는 오래전부터 책을 읽지 않았다. 그래서 그녀는 인간 삶의 첫째 의의가 살기 위해 투쟁하는 것임을 알지 못했다. 살길을 개척하려면 함께 손을 맞잡고 나아가거나 단신으로 분투해야 한다. 그런데 남의 옷

입센 Ibsen, Henrik(1828~1906)
노르웨이의 극작가로서, 변혁의 19세기에 활동하면서 시대의 모순과 불합리를 사실적으로 그려 자각과 개선을 촉구했다. 그의 대표작인 《인형의 집》(1879), 《유령》(1881), 《민중의 적》(1882)은 인간 현실에 대한 그의 사실주의적 시각을 완숙하게 구현한 작품이다. 특히 근대 사실주의 연극의 전형으로 꼽히는 《인형의 집》은 "아내이고 어머니이기 이전에 한 사람의 인간으로서 살겠다"고 한 새로운 유형의 여인 노라를 창조함으로써 전 세계적으로 큰 반향을 불러일으켰다. ·

자락에 매달리기만 한다면 그녀가 비록 투사라 하더라도 싸울 수 없게 되어 둘 다 멸망하는 수밖에 별 도리가 없을 것이다.

새로운 희망은 우리가 갈라짐으로써 올 수 있는 것이다. 반드시 그녀와 헤어질 것이다. 그러나 다음 순간 쯔쥔의 죽음을 상상하자 즉시 가책을 느끼고 뉘우쳤다. 어느 날 아침 나는 마침 시간도 있어 내 진심을 말하려고 했다. 우리가 새로운 길을 개척하는 것은 바로 이 기회에 달렸다.

나는 그녀와 이런저런 이야기를 했다. 나는 일부러 화제를 우리의 지난날로 끌고 가 문학과 예술에 대해 말했다. 외국 문인과 그들의 작품인 《인형의 집》과 《바다의 여인》에 대해 말했고, 《인형의 집》의 과단성을 찬양했다. 이러한 이야기는 지난해 허물어져 가는 회관 방에서 살 때 주고받은 것이었다. 그런데 지금은 공허하게 들리니, 마치 어떤 심술궂은 아이가 악의에 차 등 뒤에 숨어 내 말을 흉내 내는 게 아닐까 하는 의심이 들었다. 그래도 그녀는 내 말에 고개를 끄덕이며 열심히 들었고, 나중에는 가만히 앉아만 있었다. 내 말은 끊어졌다 이어졌다 반복하면서 겨우 끝이 났다. 말의 여음도 모조리 허공으로 사라졌다.

"그래요."

그녀는 한동안 침묵을 지키다가 다시 입을 열었다.

"그렇지만 요즘 당신은 많이 달라진 것 같아요. 그렇죠? 좀 솔직히 말해 보세요."

나는 머리를 한 대 얻어맞은 것만 같았다. 하지만 이내 정신을 가다듬고 내 생각을 말했다. 둘이 함께 망하지 않으려면 새로운 길을 개척하고 새로운 생활을 창조해야 한다고 했다. 끝으로 큰 결심을 하고 몇 마디 덧붙였다.

"당신은 이제부터 다른 근심을 할 것 없이 용감히 나아갈 수 있게 되었소. 당신은 내게 솔직히 말해 보라고 했소. 그렇소, 거짓말을 하면 안 되오. 솔직히 말하겠소. 난 더는 당신을 사랑하지 않소! 그러나 이것이 도리어 당신에게 좋은 결과를 가져올지도 모르오. 그리되면 당신은 아무런 근심 없이 일할 수 있을 테니."

이렇게 말하면서 나는 무슨 큰 변고가 일어나리라고 짐작했다. 그러나 침묵만 계속될 뿐이었다. 쯔쥔의 얼굴은 갑자기 죽은 사람의 얼굴처럼 잿빛으로 변하더니 다음 순간 다시 돌아왔고 눈에는 순진한 빛이 돌았다. 그녀는 허기진 아이가 자애로운 어머니를 찾을 때처럼 사방을 빙 둘러보았다. 그녀의 눈은 내 눈과 마주칠 것을 두려워하여 허공만을 더듬었다.

나는 차마 더는 앉아서 볼 수가 없었다. 그리하여 이른 아침 추위를 무릅쓰고 통속도서관으로 갔다. 그곳에서 《자유의 벗》을 뒤적이다가 내 수필이 실린 것을 보았다. 나는 놀라기도 하고 적이 용기도 났다. 생활의 길은 많다. 그러나 아직 이것만으로는 안 된다.

나는 오랫동안 발길을 끊은 친구들을 찾기 시작했다. 그러나 그것도 한두 번에 지나지 않았다. 그들이 사는 집은 따뜻했으나 나는 도리어 뼛속까지 어는 듯한 오한을 느꼈다. 밤이 되면 얼음보다 더 차가운 내 방으로 돌아와 잤다. 추위는 마치 바늘로 내 온 정신을 쑤시는 듯하여 나를 영원한 고통 속으로 몰아넣었다. 생활의 길은 아직 많고 내 날개는 아직 시들지 않았다. 문득 쯔쥔의 죽음을 상상했고, 나는 다시 가책을 느꼈다.

나는 통속도서관에 앉아서 가끔 새로운 생활의 빛이 눈앞에 어른거리는 것을 보았다. 쯔쥔은 용감하게 깨달은 뒤 조금도 원망하는 기색이 없이 그 추운 방을 박차고 떠나고, 나는 구름처럼 가볍게 공중을 떠다닌다. 위로는 푸른 하늘이 보이고 아래로는 높은 산, 깊은 바다, 아주 크고 좋은 집, 싸움터, 자동차, 부두, 화려한 저택, 번화한 시장, 캄캄한 밤이 보인다. 정말 나는 이러한 새로운 생활이 닥쳐오리라 예감했다.

우리는 정말 참기 어려운 겨울을, 베이징의 겨울을 그럭저럭 보냈다. 우리 신세는 마치 장난꾸러기 아이들에게 잡힌 잠자리 같았다. 가

젊은 부부

쯔쥔과 '나' 는 신사조의 영향으로 각성한 지식인이다. 그들에게는 나름대로 이상과 희망이 있었고, 현실에 대한 반항 정신도 있었다. 그들은 낡은 관습 타파와 입센, 타고르, 셸리에 대해 이야기했다. 둘의 사랑이 주위의 반대에 부딪히자 쯔쥔은 "나는 나 자신의 것이에요. 그분들은 내게 간섭할 아무런 권리가 없어요"라고 단호하게 말했다. 여기에는 낡은 사회에 대한 경멸과 두려움을 모르는 정신이 깃들어 있다. 그러나 그들의 사랑에는 튼튼한 기초가 없었다. 그들은 사랑을 위해 다른 인생의 의의는 등한히 했는데, 그 첫째가 생활이었다. 두 사람은 가중되는 생활고 앞에서 이전의 용기마저 잃어버렸고, 쯔쥔은 다시 아버지에게로 돌아가지 않으면 안 되었다.(케테 콜비츠 작, 〈젊은 부부〉)

는 실에 몸뚱이가 매여 아이들의 장난감이 되고, 갖은 학대를 받은 뒤 비록 목숨은 건졌지만 땅바닥에 쓰러져 죽음을 기다리고 있는 잠자리 말이다.

《자유의 벗》 주필에게는 세 번이나 편지를 썼는데, 이제야 답장을 받았다. 봉투 속에는 겨우 이십 전과 삼십 전짜리 도서 구입권이 한 장씩 들어 있었다. 재촉하는 편지를 보내는 데만 우표값 구 전을 쓰고 하루를 굶었는데, 얻은 소득이라고는 너무 허무했다. 그런데 예상했던 일이 드디어 닥쳐오고 말았다.

겨울도 지나고 봄이 올 무렵의 어느 날이었다. 그 무렵 바람도 그다지 맵지 않아 나는 전보다 더 오래 돌아다니다가 땅거미가 지고서야 집으로 돌아왔다. 그날도 나는 어두울 때까지 돌아다니다가 전날처럼 맥없이 돌아왔다. 방문을 보기만 해도 어쩐지 더 쓸쓸해지고 걸음이 느려졌다. 나는 불이 켜져 있지 않은 방 안으로 들어섰다. 손을 더듬어 성냥을 찾아 불을 켜니 방 안은 텅 비어 쓸쓸하고 허전하기 그지없었다! 놀라서 멍하게 있자니 주인아주머니가 밖으로 불러냈다.

"쯔쥔의 아버지가 와서 그녀를 데려갔어요."

주인아주머니가 짤막하게 말했다. 이런 일이 있으리라고 전혀 생각하지도 못한 나는, 머리를 호되게 얻어맞은 것처럼 우두커니 서 있었다.

"쯔쥔은 가버렸나요?"

나는 한참동안 우두커니 서 있다가 한마디 물었다.

"갔어요."

"그녀…… 그녀가 갈 때 무슨 말이 없었나요?"

"아무 말도 없었어요. 당신이 돌아오면 떠났다고 전해 달라 했어요."

나는 그 말이 믿어지지 않았다. 하지만 방 안은 몹시 쓸쓸하고 허전했다. 나는 구석구석 쯔쥔을 찾아보았으나 낡고 어둠침침한 가구만 보일 뿐 그녀가 숨어 있을 만한 곳은 없었다. 편지나 쪽지를 찾아보았으나 그런 것도 보이지 않았다. 눈에 띄는 것이라고는 소금, 고추, 밀가루, 배추 반 포기와 그 옆에 놓아둔 동전 몇십 닢뿐이었다. 이는 우리 두 사람의 생활필수품의 전부였다. 그녀는 지금 이것을 내게 정중히 남겨 놓고 갔다. 이것으로 얼마간 생활을 유지하라는 것이었다.

나는 주위의 모든 것에게 배척당한 것 같은 느낌이 들어 마당 한복판으로 뛰어나갔다. 어둠이 나를 에워쌌다. 안채의 창문에는 등불이 밝게 비쳤다. 주인집 부부가 아이와 놀고 있었다. 내 마음은 적이 가라앉았고, 침통한 심정에서 벗어날 길이 희미하게나마 떠올랐다. 높은 산과 큰 호수, 부두, 휘황한 전등불 아래의 연회석, 참호, 칠흑 같은 깊은 밤, 내리치는 시퍼런 칼날, 소리 나지 않는 발걸음……. 마음이 다소 가벼워지고 시원해졌다. 그러나 여비를 생각하니 한숨이 나왔다.

자리에 누워 눈을 감고 있자니 앞날에 대한 환상이 갈마들었다. 그러나 그 환상의 실마리는 밤이 깊어지기도 전에 끊어지고 대신 어둠 속에서 갑자기 밥상이 나타나는 것 같더니 이어 쯔쥔의 싯누런 얼굴이 떠올랐다. 그녀는 순진한 눈으로 애원하는 듯 나를 바라보았다. 정신을 바싹 차리니 아무것도 보이지 않았다.

내 마음은 다시 무거워졌다. 왜 며칠 더 참지 못하고 그렇게 조급하

게 진심을 고백했는가? 지금 그녀는 자기에게는 오직 아버지—아들딸에게는 마치 채권주와 같다—의 추상같은 존엄과 남들의 냉혹한 멸시만 남아 있을 뿐이라고 느낄 것이다. 그 밖에 그녀에게 남은 것은 공허뿐이다. 공허의 무거운 짐을 짊어지고 추상같은 존엄과 냉혹한 멸시 속에서 인생의 험로를 허덕허덕 걸어가야 하니, 얼마나 무서운 일인가! 하물며 그 험로의 마지막에는 비석조차 없는 무덤이 기다리고 있음에랴.

나는 쯔쥔에게 진심을 고백하지 말아야 했다. 우리는 사랑하는 사이였으므로 언제나 거짓말을 해야 했다. 만일 진실이라는 것이 과연 고귀한 것이라면 그것이 쯔쥔에게는 침통한 공허가 되지 않아야 할 게 아닌가. 거짓말이란 공허한 것이기는 하나 이렇게 침통하게 무거운 것은 아닐 것이다.

나는 쯔쥔에게 내 진심을 고백하기만 하면 그녀는 우리가 동거할 때처럼 조금도 주저함이 없이 과감하게 나아가리라 생각했다. 그러나 그건 잘못된 생각이었다. 지난날 그녀가 용감하고 대담했던 것은 사랑의 힘 때문이었다. 허위의 무거운 짐을 짊어질 용기가 없었던 나는, 그것을 쯔쥔에게 넘겨주고 말았다. 쯔쥔은 나를 사랑한 뒤로 이 무거운 짐을 짊어지고 추상같은 존엄과 냉혹한 멸시 속에서 인생의 험로를 허덕허덕 걸어가지 않으면 안 되었다.

　　나는 또 쯔쥔의 죽음을 상상했다. 나는 자신을 비겁한 자라고 느꼈다. 내가 진실한 자이건 위선적인 자이건 나는 의지가 굳센 자들에게 배척을 당하게 될 것이다. 그러나 쯔쥔은 처음부터 끝까지 내가 좀더 오랫동안 생활을 유지하기를 바라지 않았는가.

　　나는 지자오후퉁을 떠나야겠다고 생각했다. 이곳은 너무나 공허하고 쓸쓸하다. 이곳을 떠나기만 한다면 쯔쥔은 언제나 내 곁에 있는 거나 다름없을 것이다. 그녀가 시내에 있기만 하면 예전 회관에 있을 때처럼 어느 때고 뜻밖에 나를 찾아올 것이다.

　　이곳저곳 부탁하고 편지를 쓴 일은 소식이 감감했다. 나는 할 수 없이 오랫동안 발길을 끊은 어른 한 분을 찾아갔다. 그분은 내 큰아버지의 어릴 적 동창으로, 정직하고 학문이 높으며 베이징에 오래 살아 교제도 매우 넓다. 아마 내 옷이 초라해서인지 대문에 들어서자 문지기가 눈을 부라렸다. 겨우 주인을 만났는데, 그는 나를 알기는 하지만 차갑게 대했다. 그는 우리의 지난날에 대해 죄다 알고 있었다.

　　"아무튼 자네는 이곳에 그대로 있을 수 없네."

그는 일자리를 구해 달라는 내 말을 듣고는 차갑게 말했다.

"그러나 어디로 가야 할지 정말 딱한 일이로군. 참, 거 누군가? 자네 여자 친구 말일세. 쯔쥔 말이야. 자네도 알지. 그 사람이 죽었네."

나는 너무나 놀라 말문이 막혔다.

"정말입니까?"

나는 얼결에 물었다.

"허허. 정말이고말고. 우리 집에서 일하는 왕승이 그 사람과 한 마을 사람일세."

"그런데 왜 죽었습니까?"

"그걸 누가 알겠나. 죽었다는 말만 들었으니."

나는 그분과 어떻게 작별하고 집으로 돌아왔는지 전혀 기억이 나지 않는다. 나는 그분이 거짓말을 하지 않는다는 것을 잘 안다. 쯔쥔은 다시는 나를 찾아올 수 없게 되었다. 그녀는 추상같은 존엄과 차디찬 멸시 속에서 공허의 무거운 짐을 두 어깨에 짊어지고 인생의 험로를 걸으려고 했겠지만 그나마도 지금은 불가능하게 되었다. 그녀의 운명은 내가 준 진실에 의해 결정되었다. 사랑을 잃은 인간은 죽고 말았다.

아무튼 나는 더는 여기에 있을 수 없었다. 그러나 '어디로 가야 할 것인가?' 사방은 끝없는 공허와 죽음과도 같은 적막 속에 잠겨 버렸다. 사랑을 잃고 죽은 사람들의 눈앞을 가리던 그 어둠이 내 눈에 보이는 듯했으며, 고민과 절망 속에서 부딪치고 울부짖는 비명이 귓전에 들리는 듯했다.

그럼에도 나는 어떤 새롭고 뜻밖의 것을 기다렸지만 날마다 변함없

이별
그녀는 죽었다. 그러나 회한과 슬픔만 있는 것은 아니다. "나는 잊어야 한다. 나 자신을 위해서 쯔쥔을 장송하는 것마저도 다시 생각해서는 안 된다. 나는 새로운 삶의 길을 향해 첫걸음을 내디뎌야 한다. 마음의 상처 속 깊이 진실을 감추고 묵묵히 전진해야 한다. 망각과 거짓말을 길잡이로 삼고서"라는 말에서 보듯이 사랑의 비극을 이기고 새로운 길을 가려는 결의가 엿보인다.(케테 콜비츠 작, 〈이별〉)

이 찾아오는 건 죽음 같은 적막뿐이었다. 나는 전처럼 바깥출입도 자주 하지 않고 드넓은 공허 속에 파묻혔다. 이 죽은 듯한 적막은 때로는 전율하다가도 때로는 없어졌는데, 이러한 가운데 어떤 뜻밖의 것이 어른거렸다.

침울한 어느 날 오전이었다. 해는 구름 속에 자취를 감추고 공기는 흐리터분했다. 가벼운 발걸음소리와 쉭쉭거리는 콧김 소리에 나는 눈을 번쩍 떴다. 사방을 둘러보았으나 방 안은 여전히 휑뎅그렁했다. 그런데 봉당을 내려다보니 빼빼 여위고 흙투성이가 된 거의 죽어 가는 작은 짐승 한 마리가 어리둥절하게 서 있었다.

그 짐승을 눈여겨보던 내 심장은 고동을 멈추었다가 이어 세차게 뛰기 시작했다. 그것은 아쑤이였다. 아쑤이가 다시 돌아온 것이다.

내가 지자오후퉁을 떠난 건 집주인 내외와 보모의 멸시하는 시선을 피하기 위해서만은 아니었다. 아쑤이 때문이었다. 그런데 어디로 가야 할 것인가? 두말할 것도 없이 새로운 살길은 많다. 나는 그것을 대강 알고 있었다. 때로는 내 눈앞에 있기라도 하듯 희미하게 보이기까지 했다. 하지만 어떻게 해야 첫발자국을 내디딜 수 있는지 몰랐다.

여러 번 생각하고 비교해 보았으나 나를 받아 줄 곳은 그래도 회관뿐이었다. 예나 다름없이 허물어져 가는 방, 나무 침대, 시들어 가는 홰나무와 등나무 넝쿨이 나를 기다렸다. 그러나 지난날 내게 희망과 기쁨과 사랑을 주고 살길을 열어 주었던 것은 가뭇없이 사라지고 공허만, 내가 진실과 바꾸어 온 공허만 남아 있었다.

새로운 살길은 많았다. 나는 그 길로 들어서야 했다. 나는 아직도 살

아 있으므로. 하지만 나는 첫걸음을 어떻게 내디뎌야 할지 몰랐다. 때로는 그 길이 잿빛 뱀처럼 꿈틀거리며 나를 향해 다가오는 듯했다. 나는 기다리고 기다렸다. 그러나 그것은 가까이 오는 것 같더니 별안간 어둠 속으로 자취를 감추고 말았다.

이른 봄의 밤은 길기도 했다. 오랫동안 우두커니 앉아 있노라니 오전에 거리에서 본 장례식 행렬이 떠올랐다. 앞에서는 종이로 만든 인형과 말을 들고 걸었고, 뒤에서는 노래라도 부르는 것처럼 곡을 하며 따라갔다. 나는 이제야 그들이 총명하다는 것을 알았다. 그것은 얼마나 경쾌하고도 간단한가!

이윽고 내 눈앞에는 쯔쥔의 장례식 행렬이 떠올랐다. 홀로 공허의 무거운 짐을 짊어지고 회색빛 긴 길을 지나갔다. 하지만 이내 주위의 추상같은 존엄과 차디찬 멸시 속에 사라지고 말았다.

나는 정말 귀신과 지옥이 있기를 바랐다. 만일 그것이 있다면 지옥에서 세찬 바람이 모질게 휘몰아쳐도 나는 그 속을 뚫고 들어가 쯔쥔을 찾아 내 뉘우침과 슬픔을 고백하고 용서를 빌고 싶었다. 그렇게 하지 않으면 지옥의 시뻘건 불길이 나를 휩싸 내 뉘우침과 슬픔을 깡그리 태워 버릴 것이다. 나는 지옥의 세찬 바람과 시뻘건 불길 속에서 쯔쥔을 포옹하고 그녀에게 용서를 빌리라. 그렇게 하면 그녀가 기뻐할지도 모른다.

그러나 이것은 새로운 살길을 찾는 것보다 더 공허하다. 눈앞에는 오직 이른 봄의 지루한 밤만 있을 뿐이다. 나는 살아 있다. 그러므로 나는 새로운 살길을 찾아 첫걸음을 내딛지 않으면 안 된다. 그 첫걸음이란 쯔쥔과 나 자신을 위해 내 뉘우침과 슬픔을 써보는 것에 지나지 않는다.

나는 노래 곡조와 비슷한 울음소리와 함께 쯔쥔을 영원한 망각 속에 장례하려 한다. 나는 잊으려 한다. 나는 나 자신을 위해, 그리고 다시는 쯔쥔을 기억하지 않기 위해 영원한 망각 속에 그녀를 장례하려 한다. 나는 새로운 생활을 향해 첫걸음을 내디디려 한다. 나는 상처 입은 내 마음속에 진실을 깊이 간직하고 묵묵히 나아가려 한다. 망각과 거짓말을 나의 길잡이로 삼으면서.

1925. 10. 21.

새로 엮은 옛이야기

- 물을 다스리다
- 검을 버리다

여덟 개의 단편을 담은 이 작품집은, 모두 신화와 전설, 고대사에서 소재를 취하여 현실의 문제를 투영한 것으로, 루쉰의 해박함을 엿볼 수 있다. 그는 임시정부의 교육부 직원으로 베이징에 있을 때 고소설 집성에 힘을 기울여 《고소설구침 古小說鉤沈》, 《당송전기집唐宋傳奇集》 등을 펴냈는데, 여기에서 얻은 해박한 지식은 《새로 엮은 옛이야기》에 그대로 나타난다. 루쉰은 미래가 아닌 과거로 눈을 돌려 중국 고대 민중과 지도자가 가졌던 뛰어난 의지와 창조력을 보여 줌으로써 견결한 혁명 정신을 옹호했다.

물을 다스리다

1

그때는 "호호탕탕한 홍수에 산이 휩싸였고 언덕이 잠겼다." 순임금의 백성들은 모두 물 위에 드러난 산꼭대기에만 모여 있던 것이 아니라, 나무에도 매달렸고 뗏목을 타기도 했다. 어떤 뗏목 위에는 널로 막까지 지어 놓았는데, 기슭에서 바라보면 시흥詩興이 절로 일 것 같았다.

　먼 곳의 소식은 뗏목을 통해 전해져 왔다. 사람들은 곤鯀 대인大人이 구 년에 걸쳐 치수 사업을 벌였으나 아무런 성과도 거두지 못하자 임금의 노여움을 사 우산羽山으로 유배되었으며, 그의 후임으로 그의 아들, 아명兒名이 아우阿禹인 문명文命 도련님이 된 것 같다는 것을 마침내 알게 되었다.

재해가 오래 계속되자 대학은 벌써 해산했고 유치원마저 열 수 없게 되어 백성들은 어찌할 바를 몰랐다. 그러나 문화산에는 많은 학자들이 모여 있었는데, 그들의 식량은 기굉국奇肱國에서 비거飛車로 실어 왔다. 그러므로 식량이 모자랄까 봐 염려할 필요 없이 학문을 연구할 수 있었다. 그런데 그들 대다수는 우禹를 반대했고, 심지어 세상에 우라는 자가 있다는 것 자체를 믿지 않으려 하는 이도 있었다.

매달 한 번씩 예외 없이 하늘에서는 쏴 하는 소리가 났고, 소리가 커짐에 따라 비거도 똑똑히 보였다. 비거 위에는 깃발이 하나 꽂혀 있었는데, 거기에는 연하게 빛나는 노란색 원이 그려져 있었다. 비거는 땅에서 다섯 자 가량 떨어진 공중에 멈춰 서더니 광주리 몇 개를 내려뜨렸다. 사람들은 그 속에 무엇이 들어 있는지 알지 못했다. 다만 아래위로 주고받는 말만 들렸다.

"굿 모닝!"

"하우 두 유 두!"

"쏼라쏼라."

"오케이!"

비거가 기굉국으로 날아가자 하늘도 조용해졌다. 학자들도 잠잠해졌는데, 모두 밥을 먹기 때문이었다. 오직 산허리를 감도는 물결만 쉴 새 없이 바위에 부딪혀 철썩철썩 소리를 냈다. 낮잠을 잔 뒤 정신이 나면 학술 토론 소리가 파도 소리보다 더 높이 들렸다.

"우가 와서 치수를 한다면 성공하지 못할 게 뻔하오. 만일 그가 곤의 아들이라면 말이오."

지팡이를 든 한 학자가 말했다.

우임금

이 작품은 하夏나라를 세운 우임금의 치수 신화에 현재의 사실을 겹쳐 재해석한 독특한 소설로, 〈검을 벼리다〉
와 함께 《새로 엮은 옛이야기》에 실렸다. 우의 아버지 곤은 구 년 동안이나 치수 사업을 했지만 아무 성과가
없었다. 요임금은 마침내 그를 산속에 가둔 뒤 죽였는데, 삼 년이 지나도록 시체가 썩지 않았다. 이를 괴이히
여겨 주검을 가르자 뱃속에서 우가 나왔다고 한다.

우는 순임금의 명을 받아 아버지의 치수 사업을 이어받았다. 그는 십삼 년 동안이나 각지를 돌며 치수 활동을
벌였는데, 자기 집 앞을 지나면서도 그냥 지나쳤다. 너무 공력을 들인 탓에 그의 허벅지 살은 쭉 빠졌고, 등은
낙타처럼 굽었으며, 다리는 절룩거렸다. 순임금은 그의 공로를 인정하여 그를 후계자로 정했다. 천자에 오른
우는 하나라를 세우고 하후夏后라 칭했다.

"나는 일찍이 많은 왕공대신들과 부호들의 족보를 수집하여 깊이 연구했는데, 부자의 자손은 모두 부자이고 악인의 자손은 모두 악인이라는 결론을 얻었소. 이것이 바로 '유전'이라는 것이오. 그러므로 곤이 성공하지 못했으므로 아들인 우도 분명 성공하지 못할 것이오. 어리석은 자가 총명한 자를 낳을 수 없는 법이니 말이오!"

"오케이!"

지팡이를 짚지 않은 학자가 말했다.

"하지만 우리의 태상황太上皇을 생각해 봐야 하오."

지팡이를 짚지 않은 다른 학자가 말했다.

"그는 전에는 좀 '우매'했으나 지금은 좋아졌소. 만약 어리석은 사람이라면 영원히 좋아질 수 없을 것이오."

"오케이!"

"이, 이, 이 모두 모두 쓸데없는 말이오."

또 다른 학자가 떠듬떠듬 말하고는 콧등이 새빨개졌다.

"당신들은 요설에 속은 거요. 기실 우라는 사람은 없소. '우'란 벌레인데 버, 벌레가 치수를 할 줄 아오? 내 보기에는 곤도 존재하지 않소. '곤'이란 고기인데 고, 고기가 치, 치, 치수를 할 줄 아오?"

그는 여기까지 말한 뒤 잔뜩 힘을 주어 두 발을 굴렀다.

"그래도 곤은 확실히 존재하오. 칠 년 전에 그가 곤륜산 기슭에 매화 구경 가는 걸 내 눈으로 직접 봤소."

"그럼 그의 이름이 잘못된 것이오. 그는 아마 '곤'이라고 하지 않고 응당 '인人'이라고 불러야 할 것이오. 그런데 우만은 분명 벌레요. 나는 그가 실제 존재하지 않는다는 것을 증명할 많은 증거를 가지고 있소.

모두 와서 평해 보시오."

그는 벌떡 일어나더니 칼을 꺼내어 다섯 그루의 큰 소나무 껍질을 깎아 버리고, 먹다 남은 빵 부스러기를 물에 이겨 풀을 만들고 거기에 숯가루를 섞은 뒤, 아주 작은 과두문자로 소나무에다 우를 말살하는 고증을 썼는데, 꼬박 이십칠 일이나 걸렸다. 그런데 구경하고 싶은 사람은 새로 돋은 느릅나무 잎 열 장을 내야 했고, 뗏목 위에 있는 사람은 대신 신선한 물이끼를 조개껍질에 한가득 담아 와야 했다.

어쨌든 어디나 온통 물 천지이다 보니 사냥도 할 수 없고 농사도 지을 수 없었으므로 살아남은 사람들은 시간이 남아돌았고, 구경하러 오는 이도 적지 않았다. 소나무 밑에 사람들이 사흘 동안이나 몰려 있었는데, 도처에서 탄식 소리도 들렸다. 나흘째 되는 날 정오에 한 시골 사람이 드디어 말을 꺼냈다. 그때 그 학자는 볶은 국수를 먹고 있었다.

"사람들 속에 아우라는 사람이 있소."

시골 사람이 말을 계속했다.

"그런데 '우'란 벌레가 아니고 그저 우리 촌사람들이 쓰는 약자지요. 나리들은 모두 '우'라고 쓰는데, 그건 원숭이지요."

"원숭이라고 부르는 사, 사람이 어디 있단 말이오?"

학자가 펄쩍 뛰었다. 그는 채 씹지도 않은 국수를 꿀꺽 삼켰고, 콧등이 빨갛다 못해 보랏빛으로 변하자 크게 소리를 질렀다.

"있고말고요. 개나 고양이라고 부르는 사람도 있는데."

"조두鳥頭 선생, 그와 논쟁할 것 없소."

지팡이를 짚은 학자가 빵을 먹다 말고 중간에 나서서 말했다.

"시골 사람은 모두 어리석지요. 족보를 가지고 오시오."

그는 시골 사람에게 돌아서서 큰소리로 말했다.

"나는 당신 조상이 모두 어리석은 자였다는 것을 꼭 밝힐 것이오."

"나는 여태 족보라는 걸 가져 본 일이 없소."

"쳇! 내 연구를 꼼꼼히 하지 못하게 하는 것은 다 너희 같은 놈들이야!"

"그러나 이, 이, 이것은 족보가 필요치 않소. 내 학설은 틀릴 리가 없소."

조두 선생은 더욱 분개하여 말을 계속했다.

"전에 많은 학자들이 내게 편지를 보내 내 학설을 지지했소. 그 편지가 모두 여기 간수되어 있소."

"아니, 아니오! 그것은 응당 족보를 캐봐야 하오."

"그러나 나는 족보가 없소."

그 '어리석은 사람'이 말했다.

"또 지금 같은 이런 난리판에 교통까지 불편한데 당신의 친구들이 지지 편지를 보낼 때까지 기다려 그것을 증거로 삼자면 정말 소라 껍데기 속에 법석法席을 차리는 것보다 더 어려운 일입니다. 증거는 바로 눈앞에 있소. 당신이 조두 선생이라 하는데, 그럼 정말 새 대가리이고 사람이 아닌가요?"

"어!"

조두 선생은 화가 나서 귀밑까지 보라색으로 변했다.

"당신이 나를 이렇게까지 모욕하다니! 뭐, 내가 사람이 아니라고! 고요皐陶 대인께 가서 법으로 해결하겠소! 만일 내가 정말로 사람이

● 고요
중국 고대의 전설상의 인물로, 순임금의 신하였다. 법을 세우고 형벌을 제정했다고 한다.

아니라면 사형을 받아도 좋소. 참수당하겠단 말이오. 여보, 알아들었소? 그렇지 않으면 당신이 응당 벌을 받아야 하오. 기다리시오. 내가 국수를 다 먹을 때까지 꼼짝 말고."

"선생님."

시골 사람은 목석처럼 차분히 대답했다.

"선생님은 학자이시니 이미 한낮이 되었고 다른 사람도 배가 고프다는 걸 아시겠지요. 유감스럽게 어리석은 사람의 배도 총명한 사람의 배와 마찬가지로 고프단 말입니다. 대단히 미안하오만 난 청태靑苔를 건지러 가야겠습니다. 선생님이 고소장을 올리면 나도 출두하지요."

그는 뗏목 위에 뛰어올라 망태기를 들고 수초를 뜨며 멀리 가버렸고, 구경꾼들도 차차 흩어졌다. 조두 선생은 귓불과 콧등을 붉힌 채 다시 볶은 국수를 먹었고, 지팡이를 짚은 학자는 머리를 흔들었다. 그러나 '우'가 벌레인지 사람인지는 여전히 큰 의문으로 남았다.

2

우는 정말 벌레인 것 같기도 했다. 반년 남짓 동안 기꾕국의 비거가 이미 여덟 번이나 왔다 갔고, 소나무에 쓰여 있는 글을 읽는 뗏목 주민들은 열의 아홉은 각기병에 걸렸으며, 치수를 한다는 새 관리의 소식은 없었다. 그런데 열 번째 비거가 다녀간 뒤 비로소 우라는 사람이 확실히 있는데 그가 바로 곤의 아들이며, 또 수리대신으로 임명되었고, 삼년 전에 이미 기주를 떠났으니 곧 도착할 것이라는 소문이 들렸다. 사람들은 약간 흥분했지만 이내 냉정을 찾았다. 이와 같은 믿을 수 없는 소문은 누구나 다 귀에 못이 박힐 정도로 들었기 때문이다.

그러나 이번에는 퍽 믿을 만했다. 십여 일이 지난 뒤 거의 모든 사람이 확실히 대신이 곧 도착할 것이라고 했다. 그것은 어떤 사람이 부초를 건지러 나갔다가 직접 제 눈으로 관선官船을 보았기 때문이다. 그는 또 머리에 시퍼렇게 부어오른 혹을 가리키며 관선을 미처 피하지 못해 관병官兵의 돌팔매에 맞았다고 했다. 이것이 바로 대신이 곧 도착한다는 증거였다.

이때부터 이 사람은 이름이 나서 아주 바빠졌다. 사람들이 앞을 다투어 그의 머리에 난 혹을 보러 몰려들었고, 그 바람에 뗏목이 물에 가라앉을 뻔했다. 그 뒤 학자들이 그를 불러다가 세밀히 연구한 결과 그의 혹이 정말 얻어맞아서 생긴 것임을 확인했다. 그리하여 조두 선생도 다시는 자기주장을 고집할 수 없어 고증학을 남에게 양보하고, 그 자신은 민간의 노래를 수집하러 가는 수밖에 없었다.

쪽배들이 떼를 지어 온 것은 머리에 혹이 생긴 지 약 이십 일 뒤였다. 배마다 이십 명의 관병들이 노를 저었고, 서른 명의 관병들이 창을 들고 있었으며, 앞뒤에는 모두 깃발이 꽂혀 있었다. 산꼭대기에 닿자 이미 신사들과 학자들이 언덕에 열을 지어 환영했다.

이윽고 제일 큰 배에서 중년의 뚱뚱한 대관 두 명이 나타났다. 그들은 호피를 입은 이십여 명의 무사들의 옹위를 받으며 마중 나온 사람들과 함께 높은 봉우리에 있는 돌집으로 들어갔다. 사람들은 수륙 양면으로 이것저것 자세히 알아본 결과 이 두 사람은 다만 시찰 나온 전문 요원일 뿐 우가 아니라는 것을 알았다. 대관은 돌집 한가운데 앉아서 빵을 먹은 뒤 곧 시찰을 시작했다.

"재해의 정도가 그다지 심하지 않고, 식량도 그럭저럭 이어갈 만합니다."

학자들의 대표인 묘족苗族 언어학 전문가가 말했다.

"빵은 매달 하늘에서 떨어지고 생선도 모자라지 않습니다. 흙냄새가 좀 나지만 아주 살이 쪘습니다. 나리, 아래 백성들에 관해 말하자면 그들에게는 느릅나무 잎과 김이 많습니다. 그들은 '종일 배불리 먹기만 할 뿐 머리 쓸 일이 없습니다.' 즉 속 태울 일이 없단 말입니다. 본디 그것만 먹어도 족하지요. 우리도 맛을 보았는데 괜찮습니다. 제법 별미죠."

"게다가……."

《신농본초神農本草》를 연구하는 다른 한 학자가 끼어들었다.

"느릅나무 잎에는 비타민 W가 포함되어 있고 김에는 요오드가 있어 연주창을 고칠 수 있으니, 두 가지가 다 위생에 알맞지요."

"오케이!"

또 다른 한 학자가 말했다. 대관들이 그를 흘겨보았다.

"음료수는……."

《신농본초》 학자가 말을 계속했다.

"필요한 만큼 얼마든지 있습니다. 만 대代를 마셔도 다 못 마실 겁니다. 아쉬운 것은 황토가 좀 섞여 있어서 먹기 전에 증류해야 한다는 것입니다. 그래서 소인이 여러 번 지도한 일이 있지요. 그러나 모지락스럽고 미욱한 자들이라 절대로 시키는 대로 하지 않는 까닭에 헤아릴 수 없는 병자가 나오고 말았습니다."

"홍수도 그들 때문에 생긴 겁니다."

수염을 다섯 가닥으로 기르고 짙은 갈색 두루마기를 입은 신사가 또 끼어들었다.

"홍수가 나지 않았을 때는 게을러서 막지 않았고, 홍수가 났을 때도 게을러 물을 퍼내려 하지 않았지요."

"이것을 가리켜 성령性靈을 상실했다고 하는 것입니다."

뒷줄에 앉아 있던 팔자수염의 복희 시대 소품 문학가가 웃으며 말했다.

"저는 일찍이 파미르 고원에 놀러 갔습니다. 하늘 높이 부는 바람은 호연하고 매화가 만발했는데, 흰 구름이 날고 금값이 오르며 쥐는 잠들었습니다. 보아하니 한 소년이 입에 담배를 물고 있었는데, 얼굴에는 치우蚩尤의 안개를 피우더라……. 하하하! 하는 수 없소."

"오케이!"

이렇게 반나절이나 이야기했다. 대관들은 아주 주의 깊게 들은 뒤 끝으로 그들에게 공동으로 보고문을 작성하게 했다. 아울러 조목조목 선후책까지 진술하는 것이 좋겠다고 했다. 그러고는 배로 내려갔다.

● 치우
중국 고대의 전설적인 인물로, 신농씨 때 난리를 일으켜 황제와 싸웠다. 그는 짙은 안개를 일으켜 황제를 괴롭혔는데, 결국 수레를 만들어 방위를 알게 된 황제에게 패하여 죽고 말았다. 후세에는 제나라의 군신軍神으로 숭배되었다. 이 그림은 황제와 치우의 싸움을 묘사한 것이다.

이튿날에는 여로에 지쳐 일도 보지 않고 손님도 만나지 않았다. 셋째 날에는 학자들이 그들을 산꼭대기로 초대하여 청청하게 우거진 노송나무를 감상하고 오후에는 산 뒤로 가서 드렁허리를 낚으며 해질 때까지 놀았다. 넷째 날에는 시찰하느라 피로하다며 일도 보지 않고 손님도 만나지 않았다. 다섯째 날 오후에는 하민의 대표를 접견한다고 했다.

아래 백성들은 나흘 전부터 대표를 뽑으려 했으나 그동안 관리를 만나 본 일이 없다며 아무도 가려 하지 않았다. 대다수 사람들은 머리에 혹이 난 사람이 관리를 만나 본 일이 있다고 생각하여 그를 내세우기로 결정했다. 그런데 이미 가라앉은 혹이 별안간 바늘에 찔리는 듯이 아파 왔다. 그는 울면서 대표가 될 바에는 차라리 죽는 것이 낫다며 듣지 않았다. 사람들은 그를 둘러싸고 연일 질책했다. 대중의 이익을 돌보지 않는 것은 이기적인 개인주의로, 중화中華에서 용납될 수 없다고 했다. 좀 과격한 사람은 주먹을 불끈 쥐고 그의 코앞에 들이밀면서 이번 수재를 책임지라고 했다. 그는 목이 마르고 졸려서 죽을 지경이었으므로 뗏목 위에서 핍박받다 죽느니 차라리 모험하여 대중의 이익을 위해 희생하는 것이 낫겠다고 생각했다. 그는 마음을 크게 먹고 넷째 날 마침내 가겠다고 응낙했다. 사람들은 모두 그를 칭찬했다. 그러나 몇몇 용사들은 오히려 그를 질투했다.

다섯째 날 아침, 사람들은 일찌감치 그를 끌고 나와 언덕 위에 세워 놓고 부름을 기다렸다. 드디어 대관들이 불렀다. 그는 두 다리가 부들부들 떨렸으나 곧 크게 결심했다. 이어 하품을 두 번 했고 눈언저리가 부은 채 발이 땅에 닿지 않고 공중에 뜬 것 같은 느낌으로 관선으로 올라갔다.

　이상하게도 창을 든 관병이며 호피를 입은 무사들이 그를 때리지도 욕하지도 않고 곧장 선실까지 들여보냈다. 선실에는 곰가죽과 표범가죽이 깔려 있었고, 활과 화살이 걸려 있었으며, 수많은 병과 통이 널려 있어 그를 어리둥절하게 했다. 정신을 차리고 보니 위쪽, 즉 자기 맞은 편에 피둥피둥한 관원 두 명이 앉아 있었다. 그러나 어떻게 생겼는지 감히 똑똑히 볼 수가 없었다.

　"네가 백성의 대표인가?"

　대관 중의 한 사람이 물었다.

　"그들이 저를 보냈습니다."

　그는 선창에 깔린 표범가죽의 쑥잎 같은 무늬를 내려다보며 대답했다.

　"너희는 어떠하냐?"

　"……."

　그는 무슨 말인지 몰라 대답하지 못했다.

　"너희는 잘 지내느냐?"

　"대인의 크신 은혜로 잘……."

　그는 다시 생각한 뒤 낮게 말했다.

　"그럭저럭…… 되는 대로……."

　"먹는 것은?"

　"있습니다. 나뭇잎이랑 물이끼랑……."

　"모두 먹을 만한가?"

　"먹을 수 있습니다. 우리는 습관이 되어 아무거나 먹을 수 있습니다. 다만 망할 놈의 어린 새끼들이 좀 불평해서. 그래서 인심이 고약해지고 있는데, 망할 자식들, 저희가 그놈들을 족칠 것입니다."

대인들이 왁자하게 웃었다. 한 사람이 다른 사람을 보고 말했다.

"이 작자, 그래도 솔직하군."

그자는 칭찬을 받자 아주 기뻐했고 담도 커져서 거침없이 말했다.

"우리는 언제나 방법을 생각해 냅니다. 예컨대 물이끼로는 미끈미끈한 비취탕翡翠湯을 만드는 것이 제일 좋고, 느릅나무 잎으로는 일품당조갱一品當朝羹을 끓입니다. 나무껍질을 벗길 때는 말끔히 벗기지 말고 한쪽 면을 남겨 두어야 합니다. 그래야만 이듬해 봄에 나뭇가지 끝에 잎이 다시 돋아 수확할 수 있습니다. 만약 대인의 은혜로 드렁허리나 낚을 수 있다면⋯⋯."

그러나 대인들은 듣고 싶어 하지 않는 것 같았다. 한 사람이 연거푸 선하품을 하더니 그자의 연설을 가로막으며 말했다.

"너희도 공동으로 보고서를 작성해서 가져오너라. 선후책까지 조목조목 짚어 첨부하면 가장 좋다."

"그런데 우리는 아무도 쓸 줄 모릅니다."

그가 서슴거리며 말했다.

"너희는 글을 모르느냐? 이것이야말로 정말 발전하려고 노력하지 않는 것이야. 할 수 없지. 너희가 먹는 것을 한 가지씩 가져오너라!"

그는 두려움 반 기쁨 반으로 물러나와 혹이 났던 자리를 만져 본 뒤, 대인의 분부를 전하기 위해 언덕과 나무 위와 뗏목 위에 있는 백성들에게 큰소리로 당부했다.

"이건 위에 올리는 것이오. 깨끗하고 알뜰하고 보기 좋게 만들어야 하오."

　모든 백성들이 일제히 서둘렀다. 나뭇잎을 씻고 나무껍질을 벗기고 청태를 건진다며 야단법석을 떨었다. 그자는 널빤지를 잘라 진상할 상자를 만들었다. 널빤지 두 장은 유난히 반질반질하게 해서 그날 밤 산꼭대기로 달려가 학자에게 글을 써달라고 부탁했다. 한 장은 뚜껑으로 쓸 것인데 '수산복해壽山福海'라 써달라고 했고, 다른 한 장은 자기의 뗏목 위에 편액으로 달아 자랑하려는 것으로 '노실당老實堂'이라 써달라고 했다. 그러나 학자는 '수산복해' 하나만 써주었다.

3

　두 대관이 서울로 돌아왔을 때 다른 시찰관들도 뒤이어 돌아왔다. 단지 우만 돌아오지 않았다. 그들은 집에서 며칠 쉬었다. 수리국水利局의 동료들이 그들을 위해 관청에서 주연을 크게 베풀었다. 추렴하는 돈은 복福·녹祿·수壽 세 가지로 나누었는데, 최소한 오십 매의 조개껍데기를 내야 했다.

　이날은 실로 사람과 말의 왕래가 잦아 황혼이 들기 전에 주객이 다 모였다. 정원에는 횃불이 켜졌고 솥 안의 쇠고기 냄새는 문 밖 위병들의 코끝에까지 미쳐 모두 침을 넘겼다. 술이 세 순배 돌자 대관들은 수향水鄕 연도의 풍경에 대해 이야기했다. 갈꽃이 눈 같고, 흙물이 황금 같고, 드렁허리는 기름지고, 청태는 미끈하다는 따위의 이야기가 나왔다.

술이 얼근해지자 모두 거두어 온 백성들의 음식을 내놓았다. 그것은 모두 정교한 나무 상자 속에 들어 있었고, 뚜껑에는 글씨가 쓰여 있었다. 어떤 것은 복희의 팔괘체이고, 어떤 것은 창힐倉詰의 귀곡체였다. 모두 글씨를 먼저 감상한 뒤 싸움이 날 정도로 쟁론한 끝에 '국태민안 國泰民安'이라고 쓴 것을 으뜸으로 꼽았다. 이는 글자가 소박하면서도 알아보기 어려워 상고 시대의 순후한 유풍을 잘 표현했을 뿐만 아니라 뜻도 아주 적절하여 임금의 명령으로 사관史館에 보낼 수 있는 것이기 때문이었다.

중국 특유의 예술을 평하고 나자 문화 문제는 그럭저럭 일단락된 것 같아 상자의 내용물을 보기로 했다. 모두 꼼꼼하게 빚은 떡의 정교한 모양을 칭찬했다. 그러나 술을 지나치게 마신 탓인지 의견이 분분했다. 어떤 사람은 송기떡을 한 입 먹어 보더니 그 향기를 극구 칭찬하며 내일부터 자신도 자리에서 물러나 이와 같은 복을 누리겠다고 했다. 잣나무 잎으로 만든 떡을 먹은 사람은 질감이 거칠고 맛이 써서 혀끝이 상했다고 했다. 그러고는 이렇게 하민들과 고난을 같이하려면 임금 노릇 하기도 힘들거니와 신하 노릇 하기도 쉽지 않다고 했다. 또 몇몇 사람은 달려들어 그들이 먹은 떡을 빼앗으려 했다. 얼마 뒤 이것을 다 전시할 터인데, 너무 많이 먹으면 외관상 좋지 않다는 것이었다.

수리국 밖에서도 한바탕 와자지껄했다. 얼굴이 거무튀튀하고 해진 옷을 입은, 기골이 장대한 걸객 같은 사람들이 교통 차단선을 뚫고 수리국 안으로 몰려들었다. 위병들이 큰소리를 지르며 번쩍이는 창을 서로 엇걸어 그들의 앞길을 막았다.

"뭐하는 거냐? 똑똑히 봐라!"

● 창힐
눈이 네 개 달린 중국 고대의 전설적인 제왕으로, 본래 황제의 말과 사실을 기록하는 사관이었다. 그는 새와 짐승의 발자국을 본떠 처음으로 문자를 만들었는데, 그때 하늘에서 비가 내리고 귀신이 울었다고 한다.

키가 크고 마르며 손발이 거친 남자가 선두에 서서 큰소리로 말했다. 위병들은 황혼 속에서 그를 찬찬히 보더니 공손히 차렷하고 창을 쳐들어 그들을 들여보냈다. 다만 헐레벌떡하며 뒤쫓아 온, 군청색 무명 두루마기를 입고 어린애를 안은 여자만을 가로막았다.

"왜 이러우? 당신들은 나를 모르오?"

그녀가 주먹으로 이마의 땀을 훔치며 의아하게 물었다.

"우 부인, 우리가 어찌 당신을 모르겠습니까?"

"그럼 왜 나를 들여보내지 않소?"

"우 부인, 지금 세월이 어수선하여 올해부터 풍속을 단정히 하고 인심을 바로잡으려고 합니다. 그래서 남녀유별을 두었습니다. 지금은 어느 관청에서도 여자를 들여보내지 않습니다. 여기뿐만 아니며, 부인만 그러는 것도 아닙니다. 이것은 상부의 명령입니다. 우리 탓이 아닙니다."

우 부인은 한참 잠자코 있더니 두 눈썹을 치켜올리고 돌아서면서 떠들었다.

"이 죽일 놈 같으니! 누굴 위해 그렇게 쏘다니는 거야! 제 집 문 앞을 지나면서도 들여다보지 않다니! 벼슬, 벼슬 하는데 무슨 뾰족한 수가 있나. 네 아비처럼 유배나 가서 물에 빠져 자라나 되거라! 이 양심도 없는 죽일 놈 같으니!"

그때 수리국 대청에서도 소동이 일어났다. 사람들은 한 무리의 사나이들이 뛰어드는 바람에 너도나도 피하려 했지만 번쩍이는 병기가 보이지 않자 그냥 버티고 서서 바라보았다. 뛰어든 사람들도 가까이 다가왔다. 선두에 선 사람은 얼굴이 비록 검고 여위었으나 그 기상으로 보아 그가 바로 우라는 것을 알 수 있었다. 나머지 사람들은 물론 그의 수행원이었다.

사람들은 놀라 술이 깼다. 모두 사락사락 옷자락 끄는 소리를 내며 얼른 아래로 물러섰다. 우는 자리에 이르자마자 그 위에 털썩 주저앉았는데, 위엄을 보이기 위함인지 학슬풍鶴膝風(무릎이 붓고 아프며 다리 살이 여위어 마치 학의 다리처럼 된 병)이 생겨서인지 무릎을 굽히지 않고 두 다리를 쭉 펴고 발바닥을 대관들을 향했다. 버선을 신지 않아 발바닥에는 온통 밤알 같은 굳은살이 박여 있었다. 수행원들은 그의 좌우로 나누어 앉았다.

"대인께서는 오늘 서울로 돌아오셨습니까?"

담이 큰 한 관원이 무릎걸음으로 앞으로 약간 나서며 공손히 물었다.

"모두 좀 가까이 와 앉게."

우는 그의 물음에는 대답하지 않고 여러 사람을 향해 말했다.

"조사는 어떻게 되었는가?

대관들은 서로 쳐다보면서 무릎걸음으로 나아가 마시다 만 술상 밑에 나란히 앉았다. 베어 먹은 송기떡과 다 발라먹은 소 뼈다귀가 눈에 띄었다. 몹시 불편했지만 감히 취사부를 불러 치우라고 할 수도 없었다.

"대인"

드디어 한 대관이 말했다.

"형편이 그다지 나쁘지는 않았습니다. 인상이 퍽 좋았습니다. 소나무 껍질과 수초의 생산이 적지 않고, 음료는 그야말로 풍부합니다. 백성들도 다 온순합니다. 그들은 그런 것에 습관이 들었습니다. 대인, 그들은 모두 고생을 잘 견디기로 이름이 났습니다."

"소인은 이미 의연금을 모을 계획을 짰습니다."

다른 대관이 말했다.

"진기한 음식 전람회를 열고 따로 여외女隗(외隗란 춘추시대 오랑캐 여자 이름에 쓰던 말이다. 여기에서도 오랑캐 여자란 뜻으로 쓰인 듯하나 확실하지 않다) 아가씨를 청해 패션 쇼를 할 예정입니다. 표만 팔고 전람회에서는 의연금을 거두지 않는다고 알리면 구경 오는 이들이 더 많을 수 있습니다."

"거 매우 좋군!"

우가 말하면서 그를 보고 허리를 굽혔다.

"그러나 제일 긴요한 건 속히 큰 뗏목을 보내 학자들을 고원으로 데려오는 일입니다."

셋째 대관이 말했다.

"또한 기굉국에 사람을 보내 우리가 문화를 소중히 여긴다는 것을 그들에게 알리고, 매달 구호품도 이리로 보내게 해야 합니다. 학자들의 보고서가 여기 있는데, 그 말이 아주 그럴듯합니다. 그들은 문화는 한 나라의 목숨이요, 학자는 문화의 영혼이며, 문화만 존재하면 중화도 존재할 것이요, 다른 모든 것은 그다음 일이라고 봅니다."

"그들은 중화의 인구가 너무 많다고 생각합니다."

첫째 대관이 말했다.

"좀 줄이는 것도 태평을 도모하는 길입니다. 게다가 그들은 우민愚民에 지나지 않아서 그 희로애락이 지혜로운 자들이 추측하는 것처럼 그렇게 정밀하지 못합니다. 사람을 알고 일을 논하려면 첫째로 주관에 의거해야 합니다. 예컨대 셰익스피어는……."

'제기랄, 되먹지 못한 소릴 지껄이는군!'

우는 속으로 이렇게 생각했다.

"내가 조사한 바에 의하면, 이전의 '막는' 방법이 잘못되었다는 것을 알았소. 앞으로는 응당 '흐르게 하는' 방법을 사용해야겠소. 여러분의 의견은 어떻소?"

좌중은 쥐 죽은 듯 조용했고 대관들의 얼굴도 사색이 되었다. 많은 사람들이 자기가 병이 나 내일은 병가를 내야 할지도 모른다고 생각했다.

"그것은 치우의 방법입니다!"

한 용감한 젊은 관원이 격분하여 나직하게 말했다.

"소인의 어리석은 생각으로는 대인께서 방금 하신 말씀을 거두어들이는 것이 좋을 것 같습니다."

백발이 성성한 한 대관이 장차 천하의 흥망은 자기 입에 달렸다고 생각하고는, 마음을 크게 먹고 목숨을 걸고 견결히 항의했다.

"메우는 것은 대인의 어른께서 정한 방법입니다. '삼 년 동안 아비의 도를 어기지 않으면 효자라 할 수 있도다'라고 했으니, 아직 대인의 어른께서 승천하신 지 삼 년이 되지 않았습니다."

우는 아무 말이 없었다.

"게다가 대인의 어른께서는 얼마나 심혈을 기울였습니까. 상제의 식양息壤(쉬지 않고 스스로 증식하는 천상의 흙)을 훔쳐 홍수를 막다가 비록 상제의 노여움을 사기는 했지만 홍수의 정도는 분명 약해졌습니다. 그러므로 종전처럼 치수하는 것이 옳은 것 같습니다."

다른 한 백발 대관이 말했다. 그는 우의 외삼촌의 양아들이었다. 우는 여전히 아무 말이 없었다.

"제가 보기에는 대인께서 '아버지의 잘못을 덮는 것'이 좋을 것입니다."

뚱뚱한 한 대관이 우가 아무 말도 없는 걸을 보고 그가 설복된 줄 알고 경박하게 목청을 높였다. 그러나 얼굴에는 진땀이 흘렀다.

"집안 법도에 따라 명예를 회복해야 합니다. 대인께서는 사람들이 대인의 어른에 대해 뭐라고 말하는지 아마 모르실 겁니다."

"한마디로 '메우기'는 이미 세상에서 정평이 난 훌륭한 방법입니다."

백발이 성성한 노관이 뚱보가 행여 말을 실수할까 봐 가로채서 말했다.

"다른 여러 가지 방법이란 이른바 '최신식'이란 것인데, 옛날 치우가 바로 이 때문에 실패한 것입니다."

우는 빙긋이 웃으며 말했다.

"난 알고 있소. 어떤 사람은 내 아버지가 노란 곰이 되었다고 하고, 또 어떤 사람은 내가 명예와 이익을 탐한다고 하오. 아무렇게나 말하

홍수를 다스리다

이 작품에서 우의 치수 신화는 낡고 허위적인 가치에 대한 새로운 가치의 승리로 이해할 수 있다. 우는 물이 범람하는데도 문화산 위에 모여 공리공담만 일삼는 고관과 학자들의 반대를 무릅쓰고 '흐르게 하기'라는 방법으로 홍수를 다스렸다. 루쉰은 옛이야기를 제재로 봉건 지배 계급의 허위성을 날카롭게 풍자하는 한편, 고대의 뛰어난 지도자가 가졌던 창조력을 보여 줌으로써 중화 민족의 잠재성을 확인시켰다.

라지. 나는 산천의 형세를 살피고 백성들의 의견을 들어 이미 실정을 다 파악했고 결정도 내렸소. 여하튼 '흐르게' 하지 않으면 안 되오. 여기 있는 동료들도 모두 나와 의견이 같소."

그는 손을 들어 좌우를 가리켰다. 백발의 관원, 반백의 관원, 흰 얼굴의 관원, 진땀을 흘리는 뚱뚱한 관원이 그의 손을 따라 바라보았다. 검고 여윈 거지 같은 것들이 마치 무쇠를 부어 만든 사람처럼 입을 다물고 웃지도 않고 까닥하지도 않은 채 앉아 있었다.

4

우 대인이 떠난 뒤 세월은 정말 빨리 흘렀다. 모르는 사이에 서울의 경황은 날로 번창해 갔다. 우선 부자들이 명주 두루마기를 입게 되었다. 과일 가게에서는 굴과 유자를 팔았고, 비단 상점에는 수놓은 비단이 내걸렸다. 부잣집의 술상에는 좋은 간장, 상어 지느러미 요리, 해삼 잡채가 올랐다. 이후 그들은 곰 가죽 요와 여우 가죽 저고리를 가졌고, 부인들은 금 귀걸이와 은팔찌를 가졌다.

대문 어귀에 서 있기만 하면 언제나 새로운 물건을 볼 수 있었다. 오늘은 수레 가득 참대화살을 싣고 지나가는가 하면, 내일은 송판이 지나가고, 어떤 때는 가산假山(정원 따위에 돌을 쌓아서 작게 만든 산)을 만드는 괴석을 메고 지나가는가 하면, 어떤 때는 횟감 생선을 들고 지나간다. 어떤 때는 한 자 두 치씩이나 되는 큰 자라들의 목을 움츠리게 하여 참대광주리에 담아 수레에 싣고 황성 쪽으로 갔다.

"엄마! 저것 좀 봐요. 큰 자라."

아이들은 보자마자 소리치면서 뛰어가 수레를 둘러쌌다.

"썩 물러가거라! 이것은 임금님의 보물이다! 조심해! 안 그러면 목이 달아난다!"

우 대인에 대한 소문도 진귀한 보물이 서울로 들어오면서 덩달아 많아졌다. 처마 밑이나 나무 그늘에서 사람들은 모두 그에 관해 얘기했다. 그중 그가 어떻게 노란 곰이 되어 입과 발로 흙을 파헤쳐 아홉 줄기의 강을 통하게 했는지, 그리고 어떻게 하늘의 군사들에게 도움을 받아 바람과 파도를 일으키는 요괴 무지기無支祁를 잡아 귀산 기슭에 가두었는지를 가장 많이 얘기했다. 황제인 순임금에 대해서는 아무도 얘기하지 않았다. 기껏해야 단주丹朱 태자가 무능하다는 얘기만 했을 뿐이었다.

우가 서울로 돌아온다는 소식이 전해진 지는 이미 퍽 오래되었다. 날마다 많은 사람들이 관문 앞에 서서 그의 의장대를 기다렸다. 그러나 그는 오지 않았다. 소문은 점점 더 무성해져 사실처럼 여겨졌다.

흐리지도 맑지도 않은 어느 날 오전, 마침내 그가 천만 백성들 사이를 헤치고 기주의 황성으로 들어섰다. 앞에는 의장대도 없었고 다만 한 무리의 거지 같은 수행원들뿐이었다. 맨 뒤에는 손발이 거칠고 기골이 장대한 사나이가 섰는데, 낯이 검고 수염이 누렇고 다리가 약간 휘었다. 그는 두 손에 새까맣고 끝이 뾰족한 큰 돌—순임금이 하사한 '현규玄圭'(규란 옥으로 만든 홀笏로서, 위는 뾰족하고 아래는 네모지다. 천자가 제후를 봉하거나 제사를 지낼 때 썼으며, 공로의 상징으로 사용되기도 했다)—을 들고 연신 "미안하지만 길을 좀 내주시오" 하며 인파를 헤치고 황궁으로 들어갔다. 백성들은 궁문

밖에서 환호하며 떠들었다. 그 소리는 마치 절수浙水의 파도 소리와도 같았다.

순임금은 용상에 앉아 있었다. 그는 이미 연로하여 피곤해하는 듯했고, 이번에는 또 적이 놀라는 것 같았다. 우가 들어오자 얼른 일어나 인사했다. 고요 선생이 먼저 몇 마디 인사말 한 다음 순임금이 말했다.

"그대도 좀 좋은 말을 들려주게."

"제게 무슨 할 말이 있겠습니까?"

우가 짤막하게 잘라 말했다.

"저는 매일 부지런할 것만 생각합니다!"

"무엇을 두고 부지런하다는 말이오?"

고요가 물었다.

"홍수가 천지를 뒤흔들어."

우가 말했다.

"산이 휩쓸리고, 언덕이 잠겼으며, 하민들은 모두 물속에 빠졌습니다. 저는 육로에서는 수레를 타고, 진창길에서는 썰매를 타고, 산길에서는 가마를 탔습니다. 산에서는 나무를 해 익益과 둘이서 사람들에게 밥과 고기를 먹게 했고, 밭의 물은 강으로 빼고 강물은 바다로 들어가게 하여 직稷과 둘이서 사람들에게 구하기 힘든 것을 먹게 했습니다. 물품이 모자라면 여유 있는 곳의 것을 돌려서 부족한 곳을 보충했고 이사도 시켰습니다. 사람들은 그제야 안정되었고, 각 고을도 제법 볼 만하게 되었습니다."

"옳소, 옳소! 참으로 좋은 말이오."

순임금
오제五帝의 한 사람으로, 요임금과 더불어 고대의 전설적인 성군으로 꼽힌다. 아버지는 어리석고 계모와 이복동생은 모질고 오만하여 늘 그를 죽이려 했다. 한번은 이복동생이 부모와 짜고 순에게 지붕으로 올라가게 한 뒤 사다리를 치우고 불을 질러 그를 죽이려 했다. 순은 미리 준비해 간 두 개의 삿갓을 펴 날듯이 내려와 위기를 모면했다. 순은 오히려 효심을 다해 그들을 의로움으로 나아가게 했다. 요임금은 그의 평판을 듣고 딸을 준 뒤 시험 삼아 백관을 다스리게 했다. 이에 천하가 순을 따랐다. 나중에 창오의 들판에서 죽었는데, 일설에 의하면 우에게 쫓겨나 죽은 것이라고도 한다.

고요가 칭찬했다.

"어!"

우가 말을 이었다.

"황제께서는 조심하고 안정해야 합니다. 하늘에 대해 양심이 있어야 하늘도 은혜를 베풀 것입니다."

순임금은 한숨을 내쉬고 그에게 국가 대사를 관리하라 하고는, 의견이 있으면 직접 말하고 뒤에서 욕하지 말라고 했다. 우가 승낙하자 또 한숨을 지으며 말했다.

"단주처럼 되지 말게. 말 안 듣고, 노상 놀기만 좋아하고, 육지에서는 배를 저으려 하고, 집에서는 행패를 부려 사람을 못살게 하네. 그런 모습은 내 정말 보기 싫어!"

"저는 장가를 든 뒤 나흘 만에 집을 떠났습니다."

우가 대답했다.

"아계阿啓를 낳았지만 아비 노릇을 하지 못했습니다. 그래서 물을 다스릴 수 있었습니다. 바닷가에 이르기까지 총 열두 개 주의 무려 오천 리나 되는 지구를 다섯 구역으로 나누고 다섯 명의 훌륭한 두령을 세웠습니다. 그런데 유묘有苗 지역만은 좋지 않으니 조심해야 합니다!"

"나의 천하는 오직 그대의 공로로 바로잡혔구나!"

순임금도 칭찬했다. 고요도 순임금과 함께 경의를 표하며 머리를 숙였다. 그는 조정에서 물러난 뒤 곧 특별 명령을 내려 백성들은 모두 우의 행동을 본받아야 하고 그렇지 않으면 죄를 범한 것으로 간주한다고 했다.

이는 상인들에게 대공황을 일으켰다. 다행히 우임금은 서울로 돌아온 뒤 다소 태도가 변했다. 음식은 가리지 않았으나 제사와 불사는 성대히 지냈다. 옷은 아무렇게나 입었으나 조정에 나가거나 손님을 만날 때는 호화롭게 입었다. 그러므로 시장은 여전히 별 영향을 받지 않았다. 얼마 안 가 상인들도 우임금의 행동은 참으로 배울 만하며 고요 어른의 새 법령도 아주 좋다고 했다. 마침내 천하가 태평해지자 온갖 짐승들이 춤을 추고 봉황새도 날아와 성황을 이루었다.

1935. 11.

검을 벼리다

1

미간척眉間尺은 어머니와 방금 자리에 누웠는데, 쥐가 나와 솥뚜껑을 갉아먹는 통에 몹시 시끄러웠다. 그는 나직이 몇 번 소리쳐 쫓았다. 처음에는 좀 효과가 있었으나 나중에는 도무지 들은 척도 하지 않고 제멋대로 달가닥거렸다. 낮일에 지쳐 자리에 눕기 바쁘게 잠드는 어머니가 깰까 봐 큰소리로 쫓을 수도 없었다.

한참이 지나자 조용해졌다. 미간척도 눈을 붙여 보려고 했다. 그런데 별안간 철렁하는 소리가 났다. 그는 깜짝 놀라 다시 눈을 떴다. 순간 바스락거리는 소리가 들려왔다. 그것은 분명 발톱으로 질그릇을 긁는 소리였다.

'잘됐다! 꼴좋다!'

그는 시원한 생각이 들어 자리에서 살며시 일어나 앉았다. 침대에서 내려온 그는 달빛을 따라 문 뒤로 가서 성냥을 찾아 관솔불을 켜들고 물독 안을 비추어 보았다. 과연 큰 쥐 한 마리가 물독 안에 빠져 있었다. 그러나 물이 많지 않아 기어오르지도 못하고 독 안에서 맴돌 뿐이었다.

"꼴좋다!"

밤마다 집안 물건을 갉으며 편히 자지 못하게 한 것이 바로 이 놈이었구나 싶자 가슴이 후련해졌다. 미간척은 바람벽 틈서리에다 관솔불을 꽂아 놓고 신이 나서 들여다보았다. 그는 녹두알 같은 쥐의 두 눈을 보자 또 괘씸한 생각이 들어 갈대를 뽑아 들고 그놈을 꾹 눌러 물속에 잠기게 했다. 한참 있다가 갈대를 쳐드니 그놈도 물 위로 떠올라 독 안을 허우적거리며 맴돌았다. 놈은 두 눈을 물속에 잠그고 뾰족하고 새빨간 코만 물 위로 드러낸 채 할딱거렸다.

요즘 그는 코가 빨간 사람을 그리 좋아하지 않았다. 그런데 지금 뾰족하고 빨간 작은 코를 보자 갑자기 불쌍한 생각이 들어 갈대를 쥐의 배 밑에 밀어 넣었다. 쥐는 갈대를 잡고 한참 숨을 돌리더니 갈대를 따라 기어오르기 시작했다. 흠뻑 젖은 검은 털, 커다란 배, 지렁이 같은 꼬리 등 쥐의 몸뚱이 전체가 눈에 띄자 그는 또 얄미운 생각이 들어 얼른 갈대를 흔들었다. 쥐는 다시 철렁하고 물독 안으로 떨어졌다. 그는 쥐가 빨리 가라앉으라고 갈대로 대가리를 몇 번 눌렀다.

관솔불을 여섯 번 갈았을 때 쥐는 더 움직이지 못하고 물속에 잠겨 이따금 맥없이 물 위로 솟구쳤다. 다시 측은한 생각이 든 미간척은 갈대를 꺾어 가까스로 쥐를 집어 땅바닥에 내놓았다. 처음에는 꼼짝하지 못하던 쥐가 잠시 뒤 숨을 쉬기 시작했다. 좀더 지나자 네 발을 꼼지락거리더니 몸까지 뒤척이며 금방이라도 달아날 것만 같았다. 몹시 놀란 미간척은 얼떨결에 왼발로 쥐를 콱 밟았다. 찍 하는 소리가 나자 그는 쪼그리고 앉아 자세히 들여다보았다. 쥐의 입가에는 벌건 피가 약간 흘렀다. 아마 죽은 것 같았다. 불쌍한 생각이 든 그는 무슨 못할 짓이나 한 것 같아 적이 괴로웠다. 그는 쪼그리고 앉은 채 일어날 생각도 하지 않고 멍하니 쥐를 들여다보았다.

"애야, 거기서 뭘 하는 거니?"

어느새 잠에서 깬 어머니가 침대에서 물었다. 그는 황급히 일어나 돌아서면서 "쥐를……" 하고 외마디 말밖에 하지 못했다.

"음, 쥐. 그건 나도 안다. 그런데 넌 거기서 뭘 하는 거니? 쥐를 죽이는 거냐, 살리는 거냐?"

미간척은 대답이 없었다. 관솔불이 다 탔다. 그는 어둠 속에 묵묵히 서 있었다. 교교한 달빛이 점점 밝게 비쳐 들었다.

"후……."

어머니가 한숨을 지으며 말을 이었다.

"이 밤이 지나면 너도 열여섯이 된다. 그런데 그 뜨뜻미지근한 네 성미는 조금도 변함이 없구나! 그리고 보니 네 아버지의 원수를 갚을 사람이 없구나."

희끄무레한 달빛 속에 앉아 있는 어머니의 몸은 부르르 떨고 있는 것 같았다. 나직한 목소리에는 한없는 슬픔이 깃들어 있었다. 그 소리에 미간척은 소름이 쫙 끼쳤고, 삽시에 전신의 피가 끓어 번지는 것 같았다.

"아버지 원수라니요? 아버지께 무슨 원수가 있는데요?"

그는 몇 발자국 다가서며 다급히 물었다.

"있다. 그 원수는 네가 갚아야 한다. 진즉 말하려고 했지만 네가 너무 어려서 말하지 못했다. 넌 이제 어른이다. 그런데 아직도 성미가 그 모양이니 어쩌란 말이냐? 그런 성미로 큰일을 해낼 수 있겠느냐?"

"해낼 수 있어요. 어머니 말씀해 주세요. 전 고칠 수 있어요."

"그래야지. 나도 말하지 않을 수 없구나. 넌 꼭 고쳐야 한다. 그럼 이리로 오너라."

그는 어머니 곁으로 다가갔다. 어머니는 침대 위에 단정히 앉아 있었다. 어슴푸레 비쳐드는 달빛 속에서 어머니의 두 눈이 빛났다.

"들어라!"

어머니는 엄숙하게 말을 이었다.

"네 아버지는 본래 검을 벼리는 장인으로 세상에서 으뜸이었단다. 아버지가 쓰던 연장은 가난하여 죄다 팔아치웠으므로 넌 그 흔적을 찾아볼 수 없지. 그러나 아버지는 세상에서 둘도 없는 검 벼리는 장인이었어. 이십 년 전에 왕비가 무쇠 덩어리를 하나 낳았단다. 들리는 말에 의하면 무쇠 기둥을 한 번 안았다가 놓은 뒤 밴 것이라고 하는데, 시퍼렇게 투명한 쇳덩어리였어. 왕은 기이한 보물인 줄 알고 그것으로 검을 만들어 나라를 지키고 적을 죽이며 자기를 보호하려 했지. 불행히도 네 아버지가 그 일을 하는 데 뽑혔어. 그래서 그 쇳덩어리를 집으로 가지고 돌아왔어. 아버지는 밤낮을 이어 가며 꼬박 삼 년 동안 심혈을 기울여 검 두 자루를 벼렸어.

마지막으로 노爐(가공할 원료를 넣고 열을 가하며 녹이는 장치)의 문을 열던 날 얼마나 놀라웠는지! 흰 김이 빠져나갈 때 땅도 뒤흔들리는 것 같았다. 하늘로 떠오른 김은 흰 구름이 되어 이곳을 자욱이 덮어 버렸지. 그러다가 차차 진홍색으로 변하더니 모든 것을 도화색으로 물들였어. 우리 집 컴컴한 노에는 시뻘건 검 두 자루가 놓여 있었어. 네 아버지가 정화수를 천천히 떨어뜨리자 그 검은 칙칙 소리를 내더니 차츰 시퍼렇게 변했지. 그렇게 이레 밤낮을 지내고 나자 검이 보이지 않았다. 자세히 보니 검은 제대로 노 밑에 있었는데, 시퍼렇고 투명하여 마치 얼음장 같았어.

네 아버지 눈에는 크나큰 기쁨의 빛이 어렸어. 아버지는 검을 꺼내 들고 닦고 또 닦았지. 그러나 양미간을 찌푸리고 입가에는 비장한 빛을 띠었어. 네 아버지는 그 두 자루의 검을 두 개의 함에 따로따로 넣은 뒤 조용히 이렇게 말하더구나.

'여보, 요 며칠 동안의 상황을 보면 누구나 다 검을 버렸다고 알 것이오. 나는 내일 왕에게 검을 바치러 가야 하오. 검을 바치는 날 내 목숨도 끊어질 것이오. 이제부터 우린 이별인 것 같소.'

'아니, 여보.'

깜짝 놀란 나는 무슨 말인지도 모르고 뭐라고 해야 할지도 몰라 이렇게 말했어.

'당신은 이번에 이렇게 큰 공을 세웠는데…….'

그러자 네 아버지는 이렇게 말하더구나.

'아, 당신은 모르오! 왕은 본래 의심이 많고 몹시 잔인하오. 이번에 내가 세상에서 둘도 없는 검을 벼려 주었으니 그는 틀림없이 나를 죽일 것이오. 그래야만 내가 다른 사람에게 다시 검을 벼려 주지 못할 게

아니오. 그리되면 그를 대적하거나 능가할 자가 없게 되겠지······.'

그 말에 나는 눈물을 흘렸어. 그러자 아버지가 그러더구나.

'여보, 서러워 마오. 이것은 피할 수 없는 일이오. 눈물은 결코 운명을 되돌릴 수 없소. 난 벌써 미리 준비해 두었소!'

네 아버지 눈에서는 별안간 번갯불 같은 섬광이 번뜩이더구나. 내 무릎 위에 칼 함을 내놓으며 이렇게 말했어.

'이건 수검인데 잘 간수해 주시오. 난 내일 암검을 왕에게 바치러 가오. 만일 내가 돌아오지 않으면 이미 이 세상에 없는 줄 아시오. 당신은 임신한 지 대여섯 달이 되지 않았소? 서러워 마시오. 아이를 낳으면 잘 기르시오. 그 애가 어른이 되면 이 수검을 주어 왕의 목을 베어 내 원수를 갚으라고 하시오.'"

"그날 아버지는 돌아오셨나요?"

미간척이 다급히 물었다.

"돌아오시지 않았다."

어머니가 조용히 말했다.

"백방으로 알아보았으나 아무런 소식이 없었다. 나중에 사람들의 말을 들으니 그 검에 제일 먼저 피를 먹인 이가 바로 손수 그 검을 벼린 네 아버지라고 하더라. 그리고 네 아버지의 죽은 혼백이 행패를 부릴까 봐 몸과 머리를 앞문과 후원에다 따로 묻었다고 하더라!"

미간척은 갑자기 온몸에 세찬 불길이 활활 타오르고 머리카락에서 불꽃이 튀어 오르는 것 같았다. 어둠 속에서 으스러지게 불끈 쥔 그의 두 주먹에서는 뿌드득 소리가 났다.

어머니는 일어나 침대머리의 널빤지를 들어냈다. 그러고는 침대에서 내려와 관솔불을 켜들고 문 뒤로 가서 괭이를 가져다 미간척에게 주며 말했다.

"여기를 파라!"

미간척은 가슴이 뛰었으나 침착하게 조금씩 파 내려갔다. 파낸 흙은 모두 누런색이었는데, 다섯 자 가량 파 내려가자 흙빛이 약간 달라지면서 썩은 나무 같은 것이 나타났다.

"잘 보면서 조심조심 파거라!"

어머니가 말했다. 미간척은 파낸 구덩이 옆에 엎드려 두 손으로 조심조심 썩은 나무를 헤쳤다. 손가락이 얼음에 닿을 때처럼 선뜩해지더니 시퍼렇고 투명한 검이 나타났다. 그는 자루를 찾아 쥐고 검을 들어 내었다. 창밖의 달도 별도, 방 안의 관솔불도 삽시에 그 빛을 잃은 듯 시퍼런 빛만 사방에 가득 찼다. 검은 시퍼런 빛 속에 녹아 버린 듯 보이지 않았다. 미간척이 정신을 가다듬고 자세히 보자 다섯 자 남짓한 긴 검이 어렴풋이 보였다. 그다지 예리해 보이지 않았으며 칼날도 무뎌 마치 부춧잎 같았다. 어머니가 말했다.

"넌 지금부터 그 유순한 성미를 고치고 이 검으로 네 아버지의 원수를 갚으러 가야 한다."

"전 이미 유순한 성미를 고쳤습니다. 이 검을 가지고 원수를 갚으러 가겠습니다."

"그러기를 바란다. 푸른 옷을 입고 이 검을 지니면 옷과 검의 색이 같아서 누구도 알아보지 못할 테지. 옷은 이미 다 만들어 놓았다. 내 걱정은 말고 내일 길을 떠나거라!"

어머니는 침대 뒤에 있는 낡은 옷장을 가리키며 말했다. 미간척이 새 옷을 꺼내 입어 보니 신통하게도 몸에 맞았다. 그는 옷을 벗어 잘 개어 놓은 뒤 검을 싸서 머리맡에 놓고 조용히 자리에 누웠는데, 자기의 그 유순한 성미가 이미 고쳐진 것처럼 느껴졌다. 그는 아무런 일도 없었다는 듯이 잠을 푹 자고 이른 새벽에 일어나 여느 때와 조금도 다름없이 태연하게 불구대천의 그 원수를 찾아가리라 다짐했다.

그러나 그는 뜬 눈으로 이리저리 뒤척이다가 자꾸만 일어나 앉고 싶어 했다. 어머니의 실망에 찬 가벼운 한숨 소리가 들렸다. 첫닭이 우는 소리를 들은 그는 이미 날이 밝아 열여섯이 되었다는 것을 알았다.

2

눈두덩이 부석부석해진 미간척은 뒤도 돌아보지 않고 문을 나섰다. 그가 푸른 옷에다 푸른 검을 지고 서울을 향해 성큼성큼 걸어갈 때 동녘 하늘에서는 아직 해가 떠오르지 않았다. 삼나무의 잎사귀마다 맺힌 이슬방울에는 여전히 밤기운이 스며 있었다. 그러나 숲을 나설 때 이슬방울은 여러 가지 빛을 내뿜더니 차차 아침노을로 변했다. 멀리 우중충한 성벽이 어슴푸레 바라보였다.

미간척은 채소 장사꾼들 속에 끼어 성안으로 들어갔다. 거리는 벌써 들끓고 있었다. 사나이들은 우두커니 줄지어 서 있었고, 아낙네들은 간간이 문을 빠끔히 열고 머리를 내밀고 엿보았다. 아낙네들 대부분은 눈두덩이 부석부석하고, 머리가 헝클어져 있었으며, 얼굴이 누런 것으로 보아 연지를 찍거나 분을 바를 겨를조차 없는 것 같았다.

미간척은 무슨 큰 변이 닥쳐오고 있음을 예감했고, 사람들도 초조히 참을성 있게 그것을 기다리는 것이라 생각했다. 그는 앞으로 걸어갔다. 별안간 아이 하나가 달려 나와 하마터면 그의 칼끝에 다칠 뻔했다. 그 바람에 미간척은 온몸에 식은땀이 흘렀다. 그는 북쪽으로 꺾어들어 왕궁에서 멀지 않은 곳에 이르렀다. 거기에는 사람들이 빼곡히 모여 목을 쭉 빼고 앞을 바라보고 있었다. 그 속에서는 아낙네들과 아이들이 울부짖는 소리도 들려왔다. 그는 보이지 않는 수검에 사람들이 다칠까 봐 그 속으로 비집고 들어가지 못했다. 그러나 그의 등 뒤로 사람들이 밀려들었다. 미간척은 이리저리 물러서면서 사람들을 피하는 수밖에 없었다. 눈앞에는 사람들의 잔등과 길게 빼든 목만 보일 뿐이었다.

갑자기 앞에 선 사람들이 모두 꿇어앉기 시작했다. 멀리서 말 두 필이 나란히 뛰어오고 있었는데, 그 뒤로 곤봉·창·칼·활·깃발을 든 무사들이 먼지를 뽀얗게 일으키며 따라왔다. 또 그 뒤로는 말 네 필이 끄는 큰 수레가 따랐는데, 그 위에도 사람들이 앉아 있었다. 어떤 사람은 종을 치거나 북을 두드렸으며, 어떤 사람은 이름 모를 악기를 불고 있었다. 그 뒤로는 또 수레가 따랐다. 거기에 앉은 사람들은 모두 호화로운 옷을 입었는데, 늙은이거나 땅딸보였다. 그들의 얼굴은 온통 땀으로 번들번들했다. 그 뒤로 또 칼과 창을 든 기사들이 따랐다.

꿇어앉은 사람들은 모두 엎드렸다. 그때 미간척은 누런 뚜껑을 씌운 큰 수레가 달려오는 것을 보았다. 수레의 한가운데에는 호화로운 옷을 입은 뚱뚱보가 앉아 있었다. 미간척은 수염이 희끗희끗하고 머리가 작은 그 뚱뚱보가 자신이 차고 있는 검과 꼭 같은 푸른 검을 허리에 차고 있는 것을 어렴풋이 보았다. 그는 자기도 모르게 온몸이 오싹해졌다.

그러나 삽시에 활활 타오르는 불길에 휩싸인 것처럼 온몸이 화끈 달아올랐다. 그는 어깨 너머로 손을 가져가 검 자루를 부여잡고 엎드려 있는 사람들의 목과 목 사이의 빈틈으로 나아갔다.

그러나 대여섯 걸음 걸어간 그는 웬 사람이 갑자기 그의 발목을 틀어잡는 바람에 그만 곤두박질하고 말았다. 공교롭게도 그는 한 말라깽이 소년 위로 넘어졌다. 칼끝에 소년이 다쳤을까 봐 놀라 일어나는 순간 그는 옆구리를 두어 대 호되게 얻어맞았다. 시비를 따질 겨를도 없이 한길을 바라보니 누런 뚜껑을 씌운 수레는 물론 호위하는 기사들도 지나간 지 오래되었다.

길가에 엎드린 사람들도 모두 일어났다. 말라깽이 소년은 미간척의 멱살을 거머쥐고 자기의 귀중한 아랫배가 짓밟혔으므로 책임져야 한다고 했다. 만일 여든 살까지 살지 못하고 죽는다면 목숨을 물어내야 한다는 것이었다. 한가한 사람들이 모여들어 구경했지만 누구도 입을 열지 않았다. 나중에 어떤 사람이 옆에서 비웃으면서 욕을 했는데, 모두 말라깽이를 편들었다. 이렇게 적을 만나고 보니 미간척은 화를 낼 수도 웃을 수도 없었다. 다만 멋쩍은 생각이 들기는 했으나 그렇다고 몸을 뺄 수도 없었다. 그렇게 밥 한 솥 지을 만한 시간이 흘렀다. 미간척은 초조한 나머지 온몸에서 불이 나는 것 같았다. 구경꾼들은 여전히 줄지 않았는데, 흥미진진한 모양이었다.

앞으로 빙 에워싼 사람들이 움직이더니 한 시커먼 사람이 비집고 들어왔다. 그자는 검은 수염과 새카만 눈에 몸은 쇠꼬챙이처럼 파리했다. 그는 아무 말도 없이 미간척에게 차디찬 웃음을 던지더니, 말라깽이 소년의 턱을 손으로 받쳐 들고 그의 얼굴을 똑바로 들여다보았다. 소년도 그를 한참 쳐다보더니 멱살 잡은 손을 슬그머니 놓고 뺑소니쳤다. 그 사람도 어디로 가버렸다. 구경꾼들도 멋쩍은 듯이 흩어졌다. 몇몇 사람만 남아서 미간척에게 나이며 집이며 가족에 대해 물었다. 미간척은 그들을 상대하지 않았다.

미간척은 남쪽으로 발길을 옮기며 생각했다. 이처럼 번잡한 성안에서는 자칫하면 사람이 다치기 쉬우므로 남문 밖에서 그들이 돌아오기를 기다렸다가 아버지의 원수를 갚자. 거기는 땅이 넓고 사람이 적어 거사하기가 쉬울 것이다. 이때 성안 어느 곳에서나 국왕의 산놀이, 의장대, 위엄을 두고 말이 자자했다. 사람들은 국왕을 뵙게 된 영광을 자랑하며 자기는 땅에 낮게 엎드리고 있었다느니, 국민의 모범이 되어야 한다느니 하며 실로 벌떼처럼 윙윙거렸다. 남문 가까이에 이르러서야 차차 조용해졌다.

성 밖으로 나온 그는 큰 뽕나무 밑에 앉아서 만두 두 개를 꺼내 요기했다. 갑자기 어머니 생각이 나서 자신도 모르게 코끝이 시큰했으나 이내 괜찮아졌다. 사위는 점점 숨소리까지 들릴 정도로 고요해졌다. 어둠이 짙어 갈수록 그는 더욱 불안해졌다. 아무리 앞을 내다봐도 국왕은 그림자도 얼씬하지 않았다. 성안으로 채소를 팔러 간 마을 사람들이 빈 광주리를 지고 성문을 나와 집으로 돌아가고 있었다.

인적이 끊어진 지 퍽 오래 지나서 별안간 성안에서 아까 그 시커먼 사람이 뛰쳐 나왔다.

"미간척아, 가자! 국왕이 너를 잡으려 한다!"

그 사람의 말은 마치 올빼미 소리 같았다. 미간척은 온몸을 떨고는 귀신에게 홀린 듯 그 사람을 따라갔고, 나중에는 나는 듯이 뛰었다.

그는 멈춰 서서 한참 숨을 돌리고 나서야 자신이 삼나무 숲 근처까지 왔다는 것을 알았다. 뒤쪽으로는 멀리 은백색 빛이 한줄기 비치더니 달이 떠올랐고, 앞에는 그 시커먼 사람의 두 눈이 도깨비불처럼 번쩍였다.

"저를 어떻게 아십니까?"

미간척이 몹시 놀라며 물었다.

"하하! 그전부터 알고 있었다."

그 사람이 말을 이었다.

"난 네가 수검을 등에 지고 네 아버지 원수를 갚으려 한다는 것도 알고, 또 그 원수를 갚지 못하리라는 것도 안다. 오늘 밀고한 자가 있어 네 원수는 이미 동문을 통해 궁으로 돌아가 너를 체포하라고 명을 내렸다."

미간척은 자기도 모르게 상심했다.

"아, 어머니가 한숨을 쉰 것도 무리가 아니었구나!"

미간척이 나직이 말했다.

"네 어머니는 아직 다 모른다. 그는 내가 네 원수를 갚아 주리라는 것을 모른다."

"당신이? 당신이 제 원수를 갚아 준다는 말입니까, 의로운 지사님?"

"아, 그런 칭호로 나를 괴롭히지 말아라."

"아니, 그럼 당신은 우리 같은 고아나 과부를 동정하는 것입니까?"

"얘, 다시는 그런 수치스러운 말을 꺼내지 말아라!"

그는 엄숙하고도 냉정하게 말했다.

"의협심이니 동정심이니 하는 것은 예전에는 그래도 깨끗했으나 지금은 모두 돈놀이 밑천밖에 되지 않는다. 네가 말하는 그런 것은 내게 조금도 없다. 난 그저 네 원수를 갚아 주려는 것뿐이야!"

"좋습니다. 그럼 당신은 어떻게 제 원수를 갚는다는 말입니까?"

"내게 두 가지 물건만 주면 돼."

두 눈이 도깨비불처럼 번쩍이는 그 시커먼 사람이 말했다.

"그 두 가지란 무엇이냐? 들어라, 하나는 네 검이고 다른 하나는 네 머리다!"

미간척은 이상하기도 하고 미심쩍기도 했지만 별로 놀라지는 않았다. 그는 한동안 입을 열지 못했다.

"너는 내가 네 생명과 보물을 빼앗으려고 하는 게 아닌가 하고 의심하지 말아라."

어둠 속에서 들려오는 말소리는 엄숙하고도 차가웠다.

"이 일은 모두 네게 달렸다. 네가 나를 믿는다면 네 원수를 갚으러 가고, 믿지 않는다면 그만두겠다."

"그런데 당신은 어째서 제 원수를 갚아 주려고 하는 것입니까? 제 아버지를 아십니까?"

"난 그전부터 네 아버지를 안다. 너를 그전부터 알고 있는 것처럼. 그러나 내가 원수를 갚아 주겠다고 하는 것은 이 때문만은 아니다. 영리한 애야, 내 말을 들어라. 내가 얼마나 원수를 잘 갚는지 너는 아직 모른다. 네 원수는 곧 내 원수이고, 다른 사람의 원수도 내 원수다. 내 영혼은 다른 사람과 나 자신으로 인해 이렇게 많은 상처를 입었다. 나는 벌써 자신을 증오하게 되었다."

어둠 속에서 말이 끝나자 미간척은 어깨 너머로 손을 가져가 시퍼런 검을 뽑으면서 자신의 뒷덜미를 내리쳤다. 머리가 땅바닥 푸른 이끼 위에 떨어지는 순간 그는 검을 시커먼 사람에게 넘겨주었다.

"아아!"

그 사람은 한 손으로 검을 받고 다른 한 손으로 머리카락을 거머쥐고는 미간척의 머리를 치켜들었다. 그러고는 그 온기 어린 죽은 입술에 두 번 입을 맞추고는 차갑고 날카롭게 웃었다. 그 웃음소리는 삽시간에 삼나무 숲 속으로 퍼져 나갔다. 깊은 숲 속에서 도깨비불 같은 시퍼런 눈이 번쩍이더니 점점 가까이 다가왔다. 주린 이리떼의 헐떡이는 숨소리가 들려왔다. 이리떼는 달려들어 첫입에 미간척의 푸른 옷을 갈기갈기 찢어 버렸고, 두 입에 몸뚱이를 다 뜯어먹었으며, 땅에 흐른 핏자국마저 삽시간에 말끔히 핥아 먹었다. 그다음에는 뼈를 갉아먹는 소리만 가늘게 들려올 뿐이었다.

제일 앞에 선 큰 이리가 시커먼 사람에게 달려들었다. 그가 시퍼런 검을 휘두르자 이리 대가리가 땅바닥 푸른 이끼 위에 떨어졌다. 다른 이리들이 달려들어 첫입에 죽은 이리의 가죽을 갈기갈기 물어뜯었고, 두 입에 몸뚱이를 다 뜯어먹었으며, 땅에 흐른 핏자국마저 말끔히 핥아먹었다. 그다음에는 뼈를 갉아먹는 소리만 가늘게 들려올 뿐이었다.

그 사람은 찢어진 푸른 옷을 주워 미간척의 머리를 쌌다. 그러고는 푸른 검과 함께 등에 지고 어둠을 가르며 왕궁을 향해 유유히 걸어갔다. 이리떼는 그 자리에 서서 어깨를 치올리고 혀를 빼물고 가쁜 숨을 몰아쉬었다. 그들은 시퍼런 눈을 번뜩이며 유유히 왕궁으로 걸어가는 시커먼 사람의 뒷모습을 바라보았다. 시커먼 사람은 어둠을 뚫고 왕궁을 향해 유유히 걸어가며 날카로운 목소리로 노래를 불렀다.

하하, 사랑이여, 사랑 사랑이여!

푸른 검을 사랑했노라.

한 원수는 스스로 목숨을 끊었도다.

오, 폭군은 많고 많아

폭군은 푸른 검을 사랑했노라.

오, 외롭지 않다,

머리와 머리를 바꿈이여.

두 원수는 서로 죽이리.

폭군은 이렇게 없어지리라.

오, 사랑이여,

오오, 사랑이여, 오호라, 아, 아!

아아, 아아, 오호라, 오호라!●

3

산놀이도 왕의 흥을 돋우지 못했다. 더구나 길가에 자객이 있다는 비
밀 보고를 받은 왕은 흥이 깨져 곧 돌아오고 말았다. 그날 밤 왕은 몹
시 성이 나서 아홉째 왕비의 머리카락까지도 어제보다 검지도 곱지도
않다며 나무랐다. 다행히 왕비가 왕의 무릎 위에 앉아서 일흔 번이나
몸을 비꼬며 애교를 부려 양미간의 주름이 차차 펴졌다.

● 연지오宴之敖의 노래
연지오가 부르는 노래는 그 내용이 아리
송하다. 루쉰도 한 일본인에게 쓴 편지에
서 이렇게 말했다. "거기에 나오는 노래
는 뜻이 분명하지 않다는 데 유의하십시
오. 그것은 괴이한 사람이 부른 노래이므
로 우리 같은 보통 인간은 이해하기 어렵
습니다."

검을 벼리다 233

오후에 왕은 일어날 때부터 마음이 뜨악했는데, 점심을 먹고 난 뒤로는 얼굴에 노기까지 띠었다.

"아아, 무료하구나!"

그는 하품을 길게 하고 큰소리로 말했다. 왕후에서 신하에 이르기까지 이 모습을 보고 모두 어쩔 줄을 몰랐다. 왕은 백발이 성성한 늙은 대신이 도교의 교리를 푸는 것에도, 키가 작고 뚱뚱한 광대의 우스갯소리에도 싫증이 난 지 오래였다. 근래에는 줄타기, 장대 오르기, 투환, 거꾸로 서기, 칼 삼키기, 불 뿜기 같은 기묘한 놀이에도 아무런 재미를 느끼지 못했다. 왕은 늘 화를 냈다. 화가 나면 푸른 검을 빼들고 작은 잘못이라도 찾아내어 몇 사람씩 죽이려 했다.

몰래 틈을 타 궁 밖에서 한가히 놀던 젊은 두 환관이 돌아와 궁 안의 사람들이 수심에 잠긴 것을 보고 또 전과 같이 큰 화가 닥쳐온 것을 알아차렸다. 한 사람은 무서워 얼굴이 새카맣게 질렸으나, 다른 한 사람은 자신만만한 것처럼 침착하게 왕의 앞으로 뛰어가 엎드려 아뢰었다.

"소인이 방금 기이한 사람을 만났는데, 괴상한 재주가 있어 폐하의 심심풀이가 될 수 있을까 하여 특별히 아뢰옵니다."

"뭐라고?"

왕이 물었다. 왕의 말은 언제나 짤막했다.

"그 사람은 검고 파리한 몸에 거지 같은 행색을 한 사내입니다. 그는 푸른 옷을 입고 등에는 푸르고 둥근 보따리를 짊어졌으며 알아들을 수 없는 노래를 흥얼거립니다. 사람들이 물어보면 그는 자기는 사람들이 여태 보지 못한 뛰어난 재주를 부리는데 그걸 한번 보기만 하면 번민이 가시고 천하가 태평해진다고 하옵니다. 그러나 사람들이 그에게 재주를 부리라고 하면 싫다고 하옵니다. 첫째는 금룡이 있어야 하고, 둘째는 금솥이 있어야 한다고 합니다."

"금룡이라? 그것은 나 자신이고, 금솥이라? 그것은 내게 있다."

"소인도 그리 생각합니다."

"대령하라!"

말이 떨어지자마자 무사 넷이 그 젊은 환관을 따라 나는 듯이 달려 나갔다. 왕후에서 신하에 이르기까지 모두 희색이 만면했다. 그들은 모두 이 놀이가 잘되어 왕의 번민이 풀리고 천하가 태평해지기를 바랐다. 설사 잘못된다 하더라도 거지 같은 검고 파리한 사내가 화를 입을 것이니 그들은 그저 왕이 불러들일 때까지 견디면 되는 것이었다.

얼마 안 있어 여섯 사람이 금계단으로 걸어 들어왔다. 맨 앞에 환관이 섰고 뒤에 무사 넷이 따랐는데, 그 가운데 시커먼 사람이 끼어 있었다. 가까이에서 보자 그 사내는 푸른 옷을 입었는데, 수염과 눈썹, 머리카락이 새카맣고 여위어 관골, 안권골, 미릉골이 툭 삐져나왔다. 그가 공손히 꿇어앉아 엎드렸을 때 과연 등 뒤에 둥근 작은 보따리가 보였는데, 푸른 바탕에 검붉은 꽃무늬가 그려져 있었다.

"아뢰어라!"

왕이 사납게 말했다. 왕은 그가 가지고 온 기구가 간단한 것을 보고 무슨 재미난 재주를 부릴 것 같지 않다고 여겼다.

"신의 이름은 연지오宴之敖라 하며 문문향에서 나서 자랐습니다. 젊어서는 직업이 없다가 늘그막에 뛰어난 스승을 만나 어린아이의 머리를 가지고 노는 재주를 배웠나이다. 이 재주는 혼자 부릴 수 없으므로 반드시 금룡 앞에서 금솥을 걸어 놓고 맑은 물을 가득 부은 뒤 숯으로 끓여야 하옵니다. 그다음 아이의 머리를 솥에다 집어넣습니다. 물이 끓어오르면 아이의 머리도 끓는 물을 따라 오르내리며 여러 가지 춤을 출 뿐만 아니라, 기묘한 목소리로 즐겁게 노래를 부릅니다. 이 노래와 춤을 혼자서 보고 들으면 번민이 풀리고 만백성이 보고 들으면 천하가 태평해지나이다."

"놀아 보아라!"

왕이 큰소리로 명했다. 얼마 안 있어 소를 삶던 금솥을 궁궐 바깥에 걸어 놓고 물을 가득 부은 뒤 솥 밑에 숯을 쌓고 불을 지폈다. 옆에 서 있던 그 시커먼 사람은 숯불이 벌겋게 피어오르자 보따리를 풀고 두 손으로 아이의 머리를 높이 처들었다. 그 눈은 어글어글하고 이는 하얗고 입술은 빨갛고 얼굴은 웃음을 머금고 있고 머리카락은 연기처럼 흩날렸다. 시커먼 사람은 아이의 머리를 들고 사방을 한 바퀴 빙 돌더니 솥 위로 처들고 몇 마디 중얼거리고는 손을 놓았다. 철렁하는 소리와 함께 아이의 머리가 물속으로 떨어졌다. 물줄기가 다섯 자 높이나 솟아올랐다. 그 후 모든 것이 고요해졌다.

오랜 시간이 흘렀으나 아무런 동정이 없었다. 왕이 먼저 성을 냈다. 왕후와 왕비, 대신, 환관 들도 모두 초조해했다. 키가 작고 똥똥한 광대들은 비웃기 시작했다. 그들이 비웃는 것을 본 왕은 자기가 놀림을 받는 것 같아 무사들을 시켜 임금을 속인 저놈을 솥에 처넣어 삶아 죽이라 했다.

그때 물이 끓어오르는 소리가 들렸다. 숯불도 세차게 타올랐다. 불빛에 비친 그 시커먼 사람은 마치 달군 쇠처럼 검붉게 보였다. 왕이 다시 머리를 돌렸을 때 그 사람은 벌써 두 손을 하늘로 펼쳐 들고 허공을 쳐다보며 춤을 추다가 별안간 날카로운 목소리로 노래를 부르기 시작했다.

하하, 사랑이여, 사랑, 사랑이여!

사랑이여, 피여, 누구라 홀로 있을쏘냐.

백성은 갈 바 없고 사나이는 키득키득 웃는도다.

그는 백의 머리를 사용하고

천의 머리, 만의 머리를 사용한다.

나는 하나의 머리를 사용하나니,

그러나 뭇사람은 없도다.

하나의 머리를 사용함이여, 피여!

피여, 아, 아, 아!

아, 아, 아!

노랫소리를 따라 솥에서 물이 솟아올랐는데, 위는 뾰족하고 아래는 넓어 마치 작은 산 같았다. 물은 쉴 새 없이 선회했고, 머리도 물을 따라 오르내리고 뱅뱅 돌다가 저절로 곤두박질했다. 사람들은 그 머리가 흥겨워 웃는 것을 볼 수 있었다. 이윽고 아이의 머리는 갑자기 물결을 거슬러 헤엄치더니 뱅뱅 돌다가 북처럼 드나들며 사방으로 물방울을 튀겼다. 그 바람에 온 궐내에 뜨거운 비가 한바탕 쏟아졌다. 한 광대가 별안간 소리를 지르며 자기의 코를 어루만졌다. 불행히도 그는 뜨거운 물에 데어 아픔을 참지 못하고 비명을 지른 것이었다.

시커먼 사람의 노랫소리가 멎자 아이의 머리도 궁전을 향해 얼굴을 돌리고 물 가운데서 멈춰 섰다. 낯빛은 단정하고 엄숙했다. 그렇게 한참 지나자 아이의 머리는 천천히 아래위로 떨며 움직이기 시작했다. 움직임이 빨라지면서 아래위로 헤엄을 쳤다. 그러나 그 속도는 그다지 빠르지 않았고, 태도는 아주 부드러웠다. 아이의 머리는 물가를 따라 솟았다 가라앉았다 하며 세 바퀴 헤엄을 치더니 별안간 두 눈을 부릅떴다. 새카만 눈방울은 유난히 빛났다. 그 머리는 입을 벌리더니 노래를 부르기 시작했다.

왕의 은혜가 널리 흐르고 흘러
원수를 부수고 원수를 부수고
아, 혁혁하고 강대함이여!
우주는 끝이 있으되 만수는 무강하도다.
다행히 나는 왔어라. 그 빛 푸르다!
그 빛 푸르다. 길이 잊지 않으리.
둘로 되느니 둘로 되느니 당당하도다.
당당하도다, 아, 아, 아!
아아, 돌아오라, 아아, 와서 같이 보라.
그 빛 푸르다!

머리는 갑자기 물마루에서 머물더니 몇 번 곤두박질하고는 아래위로 오르내렸다. 좌우로 살펴보는 눈매가 몹시 아름다웠다. 계속 노래가 이어졌다.

아아, 아아아!

사랑이여, 아아아!

하나의 머리를 피로 물들여라.

사랑이여, 아아아!

나는 하나의 머리를 사용하나니

그러나 뭇사람 없도다!

그는 백의 머리를 사용하고 천의 머리를.

여기까지 부르더니 머리는 가라앉았다 다시 떠오르지 않았다. 가사도 알아들을 수 없었다. 솟구쳐 오르던 물도 노랫소리가 가늘어짐에 따라 점점 낮아지더니 샘물처럼 솥 밑으로 잦아들었고, 먼 곳에서는 아무것도 보이지 않았다.

"어떻게 된 거냐?"

잠시 뒤 왕이 참지 못하고 물었다.

"대왕!"

시커먼 사람이 반쯤 꿇어앉아서 말을 이었다.

"그는 지금 솥 밑에서 가장 신기한 원무를 추고 있으므로 가까이 오지 않고서는 볼 수 없습니다. 저는 그를 올라오게 할 재간이 없습니다. 원무는 반드시 솥 밑에서 춰야 하기 때문입니다."

왕은 일어나 금계를 내려왔다. 그는 뜨거움을 무릅쓰고 솥 곁에 서서 머리를 숙이고 들여다보았다. 그 머리는 잔잔한 물속에 반듯이 누워 있었고, 두 눈은 왕을 쳐다보고 있었다. 왕의 눈길이 그의 얼굴에 가닿자 그는 방긋이 웃었다. 그가 웃는 것을 보자 왕은 어쩐지 낯익은 것 같기도 했으나 갑자기 누구인지 생각이 나지 않았다. 왕이 의아해하고 있을 때 시커먼 사람이 등에 진 푸른 검을 빼내어 왕의 덜미를 내리쳤다. 첨벙하는 소리와 함께 왕의 머리가 솥 안에 떨어졌다.

원수끼리 만나면 눈에 쌍심지를 켜는 법인데, 하물며 외나무다리에서 만났음에랴. 왕의 머리가 물 위로 떨어지자마자 미간척의 머리는 맞받아 올라가 죽을힘을 다해 왕의 귓바퀴를 꽉 물었다. 솥의 물이 부글부글 끓어올랐다. 두 머리는 곧 물속에서 결사전을 벌였다. 약 스무 차례 싸우고 나자 왕의 머리는 다섯 군데, 미간척의 머리는 일곱 군데에 상처를 입었다. 교활한 왕은 언제나 에돌아 뒤에서 덤벼들었다. 우연히 실수한 미간척은 드디어 왕에게 뒷덜미를 물려 움직일 수 없게 되었다. 왕의 머리는 미간척의 머리를 꽉 물고 놓지 않았다. 그는 계속 야금야금 먹어 들어갔다. 솥 밖에서도 아픔을 참지 못하여 우는 아이의 소리가 들리는 것 같았다.

왕후에서 신하에 이르기까지 겁에 질려 멍하게 있다가 이 소리를 듣자 술렁거리기 시작했다. 마치 햇빛 없는 캄캄한 어둠의 비애를 느끼기라도 한 듯 온몸에 소름이 쫙 끼쳤다. 그러나 한편으로는 알지 못할 환희로 뒤엉켜 두 눈을 부릅뜨고 그 무엇을 기다리는 듯했다.

시커먼 사람도 적이 놀라 당황한 것 같았으나 낯빛은 변하지 않았다. 그는 보이지 않는 검을 쥔 팔을 마른 막대기마냥 태연하게 쭉 뻗치고는 목을 내밀어 솥 밑을 자세히 들여다보았다. 갑자기 팔꿈치가 굽혀지더니 푸른 검이 날쌔게 그의 덜미를 내리쳤다. 검이 닿자 머리가 솥 안으로 떨어졌다. 풍덩하는 소리와 함께 백설 같은 물방울이 사방으로 높이 튀었다.

미간척의 복수

미간척의 복수에 대한 이야기는 중국 고대 민간에 널리 전해지던 전설로, 육조 시대 위나라 문제文帝 조비曹丕의 작품으로 전해지는 『열이전列異傳』에 기록되어 있다. 자신의 슬픈 운명을 씻어 내리는 미간척과 '시커먼 사람' 연지오의 형상은 대단히 생동적이다. 미간척은 원수를 갚기 위해 가장 소중히 여기던 검과 자신의 머리를 연지오에게 서슴없이 바쳤고, 연지오는 기회를 틈타 미간척의 아버지를 죽인 임금의 머리를 벤 뒤 자신의 머리도 베어 솥 안으로 떨어뜨렸다. 물속에서 생사를 건 사투를 벌인 끝에 마침내 미간척과 연지오는 임금을 완전히 죽이는 데 성공한다. 두 사람이 보여 준 견결한 의지, 죽음을 두려워하지 않는 용기와 희생, 권력에 대한 비타협적인 증오는 사람들에게 커다란 공명을 불러일으켰다.

그의 머리는 물에 떨어지자마자 왕의 머리에 달려들어 코를 물었는데, 거의 잡아뗄 것 같았다. 왕은 참지 못하여 "아이쿠!" 하고 비명을 질렀다. 그 틈을 타 미간척의 머리는 빠져나와 홱 돌아서면서 죽을힘을 다해 왕의 턱을 물고 늘어졌다. 그들이 있는 힘을 다해 아래위로 찢어 놓는 바람에 왕의 머리는 다시 입을 다물지 못하게 되었다. 그들은 굶주린 닭들이 모이를 쪼아 먹듯이 한바탕 마구 물어뜯었다. 왕은 눈이 찌그러지고 코가 납작해져 얼굴이 성한 데가 없었다. 처음에는 그래도 솥 밑에서 이리저리 뒹굴었으나 나중에는 아무 소리 없이 숨을 내쉬기만 할 뿐 들이쉬지는 못했다.

시커먼 사람과 미간척의 머리도 차츰 물어뜯는 것을 멈추고 왕의 머리에서 떨어졌다. 그들은 솥 벽을 한 번 빙 돌면서 왕의 머리가 정말 죽었는지 살펴보았다. 왕의 머리가 확실히 죽은 것을 알자 둘은 서로 마주보며 빙그레 웃고는 눈을 감았다. 그러고는 하늘을 향한 채 물 밑으로 가라앉았다.

4

연기는 사라지고 불은 꺼졌으며 물결도 일지 않았다. 전에 없던 정적이 깃들자 전상전하殿上殿下에 있던 사람들이 제정신으로 돌아왔다. 그들 중 어느 한 사람이 먼저 소리치자 모두 겁에 질려 연이어 소리쳤다. 한 사람이 금솥 곁으로 뛰어갔다. 사람들은 앞 다투어 앞 사람의 목 사이로 안을 엿볼 수 있을 뿐이었다.

솥의 열기가 여전해서 사람들의 얼굴에 확 끼쳤다. 솥 안의 물은 잔잔했다. 물 위에 뜬 기름에 왕후, 왕비, 무사, 늙은 신하, 광대, 태감 들의 얼굴이 비쳤다.

"아이고, 하느님 맙소사! 우리 폐하의 머리도 이 안에 있구나! 아이고, 아이고!"

여섯째 왕비가 갑자기 미친 듯이 울부짖었다. 그제야 왕후에서 신하에 이르기까지 모두 정신이 번쩍 들어 황망하게 흩어지더니 어찌할 바를 모르고 뱅뱅 돌았다. 모략이 가장 뛰어난 한 늙은 신하가 앞으로 나서더니 솥전을 만져 보았다. 그는 온몸을 부르르 떨며 얼른 물러나더니 두 손가락을 입에 대고 연신 후후 불어 댔다.

사람들은 정신을 가다듬고 궐 밖에서 머리를 건져 낼 방법을 의논했다. 좁쌀 세 솥을 끓여 낼 만한 시간이 지난 뒤에야 겨우 한 가지 결론을 내렸다. 그것은 주방의 철사 조리를 가져다가 무사들을 시켜 건지게 하자는 것이었다.

얼마 뒤 도구를 갖추었다. 철사 조리, 석자, 금쟁반, 행주 같은 것을 모두 솥 옆에 가져다 놓았다. 무사들은 소매를 걷어붙이고 철사 조리와 석자로 정중히 건지기 시작했다. 조리가 서로 부딪치는 소리, 석자에 솥이 긁히는 소리가 들렸다. 물은 석자와 조리의 움직임에 따라 뱅뱅 돌았다. 한참 뒤 한 무사의 안색이 갑자기 엄숙해지며 아주 조심스레 두 손으로 조리를 천천히 들어올렸다. 조리 구멍으로 물이 구슬처럼 새어 내렸다. 조리에는 하얀 두개골이 담겨 있었다. 사람들은 놀라서 소리를 질렀다. 무사는 두개골을 금쟁반에다 놓았다.

"아이고, 우리 폐하!"

왕후, 왕비, 늙은 신하, 태감 들이 모두 목 놓아 울기 시작했다. 그러나 얼마 지나지 않아 울음소리가 잇달아 그쳤다. 무사가 똑같은 두개골을 또 건져 냈기 때문이다. 그들은 눈물을 글썽이며 사방을 둘러보았다. 무사들은 비지땀을 흘리며 계속 건져 냈다. 뒤범벅이 된 흰 머리카락과 검은 머리카락을 건져 냈고, 수염인 것 같은 짧은 것도 건져 냈다. 이어 또 두개골 하나를 건져 냈고, 비녀 세 개를 건졌다. 비로소 솥 안에 맑은 물만 남자 일손을 멈추었다. 건진 것은 세 개의 금쟁반에 나누어 담았다. 한 쟁반에는 두개골, 한 쟁반에는 수염과 머리카락, 한 쟁반에는 비녀를 담았다.

"우리 폐하는 머리가 하나뿐인데 어느 것이 폐하의 것이오?"

아홉째 왕비가 초조하게 물었다.

"그러게 말입니다."

늙은 신하들은 서로 얼굴만 쳐다보았다.

"만일 살과 가죽이 삶겨 떨어지지 않았더라면 쉽게 알아볼 수 있었을 텐데요."

한 광대가 꿇어앉으며 말했다. 사람들은 마음을 가라앉히고 두개골을 자세히 들여다보았다. 그러나 색깔과 크기가 비슷하여 아이의 두개골마저 분간할 수 없었다. 왕후는 왕이 태자 시절에 넘어져서 다친 흔적이 오른쪽 이마에 있는데 뼈에도 그 흔적이 남아 있을 거라고 했다. 과연 광대가 한 두개골에서 그것을 발견했다. 모두 기뻐할 때 다른 광대가 좀 노르스름한 다른 두개골의 오른쪽 이마에서 비슷한 흔적을 발견했다.

"좋은 수가 있어요."

셋째 왕비가 으스대며 말했다.

"우리 폐하는 코가 매우 높아요."

태감들은 지체하지 않고 달려들어 코뼈를 연구하기 시작했다. 그중 하나가 좀 높기는 했으나 다른 것과 별로 큰 차이가 없었다. 안타깝게도 그것은 오른쪽 이마에 상처가 없었다.

"그런데 폐하의 뒷골이 이렇게 뾰족합니까?"

신하들이 태감에게 물었다.

"소인들은 여태 폐하의 뒷골을 유심히 본 적이 없습니다."

왕후와 왕비들은 제각기 생각을 더듬었다. 뾰족하다는 사람도 있고 넓적하다는 사람도 있었다. 머리 빗기는 태감을 불러다가 물었으나 한마디도 하지 못했다.

그날 밤으로 왕공과 대신들이 회의를 열어 어느 것이 왕의 머리인지 결정하려고 했으나 결과는 낮과 같았다. 더구나 수염과 머리카락까지 문제가 되었다. 흰 것은 물론 왕의 것이다. 그러나 반백이었으므로 검은 것도 처리하기가 아주 어려웠다. 밤늦도록 토의하여 불그스레한 수염 몇 올을 골라냈으나 아홉째 왕비가 항의했다. 왕비는 왕에게 몇 올의 노르스름한 수염이 있는 것을 확실히 보았는데 어찌 한 올의 붉은 수염도 없다고 할 수 있느냐고 했다. 그리하여 다시 한데 섞어 놓고 의문으로 남겨 두는 수밖에 없었다.

자정이 지났으나 아무런 결론을 내리지 못했다. 사람들은 하품을 해가며 계속 토의하다가 닭이 두 홰 울어서야 가장 신중하고 타당한 방법을 생각해 냈다. 세 개의 두개골을 왕의 몸뚱이와 함께 금관에 넣어 장사를 지내자는 것이었다.

이레가 지나 장사 지내는 날이 되었다. 성안은 왁자했다. 성안의 백성들과 먼 곳의 백성들이 모두 왕의 '대상大喪'을 보러 몰려들었다. 날이 밝자 길에는 남녀 백성들이 꽉 들어찼고, 그 가운데는 많은 제상이 차려져 있었다. 아침나절이 되자 길을 정리하는 기사가 천천히 나타났다. 오랜 시간이 지나서야 깃발, 곤봉, 창, 활, 도끼를 든 의장대가 나타났다. 그 뒤에는 악대를 실은 수레 네 대가 따랐고, 또 그 뒤에는 누런 뚜껑을 씌운 차가 울퉁불퉁한 길을 따라 들썩거리며 다가왔다. 이어 영구차가 나타났는데, 그 위에 금으로 만든 관을 실었다. 관 안에는 두 개골 세 개와 몸뚱이 하나가 담겨 있었다.

백성들은 모두 꿇어앉았다. 재상들도 줄지어 사람들 속에서 나타났다. 왕에게 충직한 몇몇 백성들은 눈물을 머금었고 그 용서 못할 두 역적의 혼백도 왕과 함께 제례를 받지나 않을까 두려워했지만 어쩔 수 없었다. 그 뒤로는 왕후와 많은 왕비가 탄 수레가 따랐다. 백성들도 그들을 보고 그들도 백성들을 보았으나 모두 울고 있었다. 그 뒤로는 대신·태감·광대 들이 따랐는데, 모두 슬픈 표정을 짓고 있었다. 그러나 백성들은 그들을 보지도 않았다. 행렬도 뒤죽박죽이 되어 볼 것이 없었다.

1926. 10.

아침 꽃을 저녁에 줍다

● 후지노 선생

유년 시절에서 신해혁명 당시까지 루쉰의 자전적 이야기를 담은 이 작품집은, 〈들풀〉과 함께 〈외침〉과 〈방황〉의 주석 구실을 한다. 각각 독립성이 강한 열 편이 연대기적으로 이어지는데, 회고적 성격이 짙다. 여기에서는 그중 루쉰의 일본 유학 시절 이야기를 담은 〈후지노 선생〉 편을 소개한다.

후지노 선생

도쿄는 그저 그런 곳이었다. 우에노 공원에 벚꽃이 만발할 때 멀리서 바라보면 빨간 구름이 가볍게 드리운 듯했다. 그 밑에는 항상 '청나라 유학생' 속성반 학생들이 무리를 지어 있었다. 그들은 정수리에 머리채를 빙빙 틀어 올리고 그 위에 학생모를 썼는데, 꼭대기가 불쑥 솟아 있어 마치 후지산을 이고 있는 것 같았다. 더러 머리채를 풀어 평평하게 말아 올린 사람도 있었는데, 모자를 벗으면 기름이 번지르르한 것이 어린 처녀들의 머리 같았다. 게다가 고개를 몇 번씩 뒤로 젖힐 때면 참으로 멋있었다.

중국유학생회관에서는 문간방에 책을 몇 권씩 놓고 팔아서 가끔씩 들를 만했다. 오전에는 안채에 있는 몇 칸의 양옥에도 들어가 앉아 있을 만했다. 하지만 저녁 무렵이면 그중 한 칸에서 쿵쿵 마룻바닥을 구르는 소리가 요란하게 울렸고, 실내는 연기와 먼지로 자욱해졌다. 소식통에게 물어보니 "그건 사교춤을 배우느라고 그러는 거요"라고 했다.

이럴 바엔 다른 곳으로 가는 게 어떨까? 나는 센다이의학전문학교로 갔다. 도쿄에서 얼마 가지 않아 한 역에 이르렀다. 그 역 이름은 닛포리日暮里였다. 어찌된 셈인지 아직도 난 그 이름을 기억했다. 그다음으로는 미도水戸란 지명밖에 기억하지 못한다. 그곳은 명나라의 유민 주순수朱舜水 선생이 객사한 곳이다. 센다이는 그리 크지 않은 소도시로, 겨울엔 몹시 춥다. 거기에는 그때까지 중국 유학생들이 없었다.

아마도 물건이란 적으면 귀중하기 마련인 모양이다. 베이징의 배추가 저장성에 가면 빨간 노끈으로 뿌리를 매어 과일 가게 앞에 거꾸로 매달아 놓고 '교채膠菜'라는 이름을 붙여 귀중히 부른다. 또 푸젠성의 들판에서 제멋대로 자라는 노회蘆薈(알로에)가 일단 베이징에 오기만 하면 곧 온실로 들어가 '용설란龍舌蘭'이란 아름다운 이름으로 불린다.

나도 센다이에 이르자 이런 우대를 받았다. 학교에서는 수업료를 받지 않았을 뿐만 아니라, 몇몇 교원들은 내 숙식 문제를 위해 마음을 써

일본 유학 시절의 루쉰과 센다이의학전문학교

1902년 루쉰은 다섯 명의 동기생과 함께 도쿄에 도착했다. 칠 년 반에 이르는 일본 유학 생활이 시작된 것이었다. 도쿄는 그에게 새로운 세계를 보여 주었지만 중국인인 그에게 차별과 멸시를 안겨 주기도 했다. 1904년 그는 차별을 피해 중국인이 한 명도 없는 센다이의학전문학교에 들어갔다. 그곳에서도 중국인에 대한 멸시는 여전했지만 모든 일본인이 그랬던 것은 아니었다. 예컨대 해부학 교수인 후지노 겐구로는 성심성의껏 그를 가르쳤다. 루쉰은 후에도 그에 대한 존경심을 잊지 않았다.

주었다. 처음에 나는 감옥 근처에 있는 여관에서 기숙했다. 초겨울이라 날씨가 퍽 쌀쌀했지만 웬일인지 모기가 많았다. 나중에는 이불로 온몸을 감싸고 옷으로 머리며 얼굴을 두른 뒤 콧구멍만 빠끔히 내놓았다. 그칠 사이 없이 숨을 쉬는 콧구멍에는 모기란 놈도 주둥이를 들이박을 수 없었으므로 그런대로 편안히 잠들 수 있었다. 식사도 괜찮았다. 그러나 한 선생이 이 여관은 죄수들의 식사를 맡아보는 곳이므로 내가 여기에서 기숙하는 것은 합당치 않다며 몇 번이나 권고했다. 나는 이 여관이 죄수들의 식사를 맡아보든 말든 나와는 아무런 상관이 없다고 여겼지만 그의 호의에 못 이겨 다른 곳을 찾을 수밖에 없었다. 그래서 감옥에서 아주 멀리 떨어진 곳으로 숙소를 옮겼는데, 유감스럽게도 거기에서는 날마다 잘 넘어가지 않는 토란줄기국을 먹어야 했다.

그때부터 나는 낯선 선생도 많이 만나고 새로운 강의도 많이 듣게 되었다. 해부학은 두 교수가 분담해서 가르쳤다. 그 처음은 골과학이었다. 강의를 맡은 선생은 검고 파리한 얼굴에 팔자수염을 기르고 안경을 꼈다. 그는 옆구리에 크고 작은 책을 가득 끼고 들어오더니 교탁 위에 내려놓고 느릿느릿하면서도 뚜렷한 억양으로 학생들에게 자기를 소개했다.

"나는 후지노 겐구로라고 하오."

그러자 뒤에 앉아 있던 몇몇 학생들이 키득거렸다. 인사를 끝낸 그는 일본의 해부학 발전사를 강의했다. 그 크고 작은 책은 모두 최초부터 오늘에 이르기까지의 이 부문 학문에 대한 저서였다. 초기의 책은 실로 꿰매었고, 중국의 역본을 다시 각판한 것도 있었다. 이로 보아 새로운 의학에 관한 그들의 번역과 연구가 중국보다 빠르지 않다는 것을 알 수 있었다.

뒤에 앉아 키득거리던 학생들은 낙제생들로, 학교에 온 지 일 년이나 되어 학교 사정을 제법 잘 알고 있었다. 그들은 신입생들에게 선생들의 내력을 곧잘 얘기해 주었다. 그들 말에 의하면 후지노 선생은 옷차림을 매우 등한히 하는 사람으로, 때로는 넥타이 매는 것도 잊어버리고 겨울이면 낡은 외투를 걸치고 오들오들 떨었다. 그 행색이 심히 초라해 한번은 기차에 오르자 차장이 그가 도둑이 아닐까 의심하여 승객들에게 주의를 환기한 일도 있었다고 한다. 나도 그 선생이 넥타이를 매지 않고 강의하러 들어온 걸 한 번 본 일이 있으니, 그들의 말이 대체로 틀리지 않은 것 같았다.

한 주일이 지난 어느 날이었다. 아마 토요일이었을 것이다. 그는 조수를 시켜 나를 불렀다. 연구실에 들어서니 그는 사람의 골격과 수많은 두개골 사이에 앉아 있었다. 그때 그는 두개골에 관해 연구했는데, 그 후 교내 잡지에 논문 한 편을 발표했다. 그가 내게 물었다.

"학생은 내 강의를 좀 받아쓸 만한가?"

"네, 얼마간 받아쓸 수 있습니다."

"그럼 노트를 가져와 보게. 내 좀 보지!"

나는 노트를 보여드렸다. 그는 이삼 일 뒤에 노트를 돌려주면서 앞으로는 한 주일에 한 번씩 가져오라고 했다. 노트를 펼쳐 본 나는 몹시 놀랐다. 한편으로는 송구한 마음과 함께 감격을 금할 수 없었다. 내 노트는 처음부터 마지막까지 죄다 빨간 펜으로 첨삭되어 있었는데, 내가 미처 받아쓰지 못한 많은 대목이 보충되어 있었을 뿐만 아니라 문법적인 오류까지 바로잡혀 있었다. 이것은 그가 맡은 과목인 골과학과 혈

과학, 신경학이 다 끝날 때까지 줄곧 계속되었다.

하지만 유감스럽게도 나는 그때 공부를 너무 등한히 했고, 때로는 내키는 대로 해버렸다. 지금도 기억하는데, 한번은 후지노 선생이 나를 자기 연구실로 불러다가 내 노트에 그린 아래 팔의 혈관도를 가리키며 부드럽게 말했다.

"학생, 이걸 보게. 학생은 이 혈관의 위치를 약간 이동했네. 물론 이렇게 이동하면 보기에는 좋지. 하지만 해부도는 미술이 아니야. 실물이 그렇게 생겼으니 그것을 바꿀 수는 없단 말일세. 내가 지금 제대로 고쳐 놓았으니 다음부터는 뭐든지 칠판에 그린 그대로 그리게."

하지만 나는 내심 수긍하지 않았다. 입으로는 그렇게 하겠노라고 했지만 속으로는 이렇게 생각했다.

"그래도 그림은 내가 그린 게 낫지. 실물이 어떤지는 나도 기억해 두고 있거든."

학년 말 시험이 끝나자 나는 도쿄에 가서 여름 한때를 즐기고 초가을에 학교로 돌아왔다. 돌아와 보니 성적이 이미 발표되었는데, 백여 명의 학생들 중 나는 중간쯤이었으니 낙제나 면한 정도였다. 이번에 후지노 선생이 맡은 과목은 해부 실습과 국부 해부학이었다.

해부 실습을 한 지 일주일이 되었을 무렵 후지노 선생이 또 나를 불렀다. 그는 아주 기뻐하며 예나 다름없이 뚜렷한 어조로 이렇게 말했다.

"나는 중국 사람들이 귀신을 몹시 위한다는 말을 듣고 학생이 시체를 해부하려 하지 않을까 봐 무척 걱정했네. 그런데 그런 일이 없으니 이제 한시름 놓았네."

그러나 그도 때로는 나를 몹시 난처하게 만들었다. 중국 여인들이 전족을 한다는 말은 들었으나 상세한 것은 모르는 그가, 내게 중국 여인들이 발을 어떻게 동여매고 발뼈는 어떤 기형으로 변하는지 물었다. 그러고는 한탄하며 말했다.

"어쨌든 한번 봐야 알 텐데, 도대체 어떻게 생겼나?"

그러던 어느 날, 우리 학급 학생회 간사들이 내 숙소로 찾아와 노트를 빌려 보자고 했다. 노트를 내어 주자 그들은 뒤적거리며 보더니 그냥 가버렸다. 그들이 돌아간 뒤 이어 두툼한 편지 한 통이 배달되어 왔다. 열어 보니 첫마디가 이러했다.

"그대는 회개하라!"

이것은 《신약성서》에 있는 말로, 톨스토이가 최근에 인용했다. 그때는 러일전쟁이 한창 벌어지던 때로, 톨스토이 선생은 러시아와 일본 황제에게 보낸 편지의 첫머리를 이렇게 썼다. 당시 일본 신문은 그의 불손을 몹시 규탄했고, 애국 청년들도 자못 분개했다. 그러나 사람들은 알게 모르게 이미 그의 영향을 받았던 것이다. 그다음 말은, 지난 학년 말 해부학 시험 제목은 후지노 선생이 노트에다 표시해 주었다는 것이고, 내가 그것을 미리 알고 있었기 때문에 그와 같은 성적을 거두었다는 것이었다. 끝에는 이름이 없었다.

그제야 나는 며칠 전에 있었던 일이 떠올랐다. 그때 학급 간사는 칠판에다 학급 회의가 있다고 통지하면서 끝머리에 "전체 학우는 하나도 빠지지 말고 모두 참가하기 바람"이라고 쓰고 '빠지지 말고'에는 방점까지 찍었다. 나는 그때 방점을 찍은 것이 우스웠지만 조금도 신경 쓰지 않았다. 이제 와서야 그것이 선생님에게서 새어 나온 시험 문제를 내가 얻었다고 나를 비꼰 것임을 알았다.

나는 이 일을 후지노 선생에게 알렸다. 나와 가깝게 지내는 몇몇 학우들도 이 일에 몹시 분개하여 나와 함께 간사를 찾아갔다. 우리는 구실을 만들어 남의 노트를 검사한 무례한 행동을 힐책하고, 그 검사 결과를 발표할 것을 요구했다. 결국 그 엉터리 소문은 마침내 사라졌다. 그러자 간사는 그 익명의 편지를 되찾기 위해 갖은 애를 썼다. 나중에 나는 톨스토이식의 그 편지를 그들에게 도로 돌려주었다. 중국은 약한 나라이므로 중국인은 두말할 것도 없이 저능아다. 그러므로 육십 점 이상 맞은 건 자신의 실력이 아니다. 이것으로 볼 때 그들이 의혹을 가진 것도 무리는 아니었다.

이어 나는 중국인을 총살하는 장면을 구경하는 운명에 부딪혔다. 이학년 때부터 세균학을 배웠는데, 세균의 형태를 모두 영화로 보여 주었다. 영화가 다 끝나고도 하교 시간이 되지 않으면 보도 영화를 보았는데, 으레 일본이 러시아를 싸워 이기는 내용이었다. 그 속에는 공교롭게도 중국인이 끼어 있었다. 중국인이 러시아의 정탐꾼 노릇을 하다가 일본군에게 체포되어 총살을 당하게 되었는데, 빙 둘러서서 구경하는 무리도 모두 중국인이었다. 그리고 교실에도 한 사람 있었으니, 그가 바로 나였다.

"만세!"

학생들은 박수를 치며 환호성을 올렸다. 이런 환호성은 영화를 볼 때마다 터져 나왔다. 그러나 내 귀에는 몹시 거슬렸다. 그 후 중국으로 돌아온 뒤에도 범인을 총살하는 것을 무심히 구경하는 자들을 보았는데, 그들도 술 취한 사람들처럼 마구 박수갈채를 보내는 것이 아닌가.

아아! 어쩔 도리가 없구나! 하지만 그때 그곳에서 내 생각은 달라졌다.

이학년이 끝날 때 나는 후지노 선생을 찾아가서 의학 공부를 그만두고 센다이를 떠나겠다고 했다. 그의 얼굴에는 적이 서글픈 빛이 떠올랐고, 무엇을 말하려는 듯하다가 끝내 입을 떼지 않았다.

"선생님, 저는 생물학을 배울 예정입니다. 그러니 선생님께서 가르쳐 주신 지식도 쓸모가 있을 것입니다."

사실 나는 생물학을 배울 마음이 없었다. 하지만 그의 서글픈 표정을 보자 이렇게 빈말로나마 위안하지 않을 수 없었다.

"그러나 의학을 위해 가르친 해부학 같은 것은 생물학에 별 도움을 주지 못할 것이오."

그는 한숨 섞인 목소리로 대답했다.

떠나기 며칠 전 그는 나를 자기 집에 불러 뒷면에 '석별'이라고 쓴 사진 한 장을 주었다. 내 사진도 한 장 달라고 했다. 하지만 그때 내게는 사진이 없었다. 그는 앞으로 찍거든 부쳐 달라고 하고는 편지로 가끔 안부를 전하라 당부했다.

하지만 센다이를 떠난 뒤 나는 몇 년 동안 사진을 찍지 않았다. 게다가 내 처지가 답답하여 알려 봤자 그에게 실망밖에 주지 않을 터라 편지마저 쓸 용기가 나지 않았다. 그 후 해가 거듭되자 무엇을 어떻게 쓰면 좋을지도 몰랐다. 그래서 때로는 편지를 쓰고 싶은 생각이 있었지만 붓이 잘 나가지 않아 그냥 미루어 두기만 했다. 결국 오늘까지 편지한 통, 사진 한 장 부치지 못했다. 그쪽에서 보면 한 번 떠난 뒤로 감

후지노 선생
이학년이 끝날 무렵 루쉰은 후지노 선생을 찾아가 의학 공부를 그만두고 센다이를 떠나겠다고 했다. 후지노 선생은 루쉰과의 이별을 슬퍼하며 이 사진을 주었다. 이것은 지금도 베이징에 있는 루쉰의 옛집 벽에 걸려 있다.

감무소식이 되고 만 것이다.

하지만 어찌된 영문인지 나는 늘 그를 생각했다. 내가 스승으로 모시는 분들 중 그는 나를 가장 감격케 하고 고무시킨 한 사람이다. 나는 늘 나에 대한 그의 열렬한 기대와 지칠 줄 모르는 가르침을 작게 말하면 중국을 위한 것, 즉 중국에 새로운 의학이 있기를 바라는 것이며, 크게 말하면 학술을 위한 것, 즉 중국에 새로운 의학이 전파되기를 희망하는 것이라고 생각했다. 그의 이름은 비록 사람들에게 널리 알려지지 않았지만, 그의 성격은 내가 보기에 위대한 것이었다.

나는 그가 첨삭해 준 노트를 영원한 기념으로 삼으려고 세 권으로 두텁게 매어 고이 간직해 두었다. 그런데 칠 년 전 이사할 때 도중에 책 상자가 하나 툭 터져 그만 책을 반 궤짝이나 잃어버렸는데, 공교롭게도 그 세 권의 노트도 그 속에 들어 있었다. 그때 그 책을 찾아 주도록 운송국에 책임을 물었지만 아무런 회답이 없었다. 그의 사진만은 오늘까지 베이징에 있는 내 숙소의 동쪽 벽 책상 맞은편에 걸려 있다. 밤마다 일에 지쳐 게을러질 때면 등불에 비친 그의 검고 야윈 얼굴을 쳐다본다. 그럴 때면 그가 억양이 뚜렷한 어조로 말하려는 것 같아 나는 이내 양심의 가책을 느끼고 용기를 북돋운다. 그리하여 담배를 한 대 붙여 물고는 다시 '정인군자正人君子' (루쉰은 당시 여론을 주도하던 보수적 지식인을 이렇게 부르며 비아냥거렸다) 따위한테 꽤나 미움을 사게 될 글을 계속 써 내려간다.

1926. 10. 12.

들풀

스물네 편의 산문시로 구성된 《들풀》은 루쉰의 작품 중 가장 완성도가 높은 것으로 평가된다. 이 특이한 시집은 인생과 현실에 대한 근본적인 사색과 통찰을 간접적이고 상징적으로 보여 주는데, 가히 루쉰의 정수가 담겨 있다고 할 만하다. 병들고 허위적인 현실에 대한 그의 강직하고 철저한 비판 정신은 소설보다 산문에서 더 빛을 발하는 듯하다. 여기에서는 《들꽃》에 수록된 작품 중 다섯 편을 뽑아 실었다.

희망

내 마음은 자못 적막하다. 그러나 자못 고요하다. 사랑도 미움도 없고, 슬픔도 즐거움도 없으며, 빛깔과 소리도 없다.

아마 나는 늙었나 보다. 머리에 하얀 서리가 내린 것은 자명한 사실이 아닌가. 손길이 바르르 떨리는 것도 자명한 사실이 아닌가. 그러니 내 넋의 손길도 분명 바르르 떨리는 것이고, 머리에도 분명 흰 서리가 내렸을 것이다.

그런데 이는 꽤 여러 해 전의 일이다. 그때는 내 가슴속에도 피와 쇠, 화염과 독기, 회복과 복수의 피비린내 나는 노랫소리가 가득 차 있었다. 그런데 어느 해 이런 것이 가신 듯 없어지더니 텅 비어 버렸다. 하지만 때로는 일부러 자신을 속이는 덧없는 희망으로 그 텅 빈 자리를 메우려 했다. 희망, 이 희망이란 방패로 습격해 오는 그 텅 빈 어두운 밤을 막아 보려 했다. 비록 방패 뒤에도 여전히 텅 빈 어두운 밤이 도사리고 있긴 했지만. 나는 줄곧 이렇게 내 청춘을 헛되이 보냈다.

내 청춘이 이미 지나가 버린 것을 내 어찌 몰랐으랴. 그러나 내 몸 밖의 청춘은 그대로 있다고 믿어 왔다. 별, 달빛, 죽은 나비, 어둠 속의 꽃, 불길한 부엉이 소리, 두견새의 피 마르는 울음소리, 허망한 웃음, 사랑의 너울거리는 춤…… 이런 것이 비록 구슬프고 아리송한 청춘이긴 하지만 청춘임엔 틀림없다.

그런데 오늘은 어찌하여 이리도 쓸쓸한가? 그래 내 몸 밖의 청춘마저 다 사라져 버리고 세상의 젊은이들도 다 늙었단 말인가? 나는 오직 홀로 이 텅 빈 어두운 밤을 맞받아 나갈 수밖에 없다. 나는 희망이란 방패를 내던졌다. 그리고 페퇴피 산도르Petöfi Sándor의 〈희망〉이라는 노래에 귀를 기울였다.

희망이란 무엇이냐?
그것은 매춘부다.
그는 누구에게나 아양을 떨며 모든 것을 바친다.
그대의 귀중한 보배,
그대의 청춘을 다 바쳤을 때
그는 그대를 저버리노라.

헝가리의 애국자인 이 위대한 서정 시인이 조국을 위해 싸우다가 카자흐 병사의 창끝에 죽은 지 벌써 칠십오 년이 지났다. 그의 죽음은 슬프다. 하지만 더 슬픈 것은 그의 시가 지금까지도 죽지 않은 것이다.

루쉰

이 작품에서는 루쉰 자신이 느꼈을 적막함과 쓸쓸함이 잘 전해 온다. 이는 《들풀》 머리말에서도 잘 나타나는데, 이것은 공산당 토벌의 시발점이 된 1927년 장제스의 4.12 쿠데타 뒤에 쓴 것으로 그 어조가 매우 어둡다. "침묵하고 있을 때 나는 충일감을 느낀다. 입을 열자마자 공허를 느낀다. (중략) 생명의 진흙은 땅에 버려지고 교목은 자라지 않고 들풀만 생겨났다. 이것은 나의 죄다. 들풀은 뿌리가 깊지 아니하고 꽃과 잎이 아름답지 않으며 죽은 지 오래된 사람의 피와 살을 먹고 마시며 자기 생명을 얻는다. 그 생존마저 짓밟히고 꺾여 마침내는 사멸할 뿐이지만." 그러나 그는 다시 단호한 어조로 이렇게 말한다. "나는 나의 들풀을 사랑한다. 허나 들풀을 장식으로 여기는 땅을 미워한다."(리첸九陌작, 《루쉰 선생》)

하지만 처참한 인생이여! 페퇴피와 같이 군세고 용감한 사람도 끝내 어두운 밤 앞에서 걸음을 멈추고 아득한 동녘을 향해 머리를 돌렸다. 그는 말했다.

"절망이란 희망처럼 허망한 것이다."

가령 내가 밝지도 어둡지도 않은 이 '허망함' 속에서 아직도 구구히 살아가야 한다면 나는 사라져 버린 구슬프고 덧없는 그 청춘을 찾으리라. 그것이 비록 내 몸 밖의 것인들 어떠랴. 내 몸 밖의 청춘이 사라진다면 몸 안의 황혼도 이내 시들고 말 것을.

그런데 지금은 별도 달빛도 없고, 죽은 나비도 허망한 웃음도 너울거리는 사랑의 춤도 없다. 하지만 청년들은 자못 조용하다.

나는 오직 홀로 이 텅 빈 어두운 밤을 맞받아 나갈 수밖에 없다. 설사 내 몸 밖의 청춘을 찾지 못한다 하더라도 몸 안의 황혼을 떨쳐 버려야 한다. 그런데 어두운 밤은 어디에 있는가? 지금은 별도 달빛도 없고, 허망한 웃음과 너울거리는 사랑의 춤도 없다. 청년들은 자못 조용하다. 내 앞에는 마침내 참다운 어두운 밤마저 없어지고 말았다.

절망이란 희망처럼 허망한 것이다!

1925. 1. 1.

들풀 野草

아름다운 이야기

등불이 점점 가물가물해졌다. 석유가 얼마 남지 않았다는 신호다. 질 좋은 석유가 아니어서 등피는 벌써 새까맣게 그을었다. 폭죽 소리가 사방에서 요란하게 울렸고, 담배 연기가 주변에 자욱했다. 실로 침울한 밤이다.

나는 눈을 지그시 감은 채 몸을 뒤로 젖히며 의자 등받이에 등을 기댔다.《초학기初學記》를 펼쳐 쥔 손을 무릎 위에 올려놓았다. 나는 몽롱한 의식 속에서 아름다운 이야기를 보았다. 이 이야기는 실로 아름답고 우아하고 재미있었다. 숱한 아름다운 사람들과 일이 온 하늘을 뒤덮은 꽃구름처럼 한데 어울려 수천만 개의 혜성처럼 날아다니면서 끝없이 멀리 펼쳐졌다.

나는 쪽배를 타고 산인다오山陰道를 지나던 일이 우연히 떠올랐다.

아름다운 세계
전투성과 현실성으로 중무장된 루쉰의 작품 가운데서 섬세함과 서정성이 돋보이는
〈아름다운 이야기〉는, 그가 궁극적으로 추구하는 이상향을 말해 주는 듯하다.(모처莫
測 작, 〈고기잡이〉)

강 양쪽 기슭의 옻나무, 파릇파릇한 곡식, 들꽃, 닭, 개, 관목, 고목, 오막살이, 탑, 절, 농부와 시골 아낙, 시골 처녀, 널어놓은 빨래, 중, 도롱이, 하늘, 구름, 대나무…… 이 모든 것이 맑고 푸른 강물 속에 거꾸로 비쳐 노를 저을 때마다 햇빛에 반짝이면서 부평초며 물고기와 함께 너울너울 흔들렸다. 온갖 그림자와 물체가 흐트러져 넘실거리고, 퍼져 나가다가는 한데 어울리고, 방금 서로 어울리는 것 같다가는 어느덧 줄어들어 제 모양으로 되돌아갔다. 그리고 여름날의 구름처럼 울렁거리는 그 경계는 햇빛을 받아 수은빛을 뿌렸다. 내가 본 강은 모두 그러했다.

지금 보고 있는 이야기도 그러하다. 물속의 쪽빛 하늘을 바탕으로 모든 사물이 한데 어울려 이야기를 이루었고, 이는 영원히 움직이면서 끝없이 전개되어 끝을 볼 수 없다.

강가의 늙은 버드나무 아래 가냘픈 몇 그루의 접시꽃은 아마도 시골 처녀들이 심은 것이리라. 핏빛처럼 빨간 꽃과 알롱달롱한 점이 박힌 빨간 꽃은 강물에 비껴 너울거리다가는 어느새 부서지고 길쭉해진다. 한 올 한 올 연지처럼 붉은 빛으로 변하지만 번져 나가지는 않는다. 오막살이, 개, 탑, 시골 처녀, 구름…… 모두 너울너울 흔들린다. 핏빛처럼 빨간 꽃이 송이송이 기다랗게 늘어나서 이번에는 붉은 비단 띠로 변하여 너풀거리며 흘러내린다. 비단 띠는 개를 휘감고, 개는 흰 구름 속에 말려들어 가며, 흰 구름은 시골 처녀를 감싼다. 그런데 다음 순간 그것은 다시 줄어든다. 알롱달롱한 점이 박힌 빨간 꽃의 그림자는 이미 부서져 길게 늘어나 탑, 시골 처녀, 개, 오막살이, 구름 속으로 말려들어 간다.

지금 보고 있는 이야기는 그 윤곽이 뚜렷해졌다. 그것은 아름답고 우아하고 재미있으며 또렷했다. 푸른 하늘을 바탕으로 수놓인 수많은 아름다운 사람들과 일을 나는 또렷이 볼 수 있고 하나하나 이해할 수 있다. 나는 그것을 눈여겨보려 했다.

　　순간 나는 깜짝 놀라 눈을 떴다. 꽃구름은 어느덧 구겨지고 헝클어졌다. 마치 누가 큰 돌을 들어 강물에 던진 듯 갑자기 파문이 일며 모든 그림자가 조각조각 부서졌다. 나는 얼떨결에 거의 땅에 떨어지려는 《초학기》를 꽉 쥐었다. 눈앞에는 아직 무지갯빛의 부서진 그림자가 몇 점 남아 있었다.

　　나는 아름다운 이야기를 무척 사랑한다. 그 부서진 그림자라도 남아 있을 때 그것을 붙잡아 완성해서 써 두려 했다. 나는 책을 내던지고 허리를 구부려 붓을 찾았다. 그런데 부서진 그림자는 어디에 있는가. 그저 어둠침침한 등불만 보일 뿐 나는 쪽배에 앉아 있지 않았다.

　　하지만 이 아름다운 이야기를 보았다는 것만은 언제나 잊지 않을 것이다. 이 어둠침침한 밤에.

1925. 2. 24.

잃어버린 좋은 지옥

나는 꿈에 침대에 누운 채 황량한 들판 너머 지옥의 언저리에 있었다. 모든 귀신들의 울음소리는 가냘프나 질서가 있었다. 그것은 불길이 타오르는 소리, 기름이 끓어오지는 소리, 쇠갈퀴가 부딪치는 소리와 한데 어울려 마음을 도취시키는 교향악이 되어 지하의 태평을 삼계三界(천국, 인간세, 지옥)에 알렸다.

한 거룩한 사내가 내 앞에 와 섰다. 아주 끌끌하고 인자하게 생겼으며, 온몸에서 눈부신 빛이 났다.

"이젠 모든 게 끝장이야, 끝장! 가엾은 귀신들이 그 좋은 지옥을 잃어버렸으니까!"

사내는 비분에 차서 말했다. 그러고는 내 옆에 걸터앉아 자기가 아는 이야기를 들려주었다.

"온 천지가 꿀빛일 때니, 그것은 마귀가 천신과 싸워 이기고 모든 것을 지배할 힘을 틀어쥐고 있을 때였소. 마귀는 천국을 손에 넣었고, 인간세와 지옥도 손에 넣었소. 그는 지옥에 군림하여 한복판에 자리 잡고 앉았는데, 온몸에서 눈부신 빛을 뿜으며 모든 귀신들을 골고루 비춰 주었소.

지옥은 벌써 질서가 문란해진 지 오래였소. 칼숲은 이미 빛을 잃었고, 끓어오르던 기름 가마 주변은 이미 싸늘해졌으며, 활활 타오르던 불구덩이에서는 이따금 푸른 연기가 피어오를 뿐이었소. 먼 곳에는 만다라꽃이 피기 시작했소. 그것은 아주 작고 애처로우며 해말쑥한 꽃이었소. 그야 이상할 게 없지. 땅이 거의 불에 탔으니 자연히 기름기가 없어질 수밖에.

귀신들은 싸늘한 기름과 사위어 가는 불속에서 깨어났소. 마귀의 몸에서 뿜어 나오는 빛을 빌려 아주 작고 애처로우며 해말쑥한 지옥의 꽃을 보았소. 이에 몹시 유혹된 그들은 불현듯 인간 세상을 생각하게 되었소. 이렇게 곰곰이 생각하기를 그 몇 해였으나, 마침내 그들은 일시에 일어나 지옥을 쳐부술 것을 인간 세상에 부르짖었소.

인류는 그 소리를 듣고 일어나 정의를 주장하며 마귀와 싸움을 벌였소. 싸움의 함성은 삼계에 차 넘쳤으며, 벼락 치는 소리보다도 더 요란했소. 마침내 큰 모략을 쓰고 큰 포위진을 쳐 마귀를 지옥에서 쫓아내고 말았소. 최후의 승리를 거두자 지옥의 대문에도 인류의 깃발이 꽂혔소.

귀신들이 일제히 환호성을 올릴 때 지옥의 질서를 바로잡을 인류의 사자는 이미 지옥에 군림하여 한복판에 좌정했소. 그러고는 인류의 위엄으로 모든 귀신들을 호령했소. 귀신들이 다시 지옥을 쳐부수자고 부르짖자 그들은 인류의 반역자가 되어 버렸소. 그들은 영원히 벗어나지 못할 벌을 받고 칼숲 한가운데로 옮겨 갔소.

그리하여 인류는 지옥을 지배할 권리를 완전히 틀어쥐었는데, 그 위세는 마귀 이상이었소. 인류는 문란한 지옥의 질서를 바로잡고 아방阿傍(소의 머리에 사람의 몸을 한 지옥의 잡귀로, 불교 전설에 나온다)에게 가장 높은 봉록을 주었소. 그리고 나무를 지펴 불길을 돋우고 칼을 갈아 날을 세움으로써 지옥의 면모를 새롭게 하여 이전의 황폐한 기상을 말끔히 없애 버렸소.

그러자 만다라꽃은 이내 말라 버렸소. 기름은 예나 다름없이 끓어오르고, 칼은 다시 날이 섰으며, 불은 종전처럼 타올랐소. 귀신들은 예나

케테 콜비츠 작, 〈봉기〉

마찬가지로 신음하고 뒹굴다 보니 잃어버린 좋은 지옥을 생각할 겨를
조차 없게 되었소. 이것은 인류의 성공이며 귀신들의 불행이오.

　친구, 당신은 내가 누구인지 의심하겠지요? 그렇소, 당신은 사람이
니까! 나는 야수와 악귀를 찾아가야겠소."

1925. 6. 16.

견해를 세우는 방법

나는 꿈에 소학교 교실에서 작문을 하기 위해 선생님께 견해를 밝히는 방법을 물었다.

"어렵지!"

선생님은 안경테 너머로 나를 흘끔 바라보며 말했다.

"내 얘기를 하나 들려주마. 어떤 집에서 귀동자를 낳고 온 집안이 기뻐 어쩔 줄을 몰랐다. 달이 차자 애를 안고 나와 손님들에게 구경시켰지. 축하의 말이나 들으려고 한 거겠지. 어떤 사람이 '이 앤 장차 부자가 되겠구려'라고 말해 고맙다는 말을 들었어. 그러자 또 다른 사람이 '이 앤 장차 벼슬을 하겠구려'라고 말해 역시 고맙다는 말을 들었어. 그런데 한 사람은 '이 앤 앞으로 죽겠구려'라고 말해 모든 사람에게 몰매를 맞았지. 죽을 것이라고 한 것은 당연한 말이고, 부귀를 누릴

것이라고 한 것은 거짓말일 수도 있어. 하지만 거짓말을 한 사람은 대접을 받고, 당연한 말을 한 사람은 매를 맞았다는 말이다. 그러니 넌……."

"저는 거짓말도 하지 않고 매도 맞지 않을 겁니다. 그러자면 선생님, 저는 어떻게 말해야 합니까?"

"너는 이렇게 말해야 한다."

"아아, 이 애는 정말! 얼마나…… 어이구! 하하! 허허! 허허허허!"

1925. 7. 8.

인사

루쉰은 이 짤막한 작품을 통해 당면한 현실 문제에 대해 공정한 태도를 취하는 척하며 어물쩍 넘어가는 행태를 날카롭게 풍자했다. 그는 다른 글에서도 이렇게 말했다. "중국에서 나의 붓이 비교적 날카로운 편이고, 말도 사정없이 할 때가 있다는 것을 나 자신도 안다. 그러나 나는 또한 사람들이 어떻게 공정한 도리와 정의라는 그럴듯한 이름으로, 도덕군자의 간판으로, 부드럽고 후한 체하는 가면으로, 유언비어과 공론을 무기로, 어물어물하면서도 빙빙 돌리는 글로 자신의 배를 채우고, 세력도 문필도 없는 약자들을 숨도 제대로 쉬지 못하게 하는지를 안다. 나는 이 붓을 사용하여 기린의 껍질 속에 싸인 마각을 폭로하는 데 쓰고자 한다."(케테 콜비츠 작, 〈인사〉)

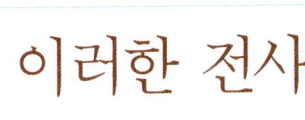

이러한 전사

이런 투사가 있어야 한다.

그는 아프리카의 토착민처럼 몽매하면서도 번쩍이는 모젤총을 메거나 중국의 녹영병綠營兵(주로 한인들로 구성한 청나라 군대 조직으로, 녹색 깃발을 영의 표시로 삼아 녹영병이라 불렀다)처럼 지쳐서 목갑총을 차는 그런 투사가 아니다. 그는 소가죽이나 파철로 만든 갑옷과 투구의 보호는 조금도 받으려 하지 않는다. 그저 맨몸으로 야만인들이 쓰는, 한 손으로 던지는 창을 든다.

그는 무형물의 싸움터에 나선다. 만나는 사람마다 모두 그에게 머리를 끄덕여 인사한다. 그는 이렇게 머리를 끄덕이는 것이 바로 원수들의 무기라는 것을, 피 한 방울 보이지 않고 사람을 죽이는 무기라는 것을 안다. 수많은 투사들이 그 때문에 멸망했다. 그것은 포탄마냥 용사들을 꼼짝하지 못하게 한다.

그자들의 머리 위에는 자선가니 학자니 문인이니 연장자니 신사니 군자니 하는 듣기 좋은 이름을 수놓은 여러 가지 깃발이 걸려 있다. 그리고 머리 밑으로는 학문이니 도덕이니 국수주의니 민의니 논리니 정의니 동방 문명이니 하는 보기 좋은 무늬를 수놓은 여러 가지 외투를 걸쳤다.

그러나 투사는 창을 들었다. 그자들은 심장이 한쪽에 붙어 있는 인간들과는 달리 가슴 한복판에 있노라고 하나같이 맹세한다. 또한 심장이 가슴 한복판에 있음을 자신도 확신한다는 것을 증명하기 위해 가슴에 호심경護心鏡갑옷의 가슴 쪽에 호신용으로 붙이던 구리 조각을 달았다.

그러나 투사는 창을 들었다. 투사는 해죽 웃으며 가슴 한쪽을 겨누고 창을 던졌다. 그 창은 곧바로 그자들의 심장을 맞혔다. 그러자 모든 것이 삼단 쓰러지듯 쓰러졌다. 남은 것은 속이 텅 빈 외투뿐이다. 무형물은 벌써 빠져 달아나 승리했다. 이때 투사는 자선가니 뭐니 하는 따위를 죽인 죄인이 되므로.

그러나 투사는 창을 들었다. 그는 무형물의 싸움터를 성큼성큼 걸어간다. 그는 다시 모두 머리를 끄덕여 인사하는 것을 본다. 여러 가지 깃발과 외투도.

그러나 투사는 창을 들었다. 그는 마침내 무형물의 싸움터에서 늙어 일생을 마친다. 결국 그는 투사가 되지 못한다. 하지만 무형물은 승리

투사
〈이런 투사가 있어야 한다〉는 평생 수없는 싸움에 휘말린 루쉰 자신의 자화상이라 할 만하다. 루쉰은 스스로 지식인이면서도 지식인을 대단하게 생각하지 않았다. 그는 학문, 도덕, 국수주의, 공론, 논리, 정의, 동방 문명 따위의 '무형물'을 부정함으로써 모든 허위와 가면을 철저히 배격했다.(케테 콜비츠, 〈선동가〉)

자가 된다. 이런 지경에 이르면 아무도 싸움의 아우성을 듣지 못한다. 태평세월인 것이다. 태평.

그러나 투사는 창을 들었다.

1925. 12. 14.

루쉰 연보

1881년(1세) 9월 25일 저장성浙江省 사오싱현紹興縣 성내城內 둥창팡커우東昌坊口 저우周 씨
집안에서 태어났다. 본명은 저우수런周樹人, 필명은 루쉰魯迅, 탕쓰唐俟, 바런巴人
등이다. 동생으로 저우쭤런周作人과 저우젠런周健人이 있다.

1892년(12세) 삼미서옥에서 공부하기 시작했다.

1893년(13세) 할아버지 저우푸칭周福淸이 아버지의 과거 합격을 위해 부정을 저지르다 수감되고,
아버지 저우펑이周鳳儀가 몸져누우면서 가세가 급속히 기울었다.

1896년(16세) 10월 12일 아버지가 향년 37세로 세상을 떴다.

1898년(18세) 5월에 난징으로 가서 강남수사학당 기관과에 입학했다.

1900년(20세) 강남수사학당 부설의 광무철로학당에 입학했다.

1902년(22세) 1월에 광무철로학당을 졸업했다. 4월에 일본 유학생으로 선발되어 유학생
예비 학교인 도쿄 고분弘文학원에 입학했다.

1903년(23세) 변발을 노예의 표식이라 여기고 잘랐다. 친구 수서우상許壽裳의 권유로 잡지
《절강조浙江潮》에 〈스파르타의 혼〉과 〈중국지질약론中國地質略論〉을 발표했다.

1904년(24세) 고분학원을 수료한 뒤 센다이의학전문학교에 입학했다.

1906년(26세) 어느 날 수업 중에 러일전쟁에서 처형당하는 중국인과 그 주위에서 구경만 하는
중국인이 나오는 환등 사진을 본다. 루쉰은 나라를 구하기 위해서는 몸을 고치는
의학보다 정신을 고치는 문학이 더 필요함을 절감하고는 의학 공부를 포기하고
도쿄로 나왔다. 일시 귀국하여 어머니의 권유로 저우아안周阿安과 결혼했다.

1907년(27세)	수서우상과 함께 잡지 《신생新生》을 만들려 했으나 자금난으로 실패했다. 잡지 《하남河南》에 〈인간의 역사〉, 〈마라시력설摩羅詩力說〉, 〈과학사교편科學史教篇〉, 〈문화편지론文化偏至論〉을 썼다.
1909년(29세)	3월 저우쭤런과 함께 동유럽의 단편 소설을 번역한 《역외소설집域外小說集》을 냈다. 8월에 일본 유학 생활을 마치고 귀국했다.
1910년(30세)	사오싱부중학교 교사가 되었다.
1911년(31세)	청나라가 무너지고 중화민국 정부가 수립되었다.
1912년(32세)	중화민국 임시 정부가 난징에 수립되고, 차이위안페이蔡元培의 추천으로 교육부 직원이 되었다. 5월에 난징 정부를 따라 베이징으로 옮겨 갔다.
1918년(38세)	《신청년》 5월호에 〈광인일기〉를 발표했다. 이때 처음으로 루쉰이라는 필명을 사용했다. 9월부터 《신청년》에 〈수상록〉을 발표하기 시작했다.
1919년(39세)	〈쿵이지〉와 〈약〉을 발표했다.
1920년(40세)	니체의 《차라투스트라는 이렇게 말했다》의 서문을 번역하여 《신조新潮》에 발표했다. 8월에 베이징대학과 베이징사범대학 강사로 취임했다.
1921년(41세)	《신청년》에 〈고향〉을 발표했다. 12월 4일부터 《신보晨報》에 〈아Q정전〉을 연재하기 시작해서 1922년 2월 2일에 끝났다.
1923년(43세)	첫 번째 소설집 《외침吶喊》이 나왔다. 베이징여자고등사범학교와 세계어전문학교의 강사를 역임했다.

1924년(44세) 단편 소설 〈축복〉, 〈술집에서〉, 〈행복한 가정〉, 〈비누〉 등을 지었다.
그 밖에도 산문시 〈가을 밤〉 등을 쓰기 시작하여 훗날 《들풀野草》로 묶었다.

1926년(46세) 2월부터 〈개, 고양이, 쥐〉 등을 쓰기 시작하여 후에 산문집
《아침 꽃을 저녁에 줍다朝花夕拾》로 묶었다. 3월 뚜안치루이段祺瑞 정부의 실정을
비난하는 학생과 시민의 시위(3.18 사건)가 발생했다. 여기에서 학생들이 크게
다쳤고, 루쉰은 체포 명단에 포함되었다. 6월에 잡문집 《화개집華蓋集》을 출간했다.
8월에 베이징을 떠나 시아먼夏門 대학의 문과 교수로 부임했다.
소설집 《방황彷徨》을 출간했다.

1927년(47세) 시아먼을 떠나 광쩌우에 도착하여 중산中山 대학 문과 교수로 부임했다.
잡문집 《화개집 속편華蓋集 續編》, 《무덤墳》과 산문시집 《들풀野草》을 출간했다.
10월 상하이로 가서 쉬광핑許廣平과 동거를 시작했다.

1932년(52세) 산문집 《삼한집三閑集》과 《이심집二心集》을 출간했다.

1933년(53세) 잡문집 《남강북조집南腔北調集》과 《준풍월담准風月談》을 출간했다.

1935년(55세) 잡문집 《집외집集外集》을 출간했다. 저우양周揚 일파의 '국방 문학' 주장과
루쉰 일파의 '민족 혁명 전쟁의 대중 문학' 주장이 대립하여 치열한 논쟁을 벌였다.

1936년(56세) 1월 소설집 《새로 엮은 옛이야기故事新編》를 출간했다.
10월 19일 지병으로 사망했다.